영화에서 글쓰기를 보다

영화에서 글쓰기를 보다

초판 1쇄 발행일 | 2021년 12월 30일

지은이 | 김중철
펴낸곳 | 북마크
펴낸이 | 정기국
디자인 | 서용석
관리 | 안영미

주소 | 서울특별시 동대문구 무학로45길 57 명승빌딩 4층
전화 | (02) 325-3691
팩스 | (02) 6442 3690
등록 | 제 303-2005-34호(2005.8.30)

ISBN | ISBN 979-11-85846-94-1   13800
값 | 15,000원

이 도서의 국립중앙도서관 출판예정도서목록(CIP)은 서지정보유통지원시스템 홈페이지(http://
seoji.nl.go.kr)와 국가자료종합목록 구축시스템(http://kolis-net.nl.go.kr)에서 이용하실 수 있습니다.
(CIP제어번호 : CIP2019023408)

영화에서 글쓰기를 보다

김중철 지음

북마크

　글을 쓴다는 것은 무엇인가? 끝없이 되뇌는 물음이다. 수년 동안 글쓰기를 가르치면서도 사실 아직도 그 답을 내놓을 수는 없다. 학생들에게는 많은 말들을 한다. 자유롭고 편하게 자주 써라, 평소에 독서가 필요하다, 책을 읽지 않고서는 글을 쓸 수 없다. 너무 문법에 얽매이지 말고 떠오르는 생각들을 우선 쓰고 반드시 여러 차례 고치고 다듬어라. 최대한 학생들에게 글쓰기가 그리 어렵지만은 않은 일이라는 것을 강조하면서 일상 속의 독서와 글쓰기의 중요성을 말한다.

　사실 당연한 말이고 상식적인 내용이지만 글쓰기가 말처럼 그리 쉬운 일은 아니지 않은가? 워낙 재미있는 볼거리와 즐길 거리가 넘쳐나는 지금 시대에, 종이 위에서 꼼짝도 않는 글자들을 눈에 담으며 판독하고 이해하고, 또 머릿속 생각들을 밖으로 꺼내기 위해 글자라는 기호로 바꾸어 놓는다는 것이.

　글쓰기를 가르친다는 것은 무엇일까? 단순히 맞춤법, 띄어쓰기 같은 문법을 가르치는 것만은 아닐 것이다. 생각을 표현하는 방법을 익히게 하는 것이고, 그 표현의 의미와 자세를 습득하도록 하는 일일 것이다. 결국 글쓰기란 생각에 대한 것이며, 그것은 따라서 삶 전반에 대한 것이기도 할 것이다. 어떻게 생각을 할 것인가, 그것을 어떻게 표현할 것인가, 그리고 남들과 어떻게 소통하며 살아갈 것인가 하는 문제이다. 글쓰기 교육은 생각과 삶에 대한 교육으로 이어진다는 생각을 자주 한다.

그렇게 글쓰기 가르치는 일을 오랫동안 해오면서 나름의 보람과 의미도 있었지만, 여전히 교육 현장에서 학생들에게 좀 더 효과적으로 다가갈 수 있는 방법을 계속 찾고 있을 수밖에 없었다. 여기의 글들은 그러한 모색에서 나온 것들이다. 내 자신 우선 영화에 대해 관심을 갖고 있었고, 그보다는 아무래도 많은 학생들이 영화를 좋아하고 있으리라는 생각에서 시작한 일이다. 그렇게 시작한 일이 꽤나 오래되었고, 그 사이에 논문으로 작성하여 학술지에 게재된 글들도 있었다. 이 책은 그것들 중 일부를 수정하고 변형하여 모아 놓은 것이다.

낯익은 영화도 있을 테고, 생소한 영화도 있을 것이다. 주로 시나소설, 혹은 시나리오를 쓰는 이가 등장하거나, 글 쓰는 일과 관련하여 일어나는 사건을 다루고 있는 작품들이다. 영상 시대를 이끌고 있는 대중적이고 감각적인 장르인 영화에서 '글쓰기'라는 문자 시대의 상징적 행위를 만나 보는 즐거움이 있었다. 요즘도 스쳐 지나가는 영화들 속에서 '글' 또는 '언어', '소통' 등의 단어가 들리면 신경이 가고 관심을 두게 된다. 글쓰기를 가르치면서 얻은 직업병이기도 할 것이다. 영화를 보면서 내 하는 일과 관련되는 장면을 만나는 것은 꽤 긴장되면서도 반가운 일이다.

총 3개의 장으로 구성했다. 1장은 글쓰기의 의미에 대해서, 2장은 글쓰기의 자세에 대해서, 3장은 글쓰기의 양상에 대해서 생각해볼 수 있는 작품들을 모았다. 각 작품마다 영화 전반에 대한 내용 소개와 나름의 분석들을 행하면서, 아무래도 글쓰기 혹은 그것과 관련되는 행위들의 의미를 찾아 정리하는 데 초점을 두었다.

자칫 지루할 수 있는 영화들이지만 그 속에서 어떤 의미를 발견해낼 수 있다는 것은 참으로 다행스러운 일이다. 이 책이 글쓰기를 필요로 하는 이들에게도, 영화를 좋아하는 이들에게도 도움이 될 수 있기를 바란다. 많은 이들이 영화를 즐기면서, 또 글쓰기도 함께 즐길 수 있으면 좋겠다. 영화를 보며 많은 생각들을 얻어 자신의 글쓰기로 이어진다면 좋겠다. 영화는 우리에게 생각들을 주고, 우리는 그 생각들을 글을 쓰면서 정리하고 더 확장시켜나갈 수 있을 것이다.

어려운 상황 속에서도 출판을 허락해주신 북마크 정기국 사장님께 깊은 감사의 인사를 전한다.

2021년 12월
김중철

c o n t e n t

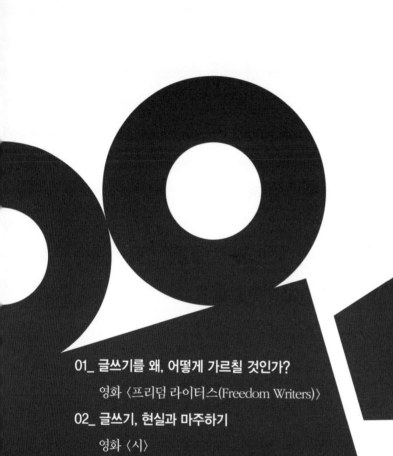

글쓰기의 의미를 보다

"누구나 다 사연들이 있겠지. 네 자신에게라도 각자의 얘기를
하는 것은 참 중요한 일이야. 원하는 건 뭐든지 써도 돼. 과
거, 현재, 미래의 일 아무거나 쓸 줄만 안다면."

– 영화 〈프리덤 라이터스〉에서

글쓰기를 왜, 어떻게 가르칠 것인가?

영화 <프리덤 라이터스(Freedom Writers)>

글쓰기를 왜, 어떻게 가르칠 것인가?

영화 〈프리덤 라이터스(Freedom Writers)〉

들어가며

의사소통 교육 자체의 소통을 생각해본다. 소통 교육이 오히려 불통의 양상으로 진행되고 있는 것은 아닌지 하는 염려 때문이다. 교수자 자신의 입(가르침)과 손(글쓰기)이 일치하지 않거나 교수자와 학습자 간 소통이 제대로 이뤄지지 못하고 있는 것은 아닌지 돌아보게 된다. 글쓰기와 말하기의 과목과 강연들은 범람하는데 진정한 소통은 왜 점점 더 어려워지고 있는지, 글쓰기를 가르치는 글의 문장이 잘못 쓰여 있거나 말하기에 관한 말이 잘못 전달되어 오해를 사고 있지는 않은지, 그러한 모순과 불합리 속에서 소통의 필요성과 중요성만 겉으로 외치고 있는 것은 아닌지 돌아보게 된다.

말이 많다고 소통이 잘 되는 게 아니듯, 소통에 대한 과다한 말들이 오히려 소통에 방해가 되는지도 모른다. 말을 잘 한다는 것은 하고 싶은 말을 다 하는 것이 아니라, 하지 말아야 할 말을 하지 않는 데 있다. 소통의 중요성이나 글쓰기, 말하기의 요령에 대한 수많은 지침과 조언들이 오히려 혼란을 일으키며 자유롭고 편안한 소통을 방해하고 있는지도 모른다.

이 글은 글쓰기 교육과 영화 간의 연계를 찾기 위한 한 가지 시도로서, 구체적으로는 영화에서 '글쓰기'는 어떻게 그려지고 있는지, 실제 영화 속에 나타난 글쓰기, 혹은 글쓰기 교육의 양상과 그 의미를 살펴보기 위한 것이다. '글쓰기'의 중요성이나 필요성을 일방적이거나 강제적으로 전하기보다는 '이야기'의 형태로써, 즉 '스토리텔링'의 방식으로 전할 수 있다면 그것 역시 글쓰기(의사소통) 교육의 효율적이고 또한 중요한 한 가지 방식이 될 수 있을 것이다. 소위 스토리텔링 시대에 글쓰기 교육 역시 그것에 부합하는 방식을 모색해볼 필요가 있는 것이다.

이 글은 '글쓰기/교육을 위한 방법'으로서의 스토리텔링에 대해 살펴보려는 것으로, '스토리텔링 글쓰기'를 목적으로 하지는 않는다. '스토리텔링 글쓰기'란 서사적 글쓰기를 가리키며 이에 대해서는 충분한

---

1) 서사(敍事)란 요컨대 사건(story)의 서술(telling)이다. 서사는 글쓰기의 한 방식으로서 "시간의 경과에 따라 펼쳐지는 행동이나 사건을 글로 엮어 나타내는 전개 방식"(한양대학교 국어교육위원회, 『창조적 사고와 글쓰기』, 2009, 136쪽)을 말한다. 본고는 '글쓰기의 한 방식'으로서의 서사를 다루려는 것이 아니라 '글쓰기 교육의 한 방식'으로서 서사적 방법의 차용을 다루려는 것이다.

논의들이 있을뿐더러[1] 이 글에서의 관심과는 차이가 있다. 이 글에서 다루려는 것은 요컨대 스토리를 담고 있는 텍스트(이야기물)를 글쓰기 교육의 자료로 활용하는 것과 관련된다. 여기서는 그 예로 영화를 언급하려 한다. 영화는 이 시대의 대표적인 이야기 양식이기 때문이다.

영화의 대중성, 접근성, 파급력을 고려해볼 때 그것을 글쓰기 교육과 연계시킬 필요와 의미는 충분하다. 영화가 보여주는 이야기는 풍요롭고 다채로우며 그것이 전하는 시청각 자극은 강렬하고 매혹적이다. 이러한 영화 매체를 글쓰기 교육의 장으로 끌어들여 활용을 모색하는 작업은 긍정적이며 필요하다고 본다. 근래에 영화에 대한 글쓰기, 영화를 통한 글쓰기 교육의 여러 방안들이 모색되고 있다.[2] 영화 비평문은 물론, 영화의 다양한 기법을 응용하여 글쓰기에 적용하는 방식 등이 그것이다.

스마트폰 등을 통한 '보기'의 측면을 적극 고려한 글쓰기 교육으로의 발상의 전환이 논의되는 마당에서 영화 속 글쓰기 양상을 살펴보는 것은 영화를 활용한 글쓰기 교육 방안의 구체적 한 사례가 될 수 있다. '말하기/듣기'에서 '읽기/쓰기'의 형식을 거쳐 '보기'의 형식 속에

---

2) 주지하다시피 영화를 비롯한 영상매체는 적지 않은 대학 강좌들에서 활용되고 있다. 실제 철학 등 형이상학 담론 교과에서도 영화 등의 활용은 점차 그 빈도가 늘어나고 있음을 알 수 있다. 최훈·최승기, 「영화 〈12명의 성난 사람들〉과 논리적 사고」, 『철학탐구』 31집, 중앙대학교 중앙철학연구소, 2012 참고. 영화를 활용한 글쓰기 교육의 다양한 사례들에 대해서는 한국사고와표현학회 영화와의사소통연구회 편, 『영화로 읽기 영화로 쓰기』, 푸른사상, 2015 참고.

서 이루어지는 최근의 의사소통 과정을 고려한다면[3] 영화라는 대표적인 영상매체를 활용해 글쓰기 교육의 효과를 도모해본다는 것은 중요한 작업일 것이다.

영화 〈프리덤 라이터스〉(리처드 라그라브네스 감독, 2007)는 우선 교육 자체의 중요성을 여실하게 보여준다. 주인공 에린 그루웰의 교육자로서의 사랑과 봉사와 헌신의 모습은 감동적이다. 가난과 폭력과 차별 속에서 자라나, 세상으로부터 버림받은 학생들을 포기하지 않고 진심 어린 애정과 가르침을 통해 변화시켜가는 그녀의 모습은 '교육'의 숭고함을 단적으로 보여준다.

그런데 이 영화는 글 읽기/쓰기와 관련해서도 중요한 사안을 제공해준다. 글 읽기/쓰기 행위가 인간을 얼마나 변하게 할 수 있는지를 보여주기 때문이다. 글을 읽고 쓴다는 것의 의미와 가치를 단적으로 확인시켜주는 작품이라는 것이다. 에린 그루웰이 문제의 학생들을 변화시킨 방법이 글 읽기/쓰기였다. 이 글에서는 그루웰이 학생들에게 제공했던 작품(글)들과 그들 자신의 글(일기) 역시 결국 '스토리'의 형태를 지닌 것들이라는 점에 주목하고자 한다.

이 글의 대상 작품은 영화 〈프리덤 라이터스〉이다. 단 논의 전개

---

3) 함종호는 휴대전화의 발달사가 음성 교환(말하기/듣기)에서 문자 전달(읽기/쓰기), 다시 영상통화(보기)로 전환되고 있음에 주목하면서, 이러한 '보기'의 부상은 글쓰기 교육에 있어서도 영화 활용 논의의 중요한 바탕이 되고 있다고 말한다. 함종호, 「영화 형식을 활용한 묘사문 쓰기」, 『동남어문논집』 35호, 동남어문학회, 2013, 305-307쪽과 김성수, 「영화를 활용한 글쓰기 교육의 기초」, 『철학과 현실』 90호, 철학문화연구소, 2011, 274-275쪽 참고.

를 위해 영화의 원작이 되는 책(일기모음집)『프리덤 라이터스 다이어리(Freedom Writers Diary)』[4]의 일부를 인용하면서 이해를 돕고자 한다.

영화 속 글쓰기 양상과 의미

1) 영화 〈프리덤 라이터스〉에 대하여

이 영화는 미국 캘리포니아주 로스앤젤레스 인근 항구도시 롱비치의 윌슨 고등학교에서 있었던 실제 이야기를 바탕으로 한다. 이곳에 부임을 받은 초임 여교사 에린 그루웰이 학생들과 함께 1994년 가을부터 1998년 봄까지 썼던 142편의 일기들을 영화로 옮긴 작품이다.

영화의 첫 장면은 1992년 로스앤젤레스시 폭동 사태의 실제 뉴스화면이다. 건물들이 불타며 검은 연기에 휩싸여 있고 어둠 속의 거리에서 총격이 난무하는, 마치 전쟁터와 같은 도시의 모습이 한동안 이어지면서 이를 전하는 기자들의 긴박한 음성이 어지럽게 섞인다. 이 실제의 뉴스화면은 영화 속 이야기의 배경이 되는 도시 롱비치와 이곳에 소재한 윌슨 고등학교의 폭력과 공포의 분위기를 고스란히 전달한다. 이는 물론 이야기 속 주인공인 학생들이 처해 있는 위험하고 위태로운 삶의 모습인 셈이다.

---

4) 에린 그루웰 저, 김태훈 역, 랜덤하우스, 2007. 이 책의 표지에는 '절망을 이기는 용기를 가르쳐준 감동과 기적의 글쓰기 수업'이라는 글귀가 적혀 있다. 책의 표제('라이터스')와 함께 '글쓰기'를 직접적으로 강조하고 있음을 알 수 있다.

영화는 이어 여학생 에바의 목소리로 그녀의 일기 내용이 읽히면서 장면화된다. 어린 시절 학교에 첫 등교하는 날, 집앞 거리에서 총격 사건이 일어나고 그 범인으로 아버지가 지목되어 무자비하게 끌려가는 모습을 그녀가 목격한다는 내용이다. "전쟁을 보았다."는 그녀의 일기 속 고백은 이 영화의 전체 이야기를 압축한다. 윌슨 고등학교 203호 학생들의 삶이 그렇고, 그들과 맞부딪혀 지내야 했던 그루웰의 생활 역시 그러했다고 볼 수 있기 때문이다. '전쟁 같은' 세상 속에 던져질 수밖에 없었던 학생들의 삶을 함축적으로 보여주는 첫 장면에 이어 영화는 1994년 그루웰 교사가 윌슨 고등학교에 부임하여 교장과 인사 나누는 장면으로 넘어간다.

고등학교 교사로 처음 부임받은 23세의 풋내기 여교사 그루웰이 만난 학생들은 폭력과 폭행, 그리고 마약에 찌들어 있는 상태였다. 흑인, 동양계, 라틴계 등이 뒤얽혀 있는 203호 교실 학생들은 인종 간 차별과 편견 속에서 인생의 구렁텅이로 내몰리고 있는 처지였다. 누구에게서도 따뜻한 사랑을 받지 못하고 쓸쓸히 버림받은 그들이 교실에서 보여주는 모습은 금방이라도 폭발할 것 같은 증오와 분노, 긴장과 경계심뿐이다. 그들은 학교에서도 '가르칠 수 없는 아이들'로 내몰린다. "그 학생들은 안돼요."(00:40:13)라는 말로 그들을 규정짓고 마는 학교에 맞서 그루웰이 홀로 학생들과 마주해가는 과정이 이 영화의 주된 이야기다.

학생들은 처음 그루웰 교사를 거들떠보지도 않고 오래가지 못해 학교를 떠날 것이라고 생각하지만 그녀는 인내와 이해로써 학생들을 만나며 그들의 생각을 변화시키려 한다. 기존의 교육 방식으로는 그들에게 다가갈 수 없음을 깨달은 그녀는 노래와 게임 등으로 흥미를 유도해내고, 조금씩 자신에게 관심을 주기 시작하는 학생들에게 그녀는 어느 날 두 가지를 제안한다. 다름 아닌 책읽기와 '일기쓰기'이다.

그녀는 학생들에게 『안네 프랑크의 일기』[5]를 일일이 나눠주며 읽기를 권한다. 전혀 흥미를 끌지 않던 그 책에 학생들이 차츰 관심을 두기 시작하는 것은 그 일기 속의 이야기가 결국 자신들의 이야기와 다르지 않음을 느끼면서부터이다. 전쟁의 포화 속에서 극한의 공포와 외로움을 견디며 지내야 했던 안네의 삶이 자신들과 닮았다는 생각으로 그들은 『안네의 일기』를 읽는다. 그러면서 학생들은 점차 변해 가는데 영화는 이러한 변화를 학생들의 손에서 총이 버려지고 대신 책을 펼치는 것으로 상징적으로 장면화한다. 원작에서는 이러한 과정을 다음과 같은 대목에서 찾을 수 있다.

삶과 세상을 바꾼 사람들의 이야기를 읽기 전에는 나의 문제를 그다지 심각하게 받아들이지 않았다. 그런데 책을 읽고 나니 내가 엄청난 위선자라는 생각이 들었다. 가장 기억에 남는 이야기는 나치가 안네 프랑크와 같은 죄 없는 사람들을 고의로 괴롭히는 내용이었다. 나의 경우 나를 괴롭히는 것은 바로 나 자신이었다. 내 문제를 숨기는 것도 나 자

---

5) 원작에서는 이 외에도 많은 소설들과 『즐라타의 일기-어느 사라예보 소녀의 삶』이 포함되어 있다. 특히 원작에서는 『즐라타의 일기』는 자주 거론이 되는데, 반면 영화에서는 『안네 프랑크의 일기』에 집중되어 있는 편이다.

〈그림 1〉

신이었다. 불행하게도 안네 프랑크는 자유를 얻지 못했다. 나도 그렇게
될까봐 두렵다. - 원작, 149쪽.

원작에서는 학생들이 『로미오와 줄리엣』을 읽으며 친구와의 사랑을
회상한다거나, 소설 『최후의 회전』을 읽고는 총기 장난으로 억울하게
죽은 친구를 떠올리기도 한다. 자신들이 저질러 왔던 마약, 폭행, 절
도 등의 행위를 생각하기도 한다. 타인의 글(책)을 통해 자신들을 보
고 있는 셈이다.

그루웰은 한편 학생들에게 일기쓰기를 권한다. 한 권씩의 일기장을
나눠주며 '자유롭게, 그러나 매일같이' 쓸 것을 권유한다.(〈그림1〉) 글
쓰기와 관련하여 이 글에서 주목하는 것은 일기쓰기가 가져온 203호
학생들의 변화다. 일기를 쓴다는 것은 "자신의 생각과 개념, 느낌, 인
상, 반응, 꿈, 이상, 슬픔, 열망, 희망, 경험을 겉으로 드러내는 일"[6)
이다. 글쓴이의 '속내'를 밖으로 드러내는 것은 어려움과 가치를 동시

---

6) 스테파니 도우릭, 조미현 역, 『일기, 나를 찾아가는 첫걸음』, 도서출판 간장, 2011,
   29쪽.

에 갖는다. 한 개인의 '속내'는 그가 속해 있는 집단이나 사회의 그것이기도 하기 때문이다. 『안네의 일기』가 2차 세계대전과 나치의 학살을 생생히 보여주듯이, 『즐라타의 일기』가 유고 내전과 인종차별을 여실히 담아내듯이, 일기는 "감춰진 '비밀들'을 밝히고 파헤칠 수 있는 가장 직접적인 수단"[7]이 된다.

『안네의 일기』와 『즐라타의 일기』는 각기 어린 꼬마들의 단편적인 기록이 아니라 그들이 살고 있던 사회의 정치와 인종과 종교의 문제를 고스란히 보여주는 거울이었던 셈이다. 폭력과 살육과 죽음을 보여주는 그 일기들을 읽으며 203호 학생들은 자신들이 놓여 있는 어두운 현실을 되짚는다. 그리고 스스로 일기쓰기를 통해 그동안 감춰두고 있던 상처와 무서움과 외로움을 밖으로 드러낸다.

2) 영화 〈프리덤 라이터스〉 속의 글쓰기

2.1) 영화 〈프리덤 라이터스〉는 '스토리텔링' 교수방법의 한 사례를 제시한다. 스토리텔링이란 주지하듯 "이야기를 다른 사람에게 들려주면서 서로의 상상력과 감성을 주고받는 소통의 한 방식"[8]이다. 학생들이 많은 '이야기'를 접하도록 하면서 점차 자신과의 '소통'을 유도해냈다는 점에서 에린 그루웰의 교수법은 요컨대 '스토리텔링' 방식의 차용이라 할 수 있다. 그 대상이 되는 작품들은 논픽션(실화)이기도 하고 픽션(소설, 영화)이기도 하였다.

---

7) 스테파니 도우릭, 위의 책, 291쪽.
8) EBS 다큐프라임 '이야기의 힘' 제작팀, 『이야기의 힘』, 황금물고기, 2011, 219쪽.

물론 그 이야기들은 모두 203호 학생들의 삶이나 의식과 관련되는 것들이라는 점에서 공통적이다. 학생들로 하여금 그 이야기들을 통해 자신들의 삶과 생각을, 좀더 구체적으로는 폭력과 차별과 편견의 위험을 인지하게 하고, 타인(이야기 속 인물, 또는 반 동료들)과의 동류의식과 공감대를 갖도록 만들기 위한 것이었기 때문이다.

그루웰은 직접적인 언질이나 노골적인 훈육이 아니라 '이야기' 형태의 양식들을 통해 학생들로 하여금 스스로 인식할 수 있도록 유인한 것이다. 스토리텔링은 논리적인 이성이 아닌 "인간의 감성에 호소하여 공감대를 끌어내는"[9] 효과적인 방법이다. 그것은 결국 학생들 자신의 이야기를 글(일기)로써 밖으로 꺼내게 하는 데 성공한다. 이와 관련된 원작의 대목들은 다음과 같다.

지난 며칠간 그루웰 선생님의 수업시간에 『듀랑고 거리(Durango Street)』라는 책을 읽었다. 이 책은 소년원에서 막 나온 루퍼스라는 이름의 십대 흑인 소년에 관한 이야기이다. 루퍼스는 소년원을 나오면서 보호관찰관에게 다시는 말썽을 일으키지 않겠다고 약속한다. // 우리반 아이들은 대부분 루퍼스와 비슷한 면이 있다. 그들이 아니라고 해도 그들의 사촌이나 형제 혹은 친구 중에는 감옥에 갔다 온 사람이 틀림없이 있다. 나 역시 감옥에 갔다 왔고, 그 사실이 부끄러웠다. – 원작, 61쪽.

---

9) EBS 다큐프라임 '이야기의 힘' 제작팀, 위의 책, 219쪽.

우선 아이들이 이미 알고 있는 것에서 출발하는 게 중요한 듯하다. 그래서 아이들의 현실과 관계있는 소설을 소개하여 아이들이 이야기를 생생하게 느끼도록 유도하고 있다. 얼마 전에는 갱단과 친구들 때문에 고민하는 빈민가 소년의 이야기를 읽게 했다. 어떤 아이들은 책을 끝까지 다 읽은 게 이번이 처음이라고 말하기도 했다. 아이들이 그 책을 너무 좋아해서 간단하게 영화로 만들자고 제안했다. ― 원작, 80쪽.

그들에겐 졸업장보다 죽음이 더 가까운 현실인 것 같다. 나는 아이들의 숙명론적인 태도를 바꾸어 보려고 올해의 독서 목록을 골랐다. 인종차별적인 낙서사건 때문에 관용을 가르치기로 한 이후로, 나는 아이들에게 그 주제를 계속 상기시키며 확장해 나가고 있다. 내가 고른 것은 위기에 처한 십대들을 다룬 네 권의 책이다. ― 원작, 115쪽.

선생님은 우리에게 '관용을 위한 책 읽기 운동' 얘기를 했다. 도대체 무슨 소리를 하는 거지? 선생님은 우리와 비슷한 상황의 주인공이 나오는 책들이기 때문에 아주 재미있을 거라고 말했다. ― 원작, 138쪽.

위의 두 번째와 세 번째 글은 그루웰의 것이며 나머지는 학생들의 일기다. 모두 그루웰 교사가 학생들에게 읽기를 권했던 책 혹은 이야기의 성격들을 보여준다. 소년원에서 나온 십대 흑인 소년의 이야기, 갱단과 친구들 때문에 고민하는 빈민가 소년의 이야기, 위기에 처한 십대들의 이야기 등 모두 학생들과 '비슷한 상황의 주인공이 나오는'

것들이다. 모두 학생들의 현실과 관계있으며, 실제 학생들은 이야기에 동질감을 가지며 재미를 느낀다. 그것은 부끄러움이나 죄책감으로 나타나기도 하고, 갱생에의 의지로 나타나기도 한다. 〈프리덤 라이터스〉에서 그루웰 교사는 이처럼 소설이나 영화, 또는 직접적인 체험담 등을 통해 학생들을 교정·변화시켜 나간다. 실화나 허구의 '이야기'가 학생들의 변화를 가져온 주요 수단이었다는 것이다.

그루웰이 학생들의 개선을 위해 취한 교육 수단이 독서와 글(일기) 쓰기이고, 그 구체적인 대상이 영화와 같은 이야기 양식이었다면, 이는 지금의 글쓰기 교육에도 그대로 적용할 만하다. 영화 속 학생들이 〈쉰들러 리스트〉와 같은 영화를 보며 글을 써가듯이, 이 영화 〈프리덤 라이터스〉 역시 지금 우리의 학생들이 글쓰기에 대해 다시금 생각해보게 하는 방법론상 수단이 되리라는 것이다. 다름 아닌 독서와 글쓰기의 중요성을 이 영화 자체가 그대로 보여주고 있기 때문이다.

2.2) 그루웰의 방식 하나가 이야기양식의 체험을 통한 '스토리텔링'이라면 다른 하나는 '실화'의 차용이라는 점이다. 그녀가 택한 텍스트들은 『안네의 일기』, 『즐라타의 일기』, 『쉰들러 리스트』 등이다. 이들은 모두 실화이다. 학생들이 이러한 텍스트에 쉽게 몰입하고 공감할 수 있었던 데는 '실제 있었던' 이야기라는 점이 크게 작용한다. '사실성'은 이야기의 흡입력을 높이면서 수용자의 감성을 자극하고 설득력과 호소력을 효과적으로 발휘한다.[10] 203호 학생들은 자신들의 체험 혹은 현실과 다르지 않은 또 다른 실제의 체험, 현실을 만나면서 그 문제가

비단 자신만의 것이 아님을, 또한 추상적인 관념의 세계가 아니라 생동하고 구체적인 세상의 현장에서 벌어진 것임을 자각한다.

오늘 밤에 책 읽기 운동의 선정 도서 중 하나인 『파도』를 다 읽었다. 친구의 영향이 어떤 파장을 불러올 수 있는지를 보여주는 이야기이다. 책의 주요 등장인물 중에 로버트 빌링이라는 학생이 있는데, 그는 다른 십대들을 협박하고 괴롭혀서 현대의 나치처럼 행동하게 만들었다. 십대 아이들은 양떼처럼 아무 생각 없이 그들의 리더를 따랐다. 이 책을 읽고 나서 십대들이 얼마나 나쁜 꾐에 잘 넘어가는지 알았다. 그들은 무리에 섞이거나 인기를 얻으려고 자신의 뜻에 어긋나는 일을 한다. 아마 그래서 히틀러가 아이들을 이용했을 것이다. (…) 하지만 나 자신이 비슷한 경험을 했기 때문에 이 책에 나오는 이야기가 진실이라는 걸 알고 있다. 나는 소위 '멋진' 아이들하고 어울리고 싶은 나머지 뻔히 잘못된 일인 줄 알면서도 나쁜 일을 저지른 적이 있다. ─ 원작, 150-151쪽.

'나쁜 꾐'에 잘 넘어가는 십대들의 실제 이야기를 자신의 경험에 비추고 있는 원작의 대목이다. 청소년 시기 친구의 영향, 십대들이 저지

---

10) 사람들은 이야기를 하거나 들을 때, 그 이야기가 실화인지 아닌지를 따진다. 그 예로 무서운 이야기를 할 때 '이건 실제로 있었던 일인데….'라고 말하곤 한다. 이렇게 실화인지 아닌지 구별하는 이유는 이야기가 사실이라는 전제를 갖추고 있을 때 그 이야기가 전하고자 하는 바가 더 효과적으로 다가오기 때문이다. 김중철, 「말하기, 글쓰기에 있어서 거짓과 진실의 문제」, 『사고와표현』 8집 1호, 한국사고와표현학회, 2015, 196쪽.

〈그림 2〉

르는 만용과 실수, 그리고 그 연장선상에 놓이는 어른들의 전쟁과 만행, 이러한 이야기가 '나'에게 고스란히 이해되는 것은 '나'의 실제 경험 때문이며, 또한 그 이야기가 실제의 사건들이기 때문이다.

실제 영화 〈프리덤 라이터스〉를 수업 중에 보여주며 진행했던 논자의 경험으로도, 학생들은 이 이야기가 미국에서 실제로 있었던 이야기라는 점에 크게 감동받는 인상이다. 영화 속 학생들이 안네의 이야기 등 실화에 감동받는 것과 동일한 이치다. 특히 영화의 마지막에 나오는 실제 인물들의 사진(〈그림2〉)을 보며 학생들은 주인공들의 건강하고 성숙한 모습에 깊은 인상을 받곤 한다. 상상으로 꾸며내고 만들어낸 허구의 이야기보다 실제 일어났었고 존재했던 이야기라는 사실은 수용자로 하여금 심정적인 자극과 강한 공감을 갖게 하는 요인이 되기 때문이다.

2.3) 대개의 교육이 그렇듯 글쓰기 교육 역시 학생들의 내적인 동기 없이 강제에 의한 경우들이 많다. 강제적 부담의 구속력은 내적 동기의 '자유'를 순식간에 소거해버린다. '내가 좋아서' 또는 '스스로 깨

달아서'라는 자발성을 잠식하고 마는 것이다. 외부의 힘에 의해 강제적으로 끄집어낼 수 없는 자기 내부의 목소리가 자연스럽게 흘러나올 수 있도록 유도히는 것이 글쓰기 교육에 있이시도 중요한 과정임은 물론이다.

영화 속 학생들은 독서를 통해 자신이 타인과 공감할 수 있음을 깨닫는다. 폭력의 한 가운데 던져져 있는 자신의 처지가 단지 자신만의 문제가 아님을 알게 된다. 비슷한 처지에 놓인 타인들에 대해 이해하고 그들과 심정적인 공감대를 갖게 되는 것이다. 타인의 글(안네, 즐라타의 일기)이 자신을 비추는 거울 역할을 하는 것이다. 동시에 그들은 스스로 글(일기)쓰기의 필요를 느낀다. 글을 통한 자기고백의 동기를 갖는 것이다. 글이 쓰는 이의 자세에 따라 '경이로운 고백이 되기도 하고 궁색한 변명이 되기도'[11]한다면, 그들에게 있어 일기는 가장 '경이로운 고백'의 글인 셈이다.

영화에서 그루웰은 일기장을 한 권씩 나눠주며 다음과 같이 말한다. "누구나 다 사연들이 있겠지. 네 자신에게라도 각자의 얘기를 하는 것은 참 중요한 일이야. 원하는 건 뭐든지 써도 돼. 과거, 현재, 미래의 일 아무거나 쓸 줄만 안다면. 그냥 일기처럼 쓰는 거야. 노래, 시, 나쁜 거, 뭐든지 말이야. 대신 꼭 매일 써야 해. 펜을 가까이 두고 영감이 떠오를 때마다 써야 해."(00:45:32) 그러면서 그녀는 학생들의 글에 점수를 매길 수는 없다고 말한다. 진실한 글에 등급이나 평가를 내

---

11) 김훈 외, 『소설가로 산다는 것』, 문학사상, 2011, 17쪽.

릴 수는 없다는 것이다. 글쓰기의 근간은 진실에 있음을 말하고 있다.

그루웰의 위의 말은 어떠한 내용이든 '자주' 쓰라는 것으로 요약된다. 내용이나 형식에 구애받지 말고, 일기를 쓰듯이 매일처럼 '자주' 쓰라는 것이다. '자주' 쓰라는 것말고는 최대한 강제 요소들을 배제하고 있다. 글쓰기에 있어 내면의 것을 밖으로 꺼내놓는 행위 자체의 중요성을 강조하는 것이다. 학생들의 일기 속에서 그루웰은 그들의 폭력과 공격성 속에 감춰져 있는 두려움과 절망감을 인지한다. 그렇게 그들의 글(일기)은 타인이 그들을 이해할 수 있는 길을 열어주게 된다.

영화 〈프리덤 라이터스〉을 통해 본 글쓰기의 의미

일반적으로 글쓰기란 의사소통의 방식으로 이해된다. 어떠한 정보나 메시지를 다른 이에게 효과적이고 정확하게 전달하기 위한 중요한 커뮤니케이션 방법이라는 것이다. 자신의 생각, 감정, 소망 등을 표현하고 남과 공유하고자 하는 행위다.

그러나 영화 〈프리덤 라이터스〉 속의 글쓰기는 이와는 다소 차이가 있다. 이 영화가 보여주는 글쓰기의 의미는 타인과의 소통이 아니라 우선 자신과의 대화다. 앞서 인용한, '네 자신에게라도 각자의 얘기를 하는 것은 참 중요한 일'이라는 그루웰의 말은 그 단적인 증거다. 자신과의 대화란 달리 말해 자기의 발견이기도 하다.

영화에서 학생들이 글을 쓰는 이유는 자신의 얘기를 남에게 전하려는 데 있지 않다. '일기'라는 글의 속성상 그들은 글을 쓰면서 자신을 본다. 자연스레 과거와 현재의 경험과 과오에 대해 쓰기 때문이다. 그 러한 글(일기)쓰기는 그들 스스로를 변화시킨다. 그들이 글을 쓰는 목 적은 자신에 대해, 자신에게 이야기하기 위해서다. 자신과 타인의 연 결이 아닌, 자기와 자신을 잇기 위한 행위인 셈이다. 원작의 다음 대 목은 이를 잘 보여주는 사례다.

나는 거짓된 삶을 살고 있다. 내게는 나를 괴롭히는 은밀한 비밀이 있다. 그것은 바로 내가 아무도 모르는 알코올 중독자라는 것이다. 나 는 진실을 숨기려고 물병에 술을 담아가지고 다닌다. 아무에게도 내 문 제를 털어놓을 수 없다는 사실이 고통스러울 뿐이다. – 원작, 148쪽

일기쓰기가 '자신의 현재 삶을 이해하는 강력한 방법'[12]임을 보여주 는 한 예다. 일기의 주인공은 그동안 '아무도 모르는' 사실을 고백하고 있다. 그러나 그는 자신이 알코올 중독자라는 사실보다 '아무에게도 그 사실을 털어놓을 수 없었던' 사실 자체가 더욱 고통스러웠음을 말 하고 있다. 그것이야말로 자신을 괴롭혔던 '은밀한' 비밀이었다는 것 이다. 자신의 고민과 이야기를 들어줄 상대가 주변에 아무도 없었다는 절박한 외로움이 일기를 통해 비로소 드러나고 있는 것이다.

이렇듯 그들에게 일기(글)쓰기는 자신의 존재에 대한 확인인 셈이 다. 자신의 존재를 확인하고 증명하고 싶은 바람의 행위인 것이다. 주

---

12) 스테파니 도우릭, 위의 책, 130쪽.

변의 누구도 자신의 존재를 긍정하거나 심지어 인식조차 하지 않는 형편에서 그들이 할 수 있는 자존의 확인은 글을 통해서인 것이다. 같은 반 학우임에도 아무도 그 '존재'를 모르고 있던

〈그림 3〉

인도계 학생이 스스로 나서서 자신의 일기 내용을 읽는 장면(〈그림3〉)은 그 단적인 예다.[13]

영화 〈프리덤 라이터스〉가 보여주는 글 읽기/쓰기의 의미는 '교감/공감'으로 요약할 수 있다. 그들은 독서를 통해 이야기(일기, 소설) 속 인물들과 교감/공감한다. 세상의 폭력과 차별과 편견에 희생당하면서 세상에 대한 반감과 불만으로 가득했던 그들은 마침내 타자와의 공감대를 키우고 스스로의 문제를 발견하며 치유한다.

영화에서 그루웰은 학생들의 흥미를 끌어내기 위한 한 방법으로 '경계선 게임'을 한다. 바닥에 선을 긋고 질문에 해당하는 학생들이 선 가까이 다가서게 하는 식이다. "고아원이나 감옥에 있었던 사람?", "당장 마약을 살 수 있는 곳을 아는 사람?", "갱단에 있는 사람

---

13) 이 장면에서 학생은 자신이 직접 읽는 일기를 통해 "그루웰은 내가 희망을 가질 수 있게 해줄 유일한 사람이었다. (…) 난 203호에 있는 그루웰 선생님에게 내 시간표를 처음으로 받았다. 난 방으로 들어갔고 내 인생의 모든 문제들은 더이상 문젯거리가 안 되었다. 난 이제 집이 있다."(01:13:30)고 한다. 그루웰의 헌신과 203호 학생들의 변화를 가장 압축적으로 보여주는 장면인 셈이다.

과 친분이 있는 사람?", "폭력으로 인해 친구를 잃어본 적이 있는 사람?"(00:41:40-)과 같은 질문들이 이어지고, 질문에 응하는 과정에서 학생들은 바닥의 신과 함께 조금씩 서로에게 다가서게 된다. 편견과 증오의 시선으로만 바라봤던 타인들을 가까이에서 다시 보게 되는 것이다. '경계선 게임'이 역설적으로 그들 사이의 '경계'를 지우는 셈이 되는데, 이것은 결국 독서와 글쓰기를 통한 공감의 마당으로 이어지게 된다.[14)]

영화의 초반, 교장과 면담하는 자리에서 그루웰 교사는 "처음에는 로스쿨에 가려고 하였지만, 법정에서만 아이들을 보호하는 것은 이미 진 것이다. 진짜 싸움은 학교 교실에서 일어난다고 생각한다."(00:05:28)고 말한다. 이때 그녀가 말하는 '싸움'이란 자신과 학생들과의 관계를 말한다. 학생들의 변화를 위한 부단하고 치열한 노력을 의미하는 것이다. 그 '싸움'의 도구(방법)로 그녀는 책과 펜을 이용한 것이며 결국 싸움에서 이긴 셈이 된다.

교육의 본질은 '변화'다. 지식의 획득 이전과 이후의 단순한 차이가 아니라 삶 차원의 '개선'과 '발전'에 있다. 글쓰기 교육도 그렇다. 단지 그 방법이 '자기표현'과 이를 통한 '타인과의 소통'에 있는 것이다. 영화 〈프리덤 라이터스〉는 청소년의 성장을 배경으로 하면서 결국 성

---

14) 공감이란 타인의 느낌과 느낌에 대한 이유 모두에 대해 이해하고 상대방과 의사소통하는 능력이라고 한다. 공감의 개념 정의는 인지와 정서 측면에서 출발하였지만 점차 의사소통 측면으로 확장되고 있다고 한다. 이에 대해서는 이선자, 「공감훈련이 교사의 공감능력과 교수-학생간 갈등관리 방식에 미치는 효과」, 한국교원대학교 석사논문, 2006 참고.

장(변화)의 의미를 고백과 공감의 행위와 연결 짓고 있다. '진정한 성장(변화)'을 '진실한 글쓰기/읽기'의 의미로 풀어내고 있다는 것이다.

나오며

영화 〈프리덤 라이터스〉는 전쟁 같은 삶을 살아가는 아이들의 성장과 변화의 이야기다. 그들을 변화시킨 것은 교사 에린 그루웰의 집념과 인내였으며 그 구체적 방식은 독서와 글쓰기였다. 아주 더디고 고되었지만 그녀의 노력은 끝내 학생들로 하여금 절망을 이겨내게 한다. 그녀의 독서와 글쓰기는 요컨대 자기표현과 타인과의 교감을 목적으로 한다. 내부에 감춰져 있던 것들을 밖으로 꺼내 고백하게 함으로써 타인과 동질감을 갖게 하고 이해와 교감을 이뤄낸 것이다.

글쓰기를 소재로 하는 영화들로는 〈헬프〉, 〈스트레인져 댄 픽션〉, 〈모터사이클 다이어리〉, 〈파인딩 포레스터〉, 〈어댑테이션〉, 〈릴라릴라〉 등을 들 수 있다. 〈헬프〉는 차별을 겪는 흑인의 비애와 그 사회적 개선을, 〈스트레인져 댄 픽션〉은 글(소설)을 쓰는 사람과 그 소설 속 인물과의 관계를, 〈모터사이클 다이어리〉는 체 게레바의 이야기로 젊은이의 꿈과 의지를 보여준다. 〈파인딩 포레스터〉는 문학적 재능을 가진 소년과 은둔하던 작가 사이의 우정을, 〈어댑테이션〉은 각색 작업을 통한 고쳐/새로 쓰기의 고충을, 〈릴라릴라〉는 진정한 사랑의 이야기를 진실된 글쓰기의 문제와 연결해 흥미롭게 보여준다.

각 작품들이 보여주는 글쓰기의 종류와 성격과 양상은 상이하다. 다채롭고 풍요로운 이야기들을 담아내는 영화 장르는 글쓰기 교육에 있어서도 중요한 자료의 제공처가 된다.

이 글은 글쓰기 교육의 한 방법으로서 스토리텔링에 대해 살펴보고자 하였다. 대표적인 스토리 양식인 영화를 통해 글쓰기 교육의 방법을 모색하기 위한 것이었다. 이 영화 〈프리덤 라이터스〉 속의 주인공 에린 그루웰이 택한 방법이 그것이었고, 이 영화의 관객이 글쓰기에 대해 새로운 인식을 갖게 되었다면 이 또한 그 방법을 택한 셈이 된다.

참고자료

* **기본자료**
- 영화 〈프리덤 라이터스(Freedom Writers)〉, 리처드 라그라브네스 감독, 2007.
- 에린 그루웰, 김태훈 역, 『프리덤 라이터스 다이어리』, 랜덤하우스, 2007.

* **참고문헌**
- 송희복, 「교육영화의 이해와 그 글쓰기의 의미」, 『교육인류학연구』, 교육인류학회 : 73-98쪽, 2004.
- 김훈 외, 『소설가로 산다는 것』, 문학사상, 2011.
- 김중철, 「말하기, 글쓰기에 있어서 거짓과 진실의 문제」, 『사고와표현』 8집 1호, 한국 사고와표현학회 : 181-204쪽, 2015.
- 김중철, 「영화 ‘시’와 ‘일 포스티노’에 나타난 글쓰기의 의미」, 『문학과영상』 12권 3호, 문학과영상학회: 665-686쪽, 2011.
- 이선자, 「공감훈련이 교사의 공감능력과 교수-학생간 갈등관리 방식에 미치는 효과」, 한국교원대학교 석사논문, 2006.
- 최훈 · 최승기, 「영화 〈12명의 성난 사람들〉과 논리적 사고」, 『철학탐구』 31집, 중앙대학교 중앙철학연구소 : 233-262쪽, 2012.
- 함종호, 「영화 형식을 활용한 묘사문 쓰기」, 『동남어문논집』 35호, 동남어문학회 : 303-327쪽, 2013.
- 김성수, 「영화를 활용한 글쓰기 교육의 기초」, 『철학과 현실』 90호, 철학문화연구소 : 274-285쪽, 2011.
- 한국사고와표현학회 영화와의사소통연구회 편, 『영화로 읽기, 영화로 쓰기』, 푸른사상, 2015.
- 장성규, 「하위주체는 어떻게 쓸 수 있는가?」, 『작가와 사회』 2012 가을호, 작가와사회 출판부 ; 10-23쪽, 2012.
- EBS 다큐프라임 ‘이야기의 힘’ 제작팀, 『이야기의 힘』, 황금물고기, 2011.

- 스테파니 도우릭, 조미현 역, 『일기, 나를 찾아가는 첫걸음』, 도서출판 간장, 2011.
- 최예정 · 김성룡, 『스토리텔링과 내러티브』, 글누림, 2005.
- 조너선 갓셜, 노승영 역, 『스토리텔링 애니멀』, 민음사, 2014.

| 02 |

글쓰기, 현실을 마주하기

영화 <시>

글쓰기, 현실을 마주하기

영화 〈시〉

들어가며

이창동 감독의 다섯 번째 영화 〈시〉는 '시'라는 문학 양식을 전면에 내세우고 있는, 흔치 않은 영화다. 아예 '시'라는 문학 장르의 명칭 자체를 그대로 제목으로 삼으면서 영화가 이야기하고자 하는 바를 명백하게 밝히고 있다. 영화 〈시〉는 영화라는 영상매체가 시라는 문학양식을 정면으로 다루고 있다는 점에서 작금의 영상시대의 비문학적인 분위기에 비추어 봤을 때 역설적인 흥미와 관심을 갖게 만든다.[1]

영화 〈시〉를 주목하게 되는 이유는 이 영화가 단지 시를 소재로 하

---

1) 영화가 시를 소재로 하거나 시인을 작중인물로 등장시키는 예가 없는 것은 아니다. 〈일 포스티노(Il Postino)〉가 그렇고 최근의 〈하·하·하〉(홍상수)도 시인이 주인공으로 등장한다. 〈편지〉(이정국), 〈질투는 나의 힘〉(박찬옥)과 같이 영화가 시에서 이야기의 모티브를 빌려오는 경우도 있다.

고 있다는 점만이 아니라 시를 '쓴다'는 것, 혹은 글을 '쓴다'는 것과 관련되는 몇 가지 중요한 의미들을 함유하고 있다고 보기 때문이다. 즉 이 영화의 이야기를 시라는 특정 문학장르에서 벗어나 시 쓰기 혹은 글쓰기 일반으로까지 의미 있게 확장시킬 수 있다고 보기 때문이다.

이러한 전제로 여기에서는 영화 〈시〉가 보여주는 시작(詩作)의 행위와 그 일련의 과정들을 통해 '글을 쓴다는 것'이 갖는 의미들을 추출해 보려 한다. 실제 이 작품 속의 소재나 상황들이 '쓰기' 일반의 보편적 의미들을 함축적이거나 비유적으로 보여주고 있다고 생각한다. 그 구체적인 대목들을 논하면서 영화 전반을 해석하고 '쓰기'의 속성과 의미를 살펴보고자 한다.

영화 〈시〉에 대하여

이창동 감독은 이 작품을 통해 "시가 죽어가는 시대에 시를 쓰고 읽는다는 게 무엇인지 묻고 싶었다."고 한다.[2] 영화는 우선 제목에 부합하듯 시작 과정이라든가 시의 속성이나 시상(詩想) 찾는 방법 등을 인물들의 대사를 통해 설명한다. 시 쓰기 문화강좌의 강의, 수강생들의 질문과 답변, 시낭송회 모임인 〈시를 사랑하는 사람들〉의 감상 발표 등을 통해 영화는 '시란 무엇인가?'란 물음과 그 나름의 답변들을 함

---

2) 이 영화에 실제 출연한 김용택 시인은 이창동 감독에게 "시집도 안 팔리는데 〈시〉라는 영화를 볼까"라고 되물었다고 한다. 『씨네21』 753호, 한겨레신문사, 2010.5.12.

께 들려주고 있다.

그러면서도 한편으로 영화는 감독이 밝힌 의도처럼 '시가 죽어가는 시대'의 풍경을 여실하게 보여주는데, 주로 주인공 양미자를 바라보는 다른 인물들의 시선과 어투를 통해 담아낸다. 시 쓰기를 배운다는 미자를 슈퍼아줌마나 동네할머니는 이상하다는 듯이 바라보고, 손자의 친구 아버지는 "시를 왜 쓰세요?"라며 빈정거리듯 묻는다. 아무런 쓸모없고 부질없는 것에 공연히 관심 두고 있다는 조롱과 힐난이 담긴 반응들이다.

시쓰기 문화강좌 수강생 중 미자 외에는 아무도 시를 쓰지 못한다. 수강하는 한 달 동안 한 편의 시를 써야 하는 과제를 아무도 이행하지 못하고 "너무 어렵다."고 푸념할 뿐이다. 또한 시낭송회 회원들은 시 한 편씩 읽는 것으로 스스로 만족하고 즐거워한다. 그들에게 시는 내면에서 절실하게 요구되는 무엇이 아니라 그저 사교를 위한, 혹은 회원 중 한 명인 형사처럼 "말초신경을 자극하는"(양미자) 음담을 재미삼아 들려주기 위한 수단이거나 잔뜩 감상에 젖은 스스로의 자기만족을 위한 방편에 가깝다. 그들에게서 미자는 오히려 시에 대한 모독과 조롱을 느낄 뿐이다. 시를 쓰지도 못하고, 시를 제대로 사랑하지도 못하는 사회의 풍경을 보여주는 장면들이다.

시낭송회 회식자리에서 형사는 마당 한구석에 주저앉아 흐느껴 우는 미자에게 "시 때문에 우세요? 시 못 써서요?"라고 묻는다. 미자가 보기에 음담이나 내뱉고 시를 모독하기만 하는 이가 그녀에게 던지는 그 물음에는 그녀의 울음에 대한 안타까움이나 궁금증이 아니라 '시

같은 것은 쓰지 않아도 괜찮다.'는 식의, 시라는 공연하고 무용한 것에 대한 그의 속내가 묻어 있다. 그런 점에서 본다면, 이 장면에서 미자의 흐느낌에는 스스로 시를 쓰지 못하는 초조감이나 자괴감보다는 시를 모독하는 현실에 대한 실망과 시처럼 아름답지 못한 현실을 마주해야 하는 두려움이 더욱 짙게 배어 있다.

이런 점에서 영화 〈시〉의 주재(主材)는 시 자체라기보다는 '시 쓰기'라고 보아야 한다. 시의 속성이나 구성 요소, 시작법에 관한 것이라기보다 시를 쓰면서부터 영화 속 한 평범한 인물이 변화를 겪게 되고 그러한 변화가 영화의 이야기를 이루고 있기 때문이다.[3] 이 변화는 '시' 자체보다는 정확히는 '시 쓰기'에서 비롯된다. 장르로서의 '시'와 그것의 구체적 실천행위로서의 '시 쓰기'는 변별된다.

따라서 이 영화는 '시(문학)란 무엇인가?'라기보다 '시를 쓴다는 것은 무엇인가?'라고 묻는다. '쓴다'는 행위의 실천적 의미에 대한 물음이다. 영화는 '시를 쓴다.'는 실천적 행위와 일련의 과정을 담아내면서, '쓴다'는 것은 어떻게 인간을 변화시키는지, 인간의 삶에 어떻게 관여하는지를 보여준다.

---

3) 서사는 이야기의 흐름 위에서 구축되며 이는 인물이나 사건의 변화를 전제로 한다. 이야기의 시작과 끝을 잇는 시간상의 경과와 그 과정상의 변화는 서사의 기본이다.(제랄드 프랭스, 최상규 역, 『서사학』, 문학과지성사, 1988, 12~16쪽 참고) 시를 소재로 하였더라도 이러한 영화의 서사적 속성이 이 작품으로 하여금 시 자체보다는 시를 통한 변화의 과정을 담아내고 있다는 것은 어쩌면 필연적일 수밖에 없다.

'본다'는 것의 의미

영화 초반, 미사의 시 쓰기 문화깅좌에시 시인강시는 사과 하나를 두고서 이렇게 말한다. "우리는 한 번도 사과를 제대로 본 적이 없습니다. 사과를 오래도록 지켜보고 무슨 말을 하나 귀 기울여보고 주변에 깃드는 빛도 헤아려보고 그러다 한입 깨물어보기도 했어야 진짜 본 것입니다. 세상의 모든 것을 잘 봐야 합니다. 진짜로 보게 되면 자연스럽게 느껴지는 게 있습니다."

시를 쓰기 위해서는 '자연스럽게 느껴지는' 경험이 있어야 하며 그러기 위해서는 우선 모든 것을 '잘 봐야' 한다는 것이다. 시를 쓰기 위한 전제로서 '제대로/진짜로 보기'의 자세를 강조하고 있다. 일상 속에서 몸에 배어 있는 지각행위를 바꾸고 습관화·자동화되어 버린 시각작용에 변화와 교정의 노력이 있어야 시를 잘 쓸 수 있다는 말이다.

대상에 대한 새로운 인식의 자세를 강조하고 있는, 언뜻 상식적이고 일반적일 수도 있는 그의 말에서 흥미로운 점은 '보다'라는 어휘의 다양한 쓰임이다. '보다'라는 타동사의 일반적인 의미, 즉 사물의 외양을 눈을 통해 받아들인다는 의미 대신 '지켜−보다', '귀 기울여−보다', '헤아려−보다', '깨물어−보다'의 쓰임처럼 보조동사로서의 다채로운 활용을 보여주고 있기 때문이다. 본동사로서의 의미보다 보조동사로서의 의미가 강조되고 있다는 것인데, 보조동사로서의 '보다'는 "시험 삼아서 하다."라는 뜻의 시도와 실천의 의미를 갖는다.

따라서 그의 말은 사물을 '제대로/진짜로 보기' 위해서는 눈으로 받아들이는 일차적 시지각 행위보다 '귀 기울이고, 헤아리고, 깨물기도' 해야 하는 부가적 행위가 더 중요하다는 뜻이 된다. 즉 대상을 보기 (see) 위해서는 대상을 눈으로만 보는 것(look)이 아니라 이런저런 시도와 실천을 통해 다양하게 접근하고 세심하게 다루며 풍부하게 이해할 수 있어야 한다는 것이다. 물론 주지하듯 타동사로서의 '보다'의 일상적 쓰임에도 관찰, 인지, 판단이라는 관념적 의미까지 포함하여 사용하곤 한다. 우리의 보는 지각 행위 속에는 늘 관념적 인식행위까지 함께 하고 있다는 뜻이다.[4]

영화 〈시〉는 '보다'는 시각행위의 인식적 고찰을 이처럼 영화의 초반, 문화강좌 시인강사의 말을 통해 선언적으로 제시하면서 그 실천적 인식 행위를 영화 전반에 걸쳐 구체적으로 보여준다. 이창동 영화는 흔히 "우리 사회가 드러내고 싶어 하지 않는 어두운 구석들을 대면하게" 함으로써 "시대와 시대정신, 사회와 제도, 그리고 그 안의 인간들에 대한 깊은 성찰"을 갖게 한다고 평가된다.[5] 〈시〉 역시 감독의 이전 영화들에서처럼 '사회가 보여주고 싶지 않은 어두운 구석'들을 보여주고 있는 작품이다.

그 '어두운 구석'을 보여주기 전에 영화는 주인공 미자를 늙고 가난하고 알츠하이머병을 앓고 있지만 소녀처럼 순수하고 여리며 예쁘게 멋부리기를 좋아하는 인물로 묘사한다. 미자는 우연히 광고지

---

4) 존 버거, 편집부 역, 『이미지』, 동문선, 2002, 242쪽 참고
5) 김재영, 『이창동 영화 연구』, 동국대 석사논문, 2009, 3-4쪽 참고

를 보고 신청하게 된 시 쓰기 강좌를 통해 시에 눈뜨고 그러면서 세상에 눈을 떠간다. 처음 그녀가 '다시 보기' 시작한 것은 주변의 꽃과 나무와 바람의 자연이다. 그러나 영화는 그녀가 시를 통해 스스로를 발견해가고 사회와 현실을 '제대로/진짜로 바라보게' 되는 과정을 담아낸다.[6]

영화의 초반, 미자는 다리 위 자신의 모자를 날리는 바람의 움직임이나 떨어진 열매의 생명력에 감탄하며 주변의 아름다움을 시로 옮기려 하면서부터 세상을 '다시 보기' 시작한다. 늘 있었으나 '보지 못했던' 것들, 그와 아무 상관없이 놓여 있던 것들의 아름다움을 비로소 깨닫는다. 시상을 구하기 위해 마당의 나무를 한동안 쳐다보던 미자는 자신의 행동을 의아해하는 이웃집 할머니에게 "나무를 잘 보려고, 나무가 내게 무슨 말을 하나 들어보려" 한다고 대답한다. 그렇게 처음 메모장에 옮기는 시상들은 모두 자연의 것들이다. 심지어 자신의 손자가 연루된 성폭행으로 인해 자살한 희진의 엄마가 슬픔을 이기며 힘겹게 일을 하는 앞에서도 미자는 자연을 노래한다.

그러다가 문득 끔찍한 사건의 와중에 자신이 놓여 있음을 깨닫고 그녀의 눈은 사실과 현실을 비로소 대면하게 된다. 영화의 이야기가 전개됨에 따라 미자의 시선은 점차 자연에서 인간과 사회로 옮겨간다. 결국 그녀가 남긴 유일한 글은 인간과 사회를 향한 것이 된다. "시라는

---

6) 영화 〈시〉는 이러한 점에서 〈일 포스티노〉와 매우 유사하다. 〈일 포스티노〉는 유약하고 소심했던, 순박한 어촌청년 마리오가 스스로 시를 쓰고 군중들을 향해 낭송하기까지의 과정을 통해 시가 인간을 어떻게 변모시킬 수 있는지를 보여준다.

게 사회가 말하는 것, 자연이 말하는 것을 받아쓰고 베끼는 것"[7]이라면 미자는 자연이 말하는 것 대신 사회가 말하는 것을 받아쓰려 한 셈이다. 자연의 순수한 꽃을 보고 싶었지만 결국 꽃다운 생명을 앗아간 세상의 폭력과 흉악한 사회의 모습을 보고 말았기 때문이다.

미자는 애초에는 순수한 미적 관심과 소녀 같은 낭만과 취미로 시를 찾았다. 그녀에게 시는 예전 학창 시절의 추억을 되새길 수 있고 자신의 문학적 재능을 확인해보기 위한 방식이었다. 이때 시는 그녀에게는 그저 순수한 미적 대상이고 감상적 표현 욕구의 구현물일 뿐이다.

이혼한 딸을 대신해 손자를 돌봐야 하고 당장의 생계를 위해 간병일을 해야만 하는 그녀로서는 사회현실의 문제는 그저 병원 로비에 있는 TV 뉴스 속 이야기일 뿐이다. 끔찍하고 흉측한 세상의 사건들과는 멀찌감치 떨어진 채 순수하고 아름답게 살고 싶어하는 그녀는 영화 초반 소녀와 같은 이미지로 그려진다. 하지만 그녀는 아름다운 자연 앞에서 메모장에 끄적거리기만 할 뿐 결국 시로 옮기지 못한다.

꽃을 만지고 바람을 느껴도 그런 낭만과 서정으로는 시가 나오지 않는다. 시를 쓰지 못하는 미자의 초조감과 안타까움은 "시상은 언제 다가오나요?"라는 질문으로 드러나고, "시상은 다가오는 게 아니라 다가가야 하는 것"이라는 영화 속 시인강사의 대답은 '제대로/진짜로 봐야' 한다는 이전의 설명과 다를 게 없다.

---

7) '김용택 시인 인터뷰', 『주간한국』, 2010.5.18일자, 한국일보사

소녀같이 밝고 수다스럽고 자주 웃던 주인공은 세상을 알게 되면서 웃음과 말을 잃어간다. 아름다움을 찾으려 했지만 그녀가 보게 되는 것은 아름다움의 반대편에 놓이는 부정(不淨)한 현실이었다. 그 아름답지 못한 현실을 대면하게 되면서, 그러한 현실을 대면할 수밖에 없는 놀람과 슬픔과 두려움이 그녀로 하여금 시를 쓰게 한다. "몸 속에서 뜨거운 해가 쑥 빠져 나오듯이" 고통스럽고 아름답지 못한 현실 속에서 결국 그녀는 글을 남긴다.

영화에서 시인강사는 "설거지통에서도 시가 있다."고 말한다. 현실의 어두운 구석과 비루한 일상에서도 시를 찾을 수 있다는 말이다. 가장 정직하게 삶의 구석구석을 대면하며 자세히 살펴보는 것이 글쓰기임을 영화는 말하고 있다.

아름다움과 '아름답지 못한' 것들

미와 추에 대한 인식은 바로 예술에서 나온다. 아름다운 문학 작품은 그렇지 않은 세계에 대한 의미 있는 의문을 갖게 하고, 아름답지 않은 것, 아름다움을 아름다움으로 인식할 수 없게 하는 힘의 실체에 대해 '거꾸로' 생각하게 한다.[8] '아름다움'이라는 말에는 선(善), 순수함, 깨끗함, 훌륭함 등의 개념이 내포되어 있다.[9]

〈시〉의 타이틀 장면은 이 영화의 메시지를 함축적으로 보여준다. 아

---

8) 신범순 · 조영복, 『깨어진 거울의 눈』, 현암사, 2000, 46쪽
9) 전영태, 『아름다움과 고통의 재발견』, 문학수첩, 2009, 54쪽

〈그림 1〉

주 평안하고 한가로운 자연의 풍경 속에서 평화롭고 도도히 흘러가는 강물 위로 문득 시체 한 구가 떠내려온다. 시체가 서서히 클로즈업되고, 조용한 일상에 커다란 파문을 일으키려는 듯한 충격적인 영상 속에서 제목의 '시'와 강물 위의 소녀의 시체가 나란히 조합된다.(〈그림 1〉 참고) 시라는 '아름다운' 문학장르 이름 옆에 끔찍하고 처참한 소재를 함께 배치하고 있는 타이틀 장면의 구성은 그 자체가 기이하고 충격적인 조합이다. 이 첫 장면을 통해 영화는 '시의 죽음'을 이야기하고자 한다는 감독의 메시지를 상징적으로 함축한다. 바로 이어지는 읍내 병원 로비 장면에서도 TV 뉴스는 재앙으로 인한 죽음의 참혹한 현장을 보여준다.

"시를 쓴다는 것은 아름다움을 찾는 일이에요. 우리 눈앞에 보이는 것들, 이 일상의 삶 속에서 진정한 아름다움을 찾는 겁니다."라는 영화 속 시인강사의 말은 이 영화를 관통하는 화두가 된다. 미자는 시상을 구하기 위해 주변의 아름다운 것들을 찾는다. 새소리, 물소리, 바람소리에 귀를 기울이고 꽃망울과 나뭇가지와 열매를 들여다보며 아름다운 시를 만들려 한다. 때묻지 않은 자연의 깨끗함과 풍성함과 평화로움은 그녀가 문화강좌를 신청하고 시 쓰기를 행해보려 했던 애초의 이유였다. 늙고 병든 간병환자의 몸을 씻기고 손자의 때 낀 발톱을 깎아주는 것 역시 그녀의 아름다움을 찾는 행위의 연속이다.

그러나 영화는 그녀의 그러한 과정 속에서 '아름답지 못한' 것들을 들춰 보여준다. 미자는 시(쓰기)를 통해 세상의 아름다움을 찾으려 하지만 그럴수록 아름답지 못한 현실의 실상을 더욱 아프게 바라보게 될 뿐이다. 글을 쓴다는 것은 두터운 현실의 벽 때문에 보지 못했던, 혹은 너무 흔해서 별 시선을 끌지 못했거나 너무 은밀히 숨어 있어서 쉽게 들여다보지 못했던 것들을 보게 만드는 힘을 발휘한다.

문화강좌에서 〈내 인생의 아름다웠던 순간〉이란 주제로 발표하는 수강생 각자의 '아름다웠던' 추억은 사실 그다지 아름답지만은 않은, 소박하고 평범한 것들이며 차라리 눈물 떨구며 회상할 수밖에 없게 하는 가슴 아프고 서글픈 사연들이다.[10] 미자 역시 어릴 적 언니와의 기억을 떠올리며 마음이 저린 듯 눈물을 쏟는다. 동백꽃을 '고통의 꽃'이라 설명하고, 붉은 색의 꽃을 '피의 빛깔'이라고 해석하는 점도 이와 무관하지 않다. 아름다움과 아픔이 한데 얽혀 있는 것이다.

손자는 성범죄를 일으키고 소녀는 스스로 목숨을 끊고 가해자는 죄의식이 없고 그들의 부모와 학교는 그 사건을 숨기기에 급급하다. 주변 사람들은 그것에 별 관심이 없고 신문기자는 그것을 이용해 주머니

---

10) 수강생 한 명이 과거를 회상하며 "고통조차 아름답더라"고 하지만 이 역설적 표현(패러독스)은 고통의 아픔을 더욱 부각시켜 놓는다.

를 채우려 하고 늙고 병든 회장은 성욕을 주체하지 못하고 미자는 손자의 합의금을 위해 옷을 벗는다. 시를 사랑한다는 사람들은 시낭송을 그저 친교수단으로 삼으며 음담을 주고받고 시를 쓰려 배우는 수강생은 시 한 편 쓰지 못하고 젊은 시인은 "시같은 건 죽어도 싸다."며 술에 젖어 푸념을 뱉는다. 순수와 아름다움을 찾으려는 미자의 '시(글)쓰기'와 끔찍한 사건을 해결하기 위해 '더러운' 돈이라도 마련해야 하는 그녀의 현실 사이의 거리는 너무나 멀고 모순적이다. 그녀가 감당하기에 현실의 무게는 너무 가혹하고 순수와 아름다움을 찾기에 현실의 얼굴은 너무 끔찍하다.

　실은 그런 그들의 뻔뻔함과 영악함이 '우리'와 그리 떨어지지 않음에 영화의 장면들은 전혀 낯설거나 어색하지 않고 익숙하다.[11] 일반적인 기준으로 봤을 때 전혀 이해하지 못할 인물들이 아니며 대다수의 '우리'와 무척 닮은 주변의 평범한 인간들이다.[12] 그런 그들에 비해 오히려 양미자는 '세상을 모르는' 순진하고 단순한 인물이다. 그녀는 남들에게는 "지금 사정을 이해 못 하는" 한심하고 어리숙한 사람

---

11) 이창동은 "영화가 끝난 뒤에도 영화가 자기와 무관한 어떤 걸로 끝나 버리고 안전하게 현실에 복귀하는 게 아니라 실생활 속에 연결될 수 있길 기대"(김재영, 위의 논문, 2쪽에서 재인용)한다고 밝힌다.
12) 그래서 관객은 이창동 영화의 '악역'들에 당당하게 비난을 던지지 못한다. 예컨대 〈오아시스〉에서 정신적 또는 신체적 장애자인 종두와 공주를 내쫓는 식당 주인이나 그런 주인에게 항의하지 않는 손님들을 우리는 비난하지 못한다. 이창동 영화는 이런 식으로 '우리'의 실상을 거울처럼 고스란히 되비친다. 그래서 자신의 추악한 모습을 그대로 대면해야 하는 우리 자신을 불편하게 하면서 괴롭힌다.

〈그림 2〉

으로 인식된다.

　합의금으로 사건을 조속히 해결짓고 묻어버리기 위해 모인 가해 학생의 아버지들이 식당 안에서 유리창 너머 식당 밖 화단의 꽃을 감상하는 미자를 바라보는 장면은 그 화면의 구도로써 의미를 구성한다.(〈그림 2〉 참고) 가해 학생의 아버지들은 유리창을 경계로 마치 미자를 유리벽 안에 격리되어 있는 신기하고 의아스런 구경거리처럼 바라보고 있으며 이는 한편으로는 문학의 유폐당한 순수성과 그것을 뜨악하게 바라보는 집단의 폭력적 시선을 담아내는 장면이기도 하다. 그들의 집단적 시선 속에는 사회적으로 묵인되고 체질화된 '상식적 기준'에서 벗어나는 것들, 그들로서는 '낯선' 것에 대한 의구심과 배타적 경계심이 스며 있다.[13] 그들은 유리창 밖 미자를 보며 "저 아줌마 저기서 뭐 하는 거야?", "참 개념 없는 할머니네."라며 자신들의 기준으로는

───────────

13) 카메라는 이때 식당 내부에서 바깥을 향하고 있으면서 관객들을 그들과 함께 놓여 있게 만든다. 대다수 관객들의 시선이 미자를 바라보는 식당 안 그들의 시선과 별반 다르지 않음을 암시하고 있다.

도저히 이해할 수 없는 '생각 없는' 사람으로 치부한다.

그들의 은폐된 폭력성은 500만 원이라는 금전적인 강요로 전경화되어 미자에게 은근하면서도 집요하게 폭력을 가한다. "이것저것을 다 고려해서 3000만 원이면 적절한 수준"이라면서 죽음을 돈으로 거래하려 한다거나 피해 학생을 추모하기보다 먼저 "우리 애들도 걱정해야" 한다는 그들의 말은 단순히 이기적이고 타산적이라기보다 비정하고 냉혹하며 참담한 현실의 실상을 보여준다.

이렇듯 〈시〉는 시에 관한 것이라기보다 '시답지' 않은 현실에 관한 것이다. 한밤중의 청량한 물방울 소리가 어둠의 적막감을 더 부각시키듯 '아름다움'을 통해 '아름답지 못한' 세상의 것들을 더욱 도드라지게 보여주고 있다.

기억의 상실과 '기억시키기'

이창동 감독은 어느 인터뷰에서 "내가 이야기하는 방식이나 말하고자 하는 것은 관객이 몰입하게 하는 게 아니라 반성하게 하는 것"[14]이라고 말하였다. 이전 소설가로서, 이제 영화감독으로서 이야기를 만들어내는 자신의 동기나 이유는 관객으로 하여금 영화에 함몰시켜 스스로를 '잊게' 하는 것이 아니라 오히려 끊임없이 스스로를 '보게' 만들려는 것이라는 의미다.

---

14) 계간 『영화언어』, 도서출판 소도, 2003 여름호 : 김재영, 위의 논문, 28쪽 참고

〈그림 3〉

비정하고 음험하며 영악스런 현실을 대면하게 된 미자에게 있어 시를 쓴다는 것은 그녀 나름의 힘겨운 저항의 방식이었으며 거부의 몸짓이었다.

소녀처럼 예쁘게 꾸미기를 좋아하고 호기심 많고 다소 엉뚱하면서도 실제로는 늙고 병약한 미자로서는 글쓰기가 세상을 향한 유일한 의사 표현의 수단이 된다.

미자는 희진의 흔적들을 직접 찾아다닌다. 폭행당했던 학교의 과학실, 투신한 다리, 시신이 흘러갔던 강, 고향 시골집 등 희진의 흔적들을 돌아보며 그녀를 기억하려 한다. 그러나 희진이 투신한 다리 위에서 미자는 그만 바람에 날아가는 자신의 모자를 보며 자유를 느끼는 듯 엷은 미소를 지으며 다시 시상에 빠지고, 희진의 시신이 떠내려갔던 강가에 가서도 산과 강이 주는 서정 속에서 수첩을 펼친다. 이때 수첩의 흰 종이 위로 점점이 떨어지는 빗방울의 흔적은 마치 미자의 순백한 삶을 물들이는 어지러운 현실의 얼룩 같아 보이며 동시에 그녀 자신이 떨구는 눈물이나 핏물처럼도 보인다.(〈그림 3〉 참고)

미자가 가해 학부모를 대표해 희진 엄마와 만나 이야기 나누는 장면은 영화에서 미자의 망각과 기억의 상태를 단적으로 보여주는 중요한 대목이다. 딸을 잃은 슬픔을 견디고 고된 노동을 이기며 살아가는 희진 엄마의 힘겨운 현실 앞에서도 미자는 그녀의 고단하고 힘겨운 현실을 정확히 보지 못한다. 평소에 즐기는 화사한 모자와 꽃무늬 의상을 입은 채로 밭길 사이의 서늘한 바람과 꽃과 나무들을 느끼는 동안 그녀는 그만 자신이 젊어지고 있는, 희진 엄마에게 용서를 빌고 하소연을 해야 한다는 현실의 과제를 잊어버리고 만다. 그리하여 희진 엄마에게 "꽃만 봐도 행복하고 배가 부르고 밥 안 먹어도 괜찮다."며 천진하게 웃으며 '행복'을 이야기하고 만다. 그리고나서도 한참 동안 밭 주변의 풍광과 자연을 예찬하다가 희진 엄마에게 아무렇지도 않게 인사를 나누고는 돌아선다.

그러던 미자는 몇 걸음만에 소녀의 죽음을 문득 떠올리고 자신의 현실을 절감하고서 도망치듯 빠져나온다. 그녀에게 망각의 힘은 자연의 아름다움을 안겨다 주지만 기억의 무서운 힘은 절망과 고통의 현실을 소름 끼치게 일깨워주는 것뿐이다. 그녀에게 현실은 아름다움을 완강하게 가로막는 견고하고 고달픈 '벽'이 된다.

미자의 시는 죽은 희진의 영혼을 달래고 또 용서받기 위한 속죄의 한 방식이기도 하다. 어쩌면 자신에게 맺힌 한과 슬픔을 풀기 위한 힘겨운 고백이었을지도 모른다. 그렇게 본다면 미자의 배드민턴은 손저림 병을 치료하기 위한 방식이었듯이 그녀의 시 쓰기는 자신의 잃어버리고 있는 언어를 회복하기 위한 '치료'의 한 방식이라고 볼 수 있다.

잊지 말아야 할 것을 빨리 잊으려 하는 비정한 현실을 마주 대하면서, 기억력을 잃어가는 미자는 차마 잊지 말아야 할 것을 잊지 않기 위해 시를 남긴다. 미자는 자신의 투신과 시작(詩作)을 통해 잊지 말아야 할 것을 빨리 지우려 하는 자신의 손자와 주변의 사람들에게 그 사건과 비정한 현실을 대면하게 하면서 기억시키려는 것이다. 아름답지 못한 세상에 대해 외면하거나 침묵하거나 그것에 책임지려 하지 않는 이들에게 '제대로 볼 것'을 말하려는 것이다. 그리하여 그들이 응당 잃지 말아야만 하는 반성과 속죄의 자세를 가질 수 있도록 일깨우는 것이다. 그녀의 시(글)쓰기는 결국 "아름다운 것"보다 "아름답지 못한 것"에 대한 기록의 행위이며 그 기억을 위한 방식인 셈이다.

영화는 문화강좌 마지막 시간에 수강생 중 유일하게 쓴, 그리고 미자로서도 처음이자 마지막으로 쓴 자작시 〈아네스의 노래〉를 보이스오프(voice-off) 형태로 담아낸다. 미자가 살았던 동네의 소박하고 평화로운 풍경들과 함께 미자의 나지막한 목소리로 읽히던 시는 죽은 희진의 앳되면서도 차분한 목소리로 이어진다. 60대 할머니와 10대 소녀, 아직 살아 있는 자와 이미 죽은 자의 상이한 두 층위가 한 편의 시를 통해 겹쳐진다. 인간 목소리가 갖는 신령성을 감안한다면 이러한 중첩적 구조는 미자와 희진의 관계를 효과적으로 부각시킨다. 순수한 영혼의 미자와 순결의 성녀 아네스를 세례명으로 하는 희진 사이의 상동성은 더욱 짙어진다.[15]

---

15) 이창동 영화 특유의 나선형 이야기 구성방식은 여기서도 발견된다. 이창동 영화의 시작 장면과 끝 장면은 흔히 대조 또는 비교의 관계를 보이면서 수미상관식 서술방식으로 전체의 주제나 의미를 부각시키는데, 〈초록물고기〉, 〈박하사탕〉이 그 좋은 예가 된다. 〈시〉에서도 희진의 죽음을 보여주는 영화의 첫장면과 미자의 자살을 암시하는 영화의 마지막 장면 사이의 중첩 이미지는 시작과 끝, 즉 희진의 죽음과 미자의 죽음이 긴밀하게 연관되어 있음을 보여준다. 또한 〈시〉에서는 강물의 흐름이 영화의 시작과 끝을 장식한다. 이창동 영화의 내러티브 구조에 대해서는 김재영의 위의 논문 28쪽 이하 참고.

〈아네스의 노래〉가 거의 끝나가는 즈음에서 카메라는 미자의 시점 샷(POV)으로 다리 위의 희진을 보고 이어 강물을 내려다본다. 희진을 회상하고 그녀의 흔적을 쫓는 미자의 시점샷인 까닭에 관객 역시 미자/희진의 시선과 일치되며 따라서 그들과 함께 강물을 본다. 거칠면서도 유유히 흐르는 강물이 주는 두려움과 아찔함이 관객들로 하여금 미자/희진이 느꼈을 추락의 현기증을 함께 느끼게 한다.

그들은 고단한 사회에서 외롭고 아픈 현실을 살 수밖에 없었던 순수하고 꿈많던 인물들이다.[16] 순수와 아름다움을 찾으려던 미자와 희진은 그렇지 못한 현실 앞에서 자신들의 '꽃'을 스스로 꺾을 수밖에 없었다. 따라서 마지막 시 한 편을 남기고 죽은 미자의 이미지는 희진의 이미지와 겹치면서, 평화롭고 유유히 흘러가는 강물의 영상은 오히려 스산하고 저릿하게 가슴을 짓누른다.[17]

〈아네스의 노래〉는 그동안 한 번도 내뱉지 못한, 세상을 향한 나지

16) 순수한 한 인간이 '글'을 '알아가면서' 세상의 속살을 보게 되고 결국 세상을 등진다는 설정은 〈더 리더 : 책 읽어주는 남자〉(베르하르트 슐링크 원작 / 스티븐 달드리 연출)와 흡사하다. 〈더 리더 : 책 읽어주는 남자〉에서 한나는 글을 깨우치면서(읽을 수 있게 되면서) 세상과 자신의 과오를 알게 되고 그 죄책감으로 죽음을 선택한다. 〈시〉에서 미자가 글을 쓰는 과정에서 세상을 알게 되고 결국 자살을 선택한 것과 같다. 무섭고 강력한 존재로서의 '글'의 의미에 대해 보여주는 작품들이다.
17) 영화의 마지막 장면은 감독의 이전 영화 〈초록물고기〉의 엔딩 장면과 매우 유사한 인상을 준다. 한 인간의 죽음이라는 사건도 실은 간단한 파문만 일 뿐 시간의 강물은 무심히도 유유히 변함없이 흘러간다는 메시지를 던지기 때문이다. 두 편의 엔딩 모두 외양상 평화롭고 아름답지만 실은 비극을 깊숙이 숨기고 있다는 점에서 아련하고 슬픈 이미지를 자아낸다.

막하지만 간절한 그녀의 외침이라고 할 수 있다. 아름답지 못한 세상에 대해 침묵하고 외면하고 방관하는 이들에게, 또한 그런 세상에 대해 어떠한 책임도 지려하지 않으려는 자들에게 힘겹게 던지는 작지만 날카로운 화살 같은 것이다. 영화에서 미자는 부정(不淨)한 세상에 대해 크게 분개하거나 깊게 탄식하는 모습으로 나오지 않지만 그녀의 한 편의 시는 그것을 충분히 대신하고 있다.

그녀의 최후의 선택, 투신은 결국 그녀가 가해 학생 부모를 대표해서 만나러 간 희진 엄마와의 자리에서 엉뚱하게도 땅에 떨어진 살구의 얘기를 꺼내면서 건넸던 "살구는 스스로 땅에 몸을 던진다. 깨어지고 밟히면서 다음 생을 준비한다."는 말의 은유적 체현이 된다.

나오며

"쓴다"는 것은 "본다"는 것이며 그 대상은 '아름다움'이다. 이때 '아름다움'이란 '진실'이며 그것은 삶과 현실의 참모습을 말한다. 즉 삶의 비애와 아픔과 고통을, 그 '진실'이 비록 불편하고 불쾌한 것일지라도 정직하게 그것들을 대면하고 아프도록 응시하는 것, 그리고 아름답지 못한 것에 대한 관찰과 반성의 자세를 잃지 않는 것, 그것이 '쓰기'의 행위이며 의미가 된다. 글쓰기가 어려운 이유는 그러한 응시와 대면, 즉 '제대로 보기'의 자세를 취하기가 어렵기 때문이다. 영화 속 대사를 조금 변형해 말한다면 "글쓰기가 어려운 것이 아니라 글을 쓰려는 마음을 갖는 게 어려운 것"이다.

글쓰기란 결국 세상에 대해 늘 촉수를 드리우고 그것을 더 예민하게 다듬고 가꾸어가는 과정이라 할 수 있다. 따라서 글을 쓴다는 것은 기술적이거나 형식적인 문제가 아니라 세상을 마주하는 자세와 삶을 살아가는 태도의 문제가 된다.

영화가 지니는 교육적 가치와 사회문화적 의미는 두말할 나위 없다. 영화가 단순한 오락물이나 여가의 유흥물에 그치지 않고 개인과 사회를 되비추고 고민하며 의식을 만들어내는 중요한 매체라는 점을 감안한다면 영화 〈시〉는 시/문학 또는 글쓰기에 관한 이 시대의 풍경과 고민을 고스란히 드러내고 있다. 영화의 양식도 '쓰기'의 한 방식이라고 본다면 영화 속 미자의 '쓰기'가 그렇듯이 이 작품 역시 시/문학 또는 글쓰기를 기억하기 위한, 혹은 '기억시키기' 위한 것이라 할 수도 있을 것이다.

참고자료

＊ 기본자료
• 영화 〈시〉, 이창동 감독 · 각본, 파인하우스필름(주) · 유니코리아문예투자(주) 제작,
  2010

＊ 참조문헌
• 김정은, 『대중문화 읽기와 비평적 글쓰기』, 민미디어, 2003
• 김주언, 「교양 없는 시대의 교양으로서의 글쓰기」, 『한국문학이론과 비평』 34집, 한국
  문학이론과 비평학회, 2007. 3
• 최미숙, 「문학적 글쓰기에 있어서의 '창조성'」, 『문학교육학』 15호, 문학교육학회,
  2004. 12
• 노영덕, 『영화로 읽는 미학』, 랜덤하우스중앙, 2006
• 박승희, 『시교육과 문학의 현재성』, 새미, 2004
• 박성창, 「신수사학 시대의 언어와 문학」, 『세계의 문학』 2006년 여름호,
• 박진 · 김행숙, 『문학의 새로운 이해』, 청동거울, 2004
• 장미영, 『나르시스의 연못』, 이화여대출판부, 2008
• 김재영, 「이창동 영화 연구」, 동국대 석사논문, 2009
• 신범순 · 조영복, 『깨어진 거울의 눈』, 현암사, 2000
• 이지호, 『글쓰기와 글쓰기교육』, 서울대학교출판부, 2004
• 조용훈, 『시, 문화를 유혹하다』, 이마주, 2007
• 존 버거, 편집부 역, 『이미지』, 동문선, 2002
• 제랄드 프랭스, 최상규 역, 『서사학』, 문학과지성사, 1988
  『주간한국』(2333호), 2010.5.18, 한국일보사
  『씨네21』(753호), 2010.5.12, 한겨레신문사
  『영화언어』, 2003 여름호, 도서출판 소도

- http://www.cine21.com/Article/article_view.php?mm=005003008&article_id=1658(검색일 : 2010. 7. 21)
- http://namusai33.com/209?srchid=BR1http%3A%2F%2Fnamusai33.com%2F209(검색일 : 2010. 7. 28)
- http://giznote.tistory.com/94?srchid=BR1http%3A%2F%2Fgiznote.tistory.com%2F94(검색일 : 2010. 9.14)

03

함께 쓴다는 것

영화 <미술관 옆 동물원>

함께 쓴다는 것

영화 〈미술관 옆 동물원〉

들어가며

영화 〈미술관 옆 동물원〉은 잔잔하고 애틋한 젊은이들의 우정과 사랑을 보여주는 로맨틱 코미디 장르의 이야기다. 청춘남녀 춘희와 철수의 우연한 만남과 동거, 그리고 사랑을 다루고 있다. 젊은이들의 발랄하면서도 경쾌하고 아프면서도 청순한 사랑을 담백하고 풋풋하게 그리고 있다.

그런데 이 영화에 흥미를 갖는 것은 주 인물들의 글쓰기 작업에 있다. 영화의 서사 전개에 있어 춘희와 철수가 행하는 글(시나리오) 쓰기가 주요한 플롯을 이루고 있기 때문이다. 그들이 쓰는 글은 한 편의 시나리오이며 이것은 원래 춘희가 쓰고 있던 것이다. 그런데 철수가 그녀의 타이핑을 도와주게 되고, 점차 철수도 그 글의 쓰기에도 참여하게 되다가 결국에는 철수가 시나리오를 완성해 간다. 춘희와 철수가 우연히 동거를 하게 되면서 쓰는 이와 읽는 이, 즉 작가와 독자의 관계로 이어지게 되고 점차 그들이 함께 써가는 글(시나리오)의 전개에 따라 영화의 서사가 진행된다는 것이다.

이 글에서는 이렇듯 영화의 서사 전개상 글쓰기가 주요한 플롯을 형성하고 있다는 점에 주목하면서 영화 〈미술관 옆 동물원〉을 살펴보고자 한다. 물론 쓰기와 읽기라는 관점에서 작품을 다시 볼 것이며 그 행위가 영화에서 어떻게 그려지고 있으며 어떠한 의미를 갖고 있는지를 생각할 것이다. 이 영화는 인물들을 통해 글쓰기의 목적과 글 쓰는 이와 읽는 이의 관계를 살펴보게 하기 때문이다. 영화에서 그들의 글쓰기는 현실에서 이루지 못한 꿈을 보상받기 위한 대리충족 행위이자 욕망 실현의 방법으로서 행해진다. 또한 그것은 쓰는 일과 읽는 일의 상관성에 대해서도 생각해보게 만든다는 점에서도 흥미롭다. 이러한 점들에 초점을 두면서 이 글은 영화 〈미술관 옆 동물원〉에 나타난 쓰기와 읽기의 문제를 살펴보고자 한다.

사르트르는 다음과 같이 말한 바 있다. "쓴다는 작업은 그 변증법적 상관자(相關者)로서 읽는다는 작업을 함축하는 것이며, 이 두 가지의 연관된 행위는 서로 다른 두 행위자를 요청한다. 정신의 작품이라는 구체적이며 상상적인 사물을 출현시키는 것은 작가와 독자의 결합된 노력이다. 예술은 타자를 위한, 타자에 의한 예술만이 존재할 뿐이다."(사르트르, 1998, 64쪽) 여기서 '타자'란 물론 독자를 가리킨다. 사르트르는 독자를 작가와 동등한 위치에 놓는다.[1]

---

1) 주지하듯 이에 비해 바르트는 "독자의 탄생은 작가의 죽음이라는 대가를 치른

이러한 사르트르의 작가-독자론을 염두에 둔다면 영화 〈미술관 옆 동물원〉은 쓰기-읽기의 상관성을 찾아볼 수 있는 흥미로운 장면들을 보여준다고 하셨다. 이 글은 결국 영화 〈미술관 옆 동물원〉을 통해 작가-독자의 상호주체성, 달리 말하자면 쓰는 행위와 읽는 행위의 상호작용성을 확인하는 셈이 될 것이다. 쓰기-읽기의 상호성과 연계성이 영화 〈미술관 옆 동물원〉에서 어떻게 형상화되고 있는지를 살피면서 이를 중심으로 작품의 해석을 해볼 것이다.

영화 〈미술관 옆 동물원〉에 대하여

영화는 이사 간 줄 모르고 옛 애인의 집을 찾아온 철수와 그 집에 살고 있던 춘희 사이에서 벌어지는 경쾌한 사랑 이야기다. 다소 거친듯하면서도 실은 다감하고 순정적이기도 한 철수와 씩씩한듯하면서도 소심하고 게으르기까지 한 춘희가 한 집에서 지내는 동안 일어나는 일들이다. 여러모로 상반되는 성향의 두 주인공이 우연히 한집살이를 하게 되면서 벌어지는 청춘 남녀의 로맨틱 코미디 이야기다.

사랑에는 육체적 접촉이 중요하다고 생각하는 철수와 순수하고 낭

다."고 말한다. 사르트르는 작가와 독자의 상호주체성을 말하는 반면 바르트는 작가의 죽음과 함께 독자의 '탄생'을 부각하고 있다는 점에서 비교된다.(변광배, 2011 참고) 주지하듯 그의 '글쓰기 ecrire'는 참여문학론으로 요약된다. 사르트르의 작가-독자관은 「글을 쓴다는 것은 무엇인가?」, 「왜 쓰는가?」, 「누구를 위해 쓰는가?」를 통해 잘 드러난다. 이 글에서 사르트르에 대한 언급은 『문학이란 무엇인가』(정명환 역, 1998, 민음사)를 텍스트로 삼고 있음을 밝힌다.

만적인 사랑을 믿는 춘희. 철수가 보기에 춘희는 미술관에나 어울릴 것 같은 세상 물정 모르는 비현실적인 여자이고, 춘희가 보기에 철수는 동물원에나 있을 것 같은 '짐승 같은' 남자다. 그런 점에서 미술관과 동물원은 춘희와 철수의 메타포가 된다.[2] 두 사람의 습관, 사고방식, 취향은 전혀 다르다. 춘희는 낭만적 사랑을 꿈꾸며 글을 쓰지만, 생활능력에서는 부족한 면이 있다. 양치질도 귀찮아할 정도이고 청소는 물론 양말 빨기도 싫어 맨발로 다니며 머리도 헝클어진 채 지낸다. 요리 솜씨도 없으며 마켓에서 물건 고르는 데도 익숙지 않다. 반면 철수는 깔끔하고 반듯하며 청결하고 정돈하기를 좋아한다. 요리도 잘하며, 자판에 익숙지 못한 춘희와 달리 타이핑도 잘한다.

두 인물은 이렇듯 대비되지만 사랑의 아픔을 안고 있다는 점에서 공통적이다. 춘희는 웨딩 촬영 일을 하면서 자주 만나는 국회의원 보좌관을 흠모하지만 말 한마디 건네지 못하고 있고, 철수는 믿었던 연인에게서 싸늘한 이별 통보를 받은 상태다.

영화는 춘희가 찍은 시점 쇼트의 영상으로 시작한다. 그녀가 결혼식장에서 몰래 촬영한, 흠모하는 보좌관의 얼굴이다. 이어 영화는 자판을 서툴게 두드리며 글을 쓰고 있는 현재 시점의 춘희의 모습을 담아낸다. 그리고 그녀 자신의 목소리로 다음과 같은 대사가 이어진다.

---

2) 그런 점에서 '미술관 옆 동물원'은 삼중의 의미를 갖는다. 우선 이 영화 자체의 제목이며, 이 영화 속 주인공들이 쓰는 작품(시나리오)의 제목이며, 또한 여주인공과 남주인공, 혹은 여자와 남자의 성적 구분을 위한 표상으로 '동거 상태'에 대한 비유이기도 하다.

〈그림 1〉

"그는 아직도 내 존재를 모른다. 오늘도 그는 나를 보지 못했다." 이는 춘희가 지금 쓰고 있는 시나리오 속 주인공 다혜의 고백이다. 춘희의 글(시나리오)은 주인공 다혜의 1인칭 시점으로 전개된다. 영화 〈미술관 옆 동물원〉은 춘희가 쓰고 있는 시나리오 속 이야기와 춘희의 현재 시점의 이야기, 즉 시나리오 밖 이야기가 교차되며 전개된다.

다시 말해 영화 〈미술관 옆 동물원〉은 춘희와 철수의 겉 이야기와 다혜와 인공의 속 이야기로 구성된다는 것이다. 그런데 그 속 이야기의 인물들이 겉 이야기의 인물들의 보상적 대리 인물들이라는 점과 그것이 글—시나리오 쓰기라는 형식으로 구현된다는 점이 흥미를 주는 것이다.

영화 〈미술관 옆 동물원〉의 본격적인 서사는 춘희의 글쓰기에 철수가 개입하는 것으로 시작된다. 상반된 성격과 오해로 인해 대립선이 분명했던 춘희와 철수가 거리를 좁히게 되는 계기는 춘희의 글을 철수가 우연히 읽게 되면서부터이다. 춘희의 글은 미술관 큐레이터 다혜와 동물원 수의사 인공과의 애틋한 사랑 이야기다. 철수는 이 낭만적인 사랑 이야기를 처음에는 비웃으며 대한다. 비현실적이고 순진한 이야기라는 점에서이다. 하지만 그는 춘희의 서툰 타이핑을 도와주면서 조금씩 글쓰기 작업을 공유해간다. 춘희의 글을 컴퓨터에 옮겨주면서 철수는 자신의 의견을 제기하기도 하는 등 점차 시나리오를 함께 써간다.(〈그림1〉) 춘희의 글쓰기에 대한 개입이자 간섭이면서 한편으로는 글쓰기 행위 자체에 대한 공감이자 동참(공동작업)인 셈이다.

사르트르는 문학 작품을 팽이에 비유하면서 '움직임'을 통해서만 존재한다고 말한다. 이때 움직임이란 작품의 외부에서 작품을 향해 가해지는 일종의 '힘'을 말하는데, 그는 이 힘이 바로 '읽기' 행위에서 비롯된다고 한다.

> 문학이라는 사물은 야릇한 팽이 같은 것이어서, 오직 움직임을 통해서만 존재하는 것이다. 그것을 출현시키기 위해서는 읽기라고 부르는 구체적 행위가 필요하고, 그것은 읽기의 행위가 계속되는 동안에만 존재할 따름이다.(사르트르, 1998, 61쪽)

읽기가 행해지지 않는 문학(글)은 움직이지 않는 팽이처럼 쓰러지고 만다는 의미다. 달리 말해, 독자는 자신의 읽기 행위를 통해 자신의 힘을 작가의 작품에 '흘려 놓고(couler)', 그렇게 함으로써 그것을 객체화시키기에 이르는 것이다.(변광배, 2011, 63쪽 참고) 그런 점에서 철수의 읽기 행위는 비록 그것이 우연하게 시작된 것이며 단순히 '옮겨쓰기'를 위한 것이었을지라도 춘희의 글쓰기에 있어 그 행위를 끌고 가게 하는 일종의 '힘'으로 작동한 셈이다.

더욱이 영화에서는 철수가 독자의 위치에 있었다가 작가의 위치로 옮겨가고 있음을 주목해야 할 것이다. 춘희의 진척 없는 스토리가 철수의 개입으로 진전을 보이는 것은 작가와 독자의 역할에 있어서 흥미로운 해석을 가능하게 한다. 작가를 대신하는 독자의 역할, 혹은 그 중요성을 환기시키기 때문이다. 독자는 그저 작품의 맹목적인 혹은 수동적인 '타자'가 아니라 적극적으로 작품에 참여하며 스토리 전개를 끌어가는 또 다른 '주체'임을 보여준다. 이는 결국 '읽기'가 또 다른 '쓰기'임을 보여주는 것이기도 하다. 으레 암묵적으로 인지되는 작가와 독자, 혹은 쓰기와 읽기 사이의 '위계질서'를 재고하는 것이다. 여기에는 이미 작가 혹은 쓰는 행위의 권위가 지워진 채이며[3] 작가/독자, 쓰기/읽기의 차별이나 경계가 무너진 상태다.

따라서 영화는 세 갈래의 인물 간 관계 플롯을 갖는다. (1) 철수와 춘희의 관계, (2) 춘희와 보좌관, 그리고 철수와 다혜의 관계, (3) 시나리오 속 다혜와 인공의 관계가 그것이다. 철수와 춘희의 글쓰기 과정은 현실 속의 그들 관계의 변화 과정을 담고 있으며, 현실 속의 철수-춘희의 관계와 그들이 쓰는 글(시나리오) 속의 다혜-인공의 관계는 영화 〈미술관 옆 동물원〉에서 평행적으로 이어진다.

---

3) 저자를 가리키는 어휘 author의 관련어 authority는 권위, 권력이라는 의미를 갖고 있다.

영화 속 글쓰기 안과 밖의 관계

철수와 춘희는 자신들과 관련되는 현실의 인물들을 시나리오의 주인공으로 등장시킨다. 철수는 옛 애인의 이름인 다혜를 여주인공인 미술관 큐레이터에게 붙이고, 춘희는 보좌관의 외모를 동물원 수의사 인공에게 부여한다. 시나리오 속 다혜는 현실 속의 다혜와는 다르게 상냥하며 다정스럽다. 인공 역시 사무적이고 차가운 보좌관의 모습과는 달리 다감하며 따뜻하다. 철수와 춘희는 시나리오 속 인물들에게 자신들이 바라는 이상형을 투영하고 있는 셈이다.[4] 철수는 다혜에게서, 춘희는 보좌관에게서 보는 부족함을 보상해주는 인물들이다.

현실 속 대상에 대한 관심과 애정, 혹은 바람이 철수와 춘희에게 있어 글쓰기의 동기 혹은 동력이 되고 있음을 알 수 있다. 더욱이 그들은 이야기 속 두 인물의 사랑을 해피엔딩으로 그린다. 자신들이 현실에서 이루지 못한 사랑의 상대들을 시나리오에서는 행복한 결말로 이어주고 있는 것이다. 현실에서 이루지 못한 사랑의 성취에 대한 바람이[5] 그만큼 간절했음을 역으로 보여주는 것이기도 하다.

---

4) 사르트르에 의하면 문학의 작중 인물은 "우리를 위하여 그 감정들을 구원하는 일을 걸머지는데, 이 인물의 실체는 바로 우리가 부여한 이러한 감정 바로 그것"이다.(사르트르, 1998, 67쪽)

5) 사르트르는 글쓰기를 기도(企圖)와 호소의 행위로 본다. 그는 쓰기를 '언어라는 수단으로 기도한 드러냄을 객관적 존재로 만들어주기 위한 호소'라고 본다. 그런 까닭에 그는 "작가는 자신의 주관성에서 벗어날 수 없으며 객관성으로 이행한다고 말할 수도 없다."고 말한다.(사르트르, 1998, 68쪽) 글쓰기를 현실에서 이루지 못한 자아 성취의 보상적 차원으로 해석하는 경우는 어렵지 않게 찾아볼 수 있다.

애초에 방관자였다가 일을 도와주면서 독자의 위치에 있게 된 철수는 작가 춘희의 작품에서 쉽게 자신의 모습을 발견한다. 영화에서 직접적인 설성으로 제시되지는 않지만 철수의 적극적인 개입과 동참의 배경에는 그러한 철수의 자기 발견이 전제되고 있음을 짐작할 수 있다. 이것은 춘희의 시나리오를 처음 보았을 때 철수가 그 시나리오의 내용이 춘희의 경험임을 쉽게 눈치채는 것에서부터 드러난다. 이는 다음의 대사에서 확인된다.

"너 이거 본인 얘기지?"
"너 진짜구나. 시나리오만 보고 혹시나 했는데. 정말 연애도 한 번 못해봤나 보네."

춘희의 글에서 춘희의 '흔적'이 쉽게 드러나 있음을 보여주는 대목이다. 이것은 글쓰기 행위가 글을 쓰는 사람의 투영임을 환기시킨다. 일기가 아닌 시나리오라는 점에서 작품의 안과 밖, 즉 허구와 현실의 구분은 명확하다. 그럼에도 철수가 춘희의 글에서 저자의 실체를 쉽게 찾아본다는 것은 철저하게 자신을 은폐하지 못하는 춘희의 미숙한 글재주보다는 애당초 글쓰기 행위에 내재하는 자기투영성을 생각하게 한다. 또한 한편으로는 독자라는 존재가 글 속의 인물과 사건을 단

한 예로 이청준은 글쓰기를 "바깥 세계를 향한 자기 실현의 욕망이 좌절을 당했을 때"(이청준, 1995, 112쪽) 행하는 것으로 보았고, 김영하는 "창작의 에너지는 사랑이라기보다는, 이루지 못한 욕망"(김영하, 2000, 68쪽)이라고 말한다.

순히 언어의 기호로 표현된 가상의 구성물에 불과하지 않음을 간파해
내는 비판적 판단과 평가의 행사자임을 보여주는 것이기도 하다. 독
자 위에 군림하는 작가의 모습이 아니라 작가를 매섭게 응시하는 독
자의 모습을 떠올리게 한다. 철수의 눈에 춘희의 글은 그녀 자신을 드
러내고 있을 뿐이다.

글 속에서도 주인공 다혜는 동물원 수의사 인공에 대한 짝사랑을 앓
고 있다. 현실에서 이루지 못하는 보좌관과의 사랑을 투사하고 있는
것이다. 춘희의 글이 그녀 자신의 연애 이야기임을 쉽게 찾아보는 철
수 자신이 이미 그녀와 흡사한 처지에 놓여 있기 때문이다. 철수는 춘
희와 동년배로서 청춘이며 또한 지금 한창 사랑하는 이와의 관계 속에
서 많은 고민과 아픔을 겪고 있는 처지라는 점에서 춘희와 다를 게 없
다. 이는 철수가 독자로서 작품(글) 속 인물의 행동과 사건에 대해 인
지적, 정서적으로 반응한 것임을 보여준다. 작중 인물의 행동이나 심
정적 정황에 공감한 결과다.

사르트르에 의하면 작품은 작가의 또 다른 '나', 곧 그의 '분신 alter
ego'이다. "나의 작품은 무한적 나의 '표지'를 지니고 있다. 다시 말해
서 나의 작품은 무한정 '나의' 사상이다."(변광배, 2011, 60쪽) 다시 말
해 문학적 글쓰기를 포함한 모든 글쓰기의 출발은 '나'에게 있다는 것
이다. 글 쓰는 이의 경험, 생각, 주장 등 그의 내면에 있던 것을 문자
라는 기호를 통해 바깥으로 꺼내는 작업이기 때문이다. 외부의 대상
에 대한 객관적 설명이나 단순한 전달의 글쓰기일지라도 글을 쓰는
이의 경험을 거친 뒤의 것이라는 점에서 글쓰기란 주관적 개입을 전

혀 배제할 수 없는 것이다. 그런 점에서 모든 글쓰기는 '나'의 노출일 수밖에 없다.

　　우리 자신이 제작의 규칙이나 척도나 규준을 만들고, 우리의 창조
　　적 충동이 우리의 가장 깊은 가슴속으로부터 솟아오르는 경우에는 우
　　리의 작품에서 찾아볼 수 있는 것은 우리 자신일 따름이다.(사르트르,
　　1998, 60쪽)

영화에서 글을 쓰는 춘희와 그녀가 쓰는 글 속의 인물 다혜는 쉽게 동일화된다. 따라서 앞서 언급했듯 시나리오가 다혜의 1인칭 화자 시점으로 진술된다는 점에서 작가, 화자, 주인공은 동일시된다. 여기서 흥미로운 것은 글 속 주인공의 이름이 다혜라는 점이다. 현실에서 다혜는 철수의 사랑을 버린 여자다. 현실에서의 비정한 여자를 춘희는 (후에 철수와 더불어) 자신의 글에서는 따뜻한 여자로 바꿔놓는다. 한 남자에 대한 순정한 사랑을 이루어내는 아름다운 여자로 묘사한다. 그 것은 현실의 춘희가 이루지 못한, 그녀 자신의 욕망의 대리인이기 때문이다. 글을 쓰는 자(춘희)가 글 속의 주인공(다혜)에게 자신을 투영하고 있음은 물론이다.

　그런데 그 주인공이 글을 읽는 자(철수)의 사랑을 거부한 자라는 점에서 세 인물의 관계가 흥미롭게 형성된다. 읽는 자(철수)의 입장에서 주인공(미술관 다혜)은 쓰는 자(춘희)의 현재의 희망과 옛 애인(다혜)에 대한 자신의 희망이 섞이는 존재가 되기 때문이다. 다시 말해 춘희

의 입장에서는 자신의 사랑을 대신 성취하는 '또 다른 나'이지만, 철수의 입장에서는 자신에게 그래 주기를 바라는 '또 다른 다혜'이기 때문이다. 동일 배우가 2인의 다혜 역을 모두 맡는다는 점에서도 글 속 다혜를 대하는 철수의 입장을 확인하게 된다.

이처럼 철수와 춘희는 현실에서 경험해보기를 바라는 장면을 시나리오 속 인물들의 설정을 통해 성취한다. 철수는 인공에게, 춘희는 미술관 다혜에게 심정적으로 동조하며 감정이 이입된다. 춘희는 시나리오 속 다혜가 되어 인공과 만나고, 철수는 시나리오 속 인공이 되어 다혜와 만난다. 인공은 철수의 허구적 자아이고, 다혜는 춘희의 허구적 자아이다. 예를 들어 미술관 다혜가 인공을 생각하며 별밤을 올려다보다가 "보고 싶다. 만나고 싶다. 그의 눈 속에 비치는 별이 되고 싶다."고 내적 고백을 하는 시나리오 속 장면에 이어지는 것은 현실에서 춘희가 보좌관을 만날 생각으로 한껏 설레는 장면이다. 미술관 다혜의 고백이 춘희의 그것에 다름 아님을 보여주는 장면 연결이다.

이처럼 춘희와 철수는 각자가 현실에서 갖지 못한, 갖고 싶은 모습들을 시나리오 속 인물들에 투영하면서 현실에서 보지 못하는 상대의 모습을 시나리오 안에서 그려낸다. 현실에서 바라는 이상적인 상대의 이미지를 가상의 인물들에 이식시키는 것이다. 춘희는 인공에게, 철수는 다혜에게 그것을 옮겨놓으면서 각각 다혜와 인공이 되어 그들을 만난다. 낭만적 사랑의 성취라는 결핍된 현실적 욕구의 대리 충족인 셈이다. 이렇듯 〈미술관 옆 동물원〉에서 글을 쓰는 이들은 자신들이 쓰고 있는 글 속의 인물들과 동화되면서 영화의 이야기를 꾸려간다.

독자와 작가의 역전

〈미술관 옆 동물원〉에서 글(시나리오)은 하나의 액자처럼 기능한다. 그런데 영화는 이 액자의 틀이 무너진다는 점에서 흥미롭다. 글 속의 인물과 글 밖의 인물(작가)이 한 장면 안에 놓인다는 것인데, 예를 들어 철수가 미술관에서 관람하고 있는 장면에서 전시장 한쪽에 미술관 다혜가 앉아 책을 보고 있거나, 인공이 자전거를 타고 동물원 한복판을 지나가고 있는데 거기에 춘희가 서 있기도 한다는 것이다. 영화의 마지막 시퀀스는 그 단적인 예가 되는데, 인공과 다혜가 함께 자전거를 타는 장면에서 철수와 춘희가 각기 시차를 두고 그들 옆을 지나간다.(〈그림2〉) 현실 속의 인물과 그들이 창출해낸 가상의 인물들이 한 공간 안에 놓이는 판타지 설정이다.

〈그림 2〉

글을 쓰는 이와 그 글 속의 이들이 함께 위치하는 장면의 설정은 글 밖(외부 이야기)과 글 안(내부 이야기)의 동일화를 시각적으로 처리한 연출이다. 글의 안과 밖 사이의 경계가 무화되면서 글의 내용 전개와 그 글을 써 내려가는 행위의 전개가 함께 연결되면서 얽힌다는 것이다. 요컨대 삶(현실)과 글의 미묘하고 집요한 뒤얽힘, 혹은 끊을 수 없는 연계성을 상징적으로 보여주고 있다.

철수와 춘희는 낭만적 사랑을 성취해내는 시나리오 속 다혜와 인공과는 달리 헤어지려 한다. 그들이 꿈꾸는 이야기 속 행복한 주인공들과는 대비되는 행보를 보이려는 것이다. 그러나 시나리오 속 행복한 주인공들 옆으로 각기 쓸쓸히 걸어가던 철수와 춘희는 동물원과 미술관의 갈림길 이정표 앞에서 재회한다. 영화 초반 "미술관 같은 델 뭐 하러 가냐?"며 핀잔하던 철수는 미술관에 머물렀다가 동물원 쪽으로 걸어오고 있었고, 동물원을 싫어하던 춘희는 동물원에서 미술관 쪽으로 걸어오던 중이었다. 그리고는 예전에 서로의 취향이 전혀 다름을 확인하며 다투던, 두 인물의 성향을 단적으로 보여주던 '갈림길'에서 다시 만난 것이다. 물론 영화상 극적인 효과를 위한 설정이긴 하지만 철수와 춘희가 헤어지고 나서도 상대를 그리워하던 그들이 이미 서로에게 공감하고 동화되어 있음을 보여준다.

마지막 장면에서 철수는 춘희에게 "이게 내가 쓴 시나리오의 마지막이야."라고 말한다. 시나리오의 결말, 즉 미술관 다혜와 인공 사이의 사랑이 실은 철수 자신과 춘희의 사랑을 예고한다는 것이다. 춘희는 그동안 써오던 시나리오의 마지막 장면을 철수에게 위임한 상태였다. 철수의 말에 춘희 역시 가벼운 미소로 답한다. 이 장면은 춘희의 글을 '읽던' 철수가 춘희가 남겨놓은 글의 마무리를 짓는다는 점에서 흥미롭다. 철수는 애초에 춘희의 글에 대한 냉소적인 독자였다가 대리집필자, 그리고 동반 작가였다가 이제는 글의 완성자로 그 성격이나 위치를 옮겨간 것이다. 이러한 철수의 변화는 독자가 글을 완결 짓는다는 점에서 글에 있어서 읽는 이의 역할을 상기시켜준다. "창조는 오직 읽기를 통해서만 완성될 수 있으며" 결국 글은 "순수한 상태의 독자의 자유에 의해서 이루어"(사르트르, 1998, 68쪽)진다는 언술의 의미를 환기시킨다.

이야기를 결정짓는 것은 결국 춘희가 아니라 철수이다. 작가는 이미 권위를 잃은 지 오래고 독자는 이미 이야기를 스스로 완성해 가고 있었다. 애초에 이 영화에서 작가(춘희)는 쓰는 자로서의 절대적 권위를 보여주지 않는다. 오히려 독자(철수)에게 도움을 요청하며 결국에는 그와 '함께 쓰기'로 나아간다. 이러한 영화적 설정은 읽기의 행위를 쓰기의 행위와 동등한 위치에 올려놓으면서 기존의 쓰기/읽기의 위계적 질서를 해체하는 것으로 해석할 수 있다. 글의 안과 밖의 경계뿐만 아니라 쓰기/읽기의 경계 역시 무너뜨리고 있는 형국이다.

춘희와 철수는 자신들의 글 속에 자신들을 등장시키지는 않는다. 자신들이 현실에서 이루지 못한 사랑하는 상대를 글 속에 등장시키고 있을 뿐이다. 현실 속 대상의 변화를 욕망하는 작가의 내적 욕구와 의식의 반영인 셈이다. 그리고 그들은 글을 통해 그 상대들을 서로 사랑하는 것으로 그려 놓는다. 그들이 쓴 시나리오의 마지막 장면, 즉 다혜와 인공의 행복한 결말은 철수와 춘희의 결론을 대신한다. 그렇게 현실에서 이루지 못한 사랑의 완성을 글 속에서 이루어낸다. 춘희가 현실과 비슷한 안타까운 상황을 자신의 글 속에 그리고 있었다면 철수는 현실에서 일어나기를 바라는 행복한 상황을 집어넣고 있었다. 춘희의 글이 자기고백적인 성격이었다면 철수의 글은 욕망(바람)에 충실한 글쓰기였다. 춘희의 글이 현재의 자기를 비추는 거울 같은 글이었다면 철수의 글은 자신의 미래의 소망을 담은 꿈같은 글이었다고 하겠다. 그럼에도 불구하고, 철수와 춘희는 다혜와 인공의 이야기를 쓰면서 자신들의 이야기도 '쓴' 셈이다. 글의 안과 밖의 구분이 모호해지면서 글의 이야기가 그 글을 쓰는 이들의 이야기, 즉 자신들의 '시나리오'가 된 것이다. 그런 점에서 그들에게 글을 쓴다는 것은 자신들의 삶을 '쓰는–만드는' 것과 같은 의미가 된다.[6]

〈미술관 옆 동물원〉에서 글의 내부 이야기와 외부 이야기의 동일시는 춘희의 다음과 같은 고백에서도 확인된다. 철수와 약간의 실랑이를 벌인 뒤 춘희는 집에 돌아와 이렇게 혼잣말을 한다.

---

6) 영화의 다음 대사들은 이와 관련하여 해석할 만하다. 시나리오의 결말에 대해 춘희와 철수가 생각을 나누는 대목이다. 춘희: "우리가 지금 맞게 쓰고 있는 거야?" 철수: "무슨 소리야?" 춘희: "해피엔딩이 되는 게 너무 억지스러운 게 아니냐고. 둘이 너무 다르잖아. 근데 둘이 사랑에 빠지는 게…" 철수: "그게 뭐 어째서?" 춘희는 영화와 현실은 닮아야 한다는 주장이고, 철수는 영화는 현실과 다를 수 있다는 입장이다. 현실적으로는 이룰 수 없는 사랑도 영화에서는 가능하다는 것이다. 여기서 '너무 다른 둘'은 액면으로는 시나리오 속 인공과 다혜이지만, 결국 철수와 춘희를 가리키는 것으로 해석하게 된다. 그들의 대화는 영화 속 시나리오에 대한 것이면서 동시에 이 영화 자체의 이야기에 대한 것이기도 하기 때문이다.

"사랑이라는 게 처음부터 풍덩 빠지는 줄로만 알았지. 이렇게 서서히 물들어가는 것인 줄은 몰랐어." 처음에는 상반되던 철수와 춘희는 서서히 서로에게 '물들어' 간다. 춘희는 철수의 평소 습관처럼 컴퓨터 먼지를 털어내고, 철수는 춘희처럼 손가락으로 사진틀을 만들어본다. 시나리오 속 인공은 다혜처럼 경쾌하게 자전거를 타고, 다혜는 인공이 취하는 자세로 미술작품을 감상한다. 서로를 흉내내며 따라 하는 모습은 서로에게 동화되어가는 과정이다. 상대를 따라 하는 글 밖의 상황과 글 안의 상황 역시 서로 닮았다.

나오며

영화 〈미술관 옆 동물원〉에서 글쓰기/읽기는 우선 인물 간 매개 역할을 한다. 철수가 춘희의 글을 읽으면서 두 인물 간의 거리는 줄어든다. 영화는 글을 쓰는 자와 읽는 자를 구분하면서 시작하여 결국 '함께 쓰는' 것으로 마무리된다. 즉 영화의 초반에서 글은 두 주인물의 차이와 대립을 드러내는 이유가 되지만 후반에서 그것은 그들의 동일화의 매개가 된다. 살펴본 영화 〈미술관 옆 동물원〉은 주인물 춘희와 철수가 '적대자'의 관계에서 '동반자'의 관계로 변해가는 과정을 담아내는 셈이다. 두 주인물 간의 대립과 갈등이 차츰 소거되면서('다가가는') 결국 '하나'가 되어가는 이야기라고 말할 수 있다.

그것은 달리 말해 쓰지 않던 자인 철수가 춘희와 '함께 쓰기'를 행하는 방향으로 전개되는 것이다. 그것은 전자가 후자와 '닮아가는' 과정이기도 하다. 영화 속 대사를 인용하자면 "서서히 물들어가는" 과정이다. 철수는 춘희와의 사랑에 성공하고 그것은 결국 '하나의 작가'로서 동일시되는 의미를 갖는다.

이런 점에서 영화 〈미술관 옆 동물원〉은 사르트르의 작가–독자론을 흥미롭게 환기시킨다. 그의 작가–독자론은 비록 문학작품을 두고 전개한 것이지만 '작가–독자의 공생' 위에서 작품이 정립된다는 개념은 모든 글쓰기와 읽기의 관계에 대한 설명으로도 확장될 수 있기 때문이다. 쓰기와 읽기는 우열이나 상하가 아니라 공존과 보완의 관계임을 상기시켜준다는 점에서이다.

영화에서 애초 글을 써 내려가던 춘희는 '약자'의 이미지로 그려진다. 그녀는 겉으로는 씩씩하고 활달한 듯 보이지만 실은 소심하고 유치하다. 그녀는 글을 쓰고 싶은 열정을 갖고 있지만 충분히 발휘할 수 있는 글쓰기 능력이나 소질을 갖고 있지 못하다. 마음에 비해 쉽게 글을 진척하지 못하거나 실의에 빠져 있는 모습을 많이 보인다. 영화는 그녀의 '어려운' 글쓰기 작업이 결말까지 이르는 과정을 보여주는 것에 다름 아니다.

극중 인물의 글쓰기(극중 시나리오 「미술관 옆 동물원」)는 영화 전체의 내러티브 전개를 압축한다. 글 안의 이야기가 글의 바깥, 즉 영화 전체의 이야기를 반복하거나 시사한다. 즉, 글의 내용은 그 글을 쓰고 있는 인물들의 상황을 비춘다. 그렇게 글의 안과 밖은 연속성을 가지면서 영화를 구축한다. 〈미술관 옆 동물원〉에서 춘희와 철수의 글쓰기는 다혜와 인공의 사랑 이야기이지만 자신들의 사랑 시나리오를 쓴 것이며 이것이 영화 전체의 시나리오가 된다. 철수와 춘희는 결국 함께 글을 쓰면서 자신들의 우연찮지만 경쾌한 사랑 이야기를 '만들어 간' 것이다.

 참고자료

* 기본자료
• 영화 〈미술관 옆 동물원〉, 이정향 감독, 시네2000 제작, 1998.

* 참고문헌
• 김열규, 『읽기 쓰기 그리고 살기』, 한울, 2013.
• 박인기 편역, 『작가란 무엇인가』, 지식산업사, 1997.
• 변광배, 「사르트르와 바르트의 '작가-독자론' 비교 연구」, 『외국문학연구』 제44호, 한국외국어대학교외국문학연구소, 55-80쪽, 2011.
• 정진석, 「해석에서 독자 역할의 중층 구도와 소통 방식 연구」, 『문학교육학』 제43호, 문학교육학회, 385-416쪽, 2014.
• 한혜선 외, 『소설가 소설 연구』, 국학자료원, 1999.
• 장 폴 사르트르, 정명환 역, 『문학이란 무엇인가』, 민음사, 1998.
• 이청준, 『잃어버린 말을 찾아서』, 문학과지성사, 1995.
• 김영하, 『굴비낚시』, 마음산책, 2000.

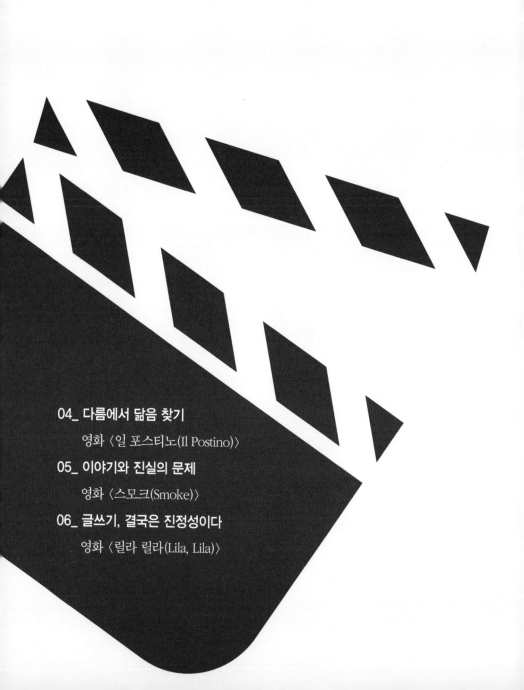

글쓰기의 자세를 보다

"천천히 봐야 한다. 그래야 보인다."

– 영화 〈스모크〉에서

04

다름에서 닮음 찾기

영화 <일 포스티노(Il Postino)>

다름에서 닮음 찾기

영화 〈일 포스티노(Il Postino)〉

들어가며

비유(比喩)는 하나의 개체를 다른 개체에 견주면서 빗대는 방식이다. 따라서 상이한 것들 사이의 유사성을 전제로 한다. 별개의 개체들 사이의 유비(類比)나 상관성을 전제로 한다는 점에서 비유는 단순히 문학적 기교나 수사의 차원을 넘어 세상과 대상을 바라보는 인식의 문제로도 확장된다.

칠레의 시인 파블로 네루다(Pablo Neruda)의 실화를 바탕으로 한 영화 〈일 포스티노(Il Postino)〉는 이탈리아의 섬을 배경으로 가난한 청년 마리오와 시인 네루다 사이의 우정을 그리고 있다. 마리오는 네루다의 우편배달부가 되면서 시와 은유를 알게 되고 그로부터 점차 주변의 삶과 현실의 이면에 대해서도 눈을 떠간다는 이야기다. 지금까지 이 영화를 다룬 많은 논의들은 거의 은유(metaphor)에 집중하고 있다. 그것은 무엇보다 영화가 인물들의 대사를 통해 '은유'를 직접적이고 빈번하게 언급하고 있다는 데 기인한다.

　그러나 여기에서는 이 영화가 은유를 포함하여 비유의 다른 여러 범주들까지 다채롭고 흥미롭게 보여주고 있다는 점에 주목하려고 한다. 은유를 "넓은 의미에서 비유 전체를 뜻하는"[1] 개념으로 본다면 비유를 대신하여 은유의 이름으로 이 영화에 접근할 수도 있으나, 일반적인 개념과 통상적인 쓰임에 따라 은유를 비유의 하위개념으로 두면서 영화 전반에 편재(遍在)되어 있는 비유의 여타 다양한 양상들과 그 쓰임의 의미들을 살펴나갈 것이다.

　〈일 포스티노〉는 이야기의 내용적 측면뿐만 아니라 그 형식적 측면에서도 시적인 면모와 비유의 양상들을 지닌다. 요컨대 작품은 이야기의 안팎에 걸쳐 여러 층의 비유들이 중첩된 형국을 띤다는 것인데, 이 글은 결국 작품의 이러한 성격을 밝혀나가는 과정이 될 것이다. 나아가 작품의 다양한 '비유'의 의미들을 작품 전반의 해석 차원으로까지 확대해 나갈 것이다. 작품에서 비유는 단지 소재적 요소에 머무르지 않고 작품 전반을 해석하게 하는 핵심적·본질적 틀로 작용한다고 보기 때문이다. 따라서 이 글은 결국 '비유'의 원리와 개념이 작품 전반에 어떻게 작동하고 있으며 작품 해석에 있어서 어떤 식으로 개입하고 있는지를 살펴보려는 것이다.

　비유가 "닮지 않은 것 사이에서 동일성을 구하는"[2], 다시 말해 상이

---

1) 박영순,『한국어 은유연구』, 고려대 출판부, 2000, 36쪽.
2) 박진·김행숙,『문학의 새로운 이해』, 청동거울, 2004, 246쪽.

한 것들끼리의 유사성을 찾는 것을 본령으로 했을 때 〈일 포스티노〉
는 그러한 비유의 속성을 세 가지 국면에서 구현하고 있다고 본다. 두
주요 인물인 마리오와 네루다의 관계, 일반 대중의 일상적 언어와 시
적 언어의 관계, 그리고 문학과 영화의 장르 사이의 관계가 그것이다.
이 세 가지 사안은 각각의 영역 안에서 서로의 짝끼리 '비유'의 관계에
놓게 된다. 이 점에 초점을 맞춰 〈일 포스티노〉가 보여주는 비유의 의
미를 위 세 가지 사안별로 나눠 살펴볼 것이다.

마리오와 네루다의 관계

　영화는 마리오와 네루다의 만남의 과정을 중심으로 전개된다. 처음
네루다는 어설픈 시골 청년 마리오를 무심하게 대하지만 점차 마리오
의 '비유적' 표현들에 마음을 열게 되고 그에게 시와 은유를 가르쳐주
게 된다. 마리오와 네루다는 영화 초반 매우 이질적인 모습에서 점차
닮아가는 형국을 띠면서 종국에는 서로에게 '비유'의 관계에 놓인다.

(1) 시상과 표현의 교류

　영화 초반, 네루다의 눈에 비치는 마리오는 그저 가난하고 순박한
섬 주민이거나 기껏 성실하지만 무지한 우편배달부에 지나지 않는
다. 마리오는 "어부라서 말을 못한다."는 자신의 고백처럼 말하고 싶
은 것을 능숙하게 표현해내지 못한다. 동네에서 드물게 글자를 깨우
친 인물이긴 하지만 그의 어리숙한 표정만큼이나 그의 말은 어눌하

다. 그러나 그의 어눌한 말 속에는 문학적(시적) 은유가 빛나고 있었다. 그것이 네루다에 의해 발견되고 그에 의해 더욱 다듬어지면서 결국 한 편의 시를 창작하기에 이른다. 영화 후반, 그가 네루다에게 보내는 편지글에서 알 수 있듯이 그의 글은 말에 비해 그의 마음을 잘 드러낸다.

네루다가 그저 어수룩하고 어눌하게만 보이던 마리오에게 관심을 갖게 되는 계기는 마리오가 구사하는 '비유'에 있다. 다음의 인용은 네루다가 마리오의 '비유'와 처음으로 만나는 대목으로, 둘 사이의 인간적 연대가 시작되는 지점이기도 하다. 우편물을 전달하고 나서도 돌아가지 않고 우두커니 서 있는 마리오에게 네루다가 말을 건네면서 대화를 주고받는 장면이다.

> 네루다: "우체통처럼 우두커니 서 있었잖나?" 마리오: "장승처럼요?"
> 네루다: "아니, 장기판 말처럼 요지부동이었어." 마리오: "도자기 인형
> 보다 조용했죠."

마치 대결이라도 벌이듯 두 사람은 비유적 표현들을 주고받는다. 비유는 하나의 대상을 다른 것에 단순히 빗대고 견주는 것에 그치지 않고 비교를 통해 원대상에 대한 이해의 폭을 넓히면서 사물 사이의 연관성을 환기시킨다. 인용문에서 마리오는 우체통처럼, 장승처럼, 장기판 말처럼, 도자기 인형처럼 묘사된다. 따라서 전혀 별개의 대상들인 우체통과 장승과 장기판 말과 도자기 인형은 '조용히 우두커니 서

있는' 마리오라는 동일한 의미로 한데 꿰이면서 일시에 서로끼리 관계들을 맺는다. 색이나 형태처럼 외적 관찰에 의거한 사물들 사이의 유사점을 '닮음(similarity)'이라 하고 사물들 사이에서 기능적으로 유사하거나 일치하는 내적 관련성을 찾는 것을 '유추(analogy)'라고 하였을 때,[3] 위 대목은 마리오가 네루다 못지않은 유추 능력을 지닌 인물임을 잘 보여준다.

이와 유사한 다른 예로, 마리오는 자신의 노트 위에 네루다의 서명(사인)을 부탁하며 "소중한 책으로 만들어주세요."라고 말한다. 흔히 생각하기 쉬운 부탁의 표현 "서명해주세요."가 아니라 자신의 노트를 '소중한 것으로' 만들어달라고 달리 표현하는 것이다. 사랑하는 여인에게 자신을 과시하고 싶은 마리오의 입장에서 연애시의 대가 네루다의 서명은 그와의 친분을 보여주는 더할 나위 없는 '소중한' 증표가 된다. 유명인사의 서명이 갖는 상징적 가치를 알고 있기에 그의 부탁은 '서명'이란 어휘를 쓰고 있지 않음에도 은유를 통해 그 의미를 효과적으로 전달하고 있다.

또다른 예로, 섬의 아름다움과 자랑을 말해달라는 네루다의 부탁에 마리오는 "베아트리체 루소!"라고, 사랑하는 여인의 이름만을 댄다. 마리오에게 루소는 섬의 아름다운 모든 풍경들과도 바꿀 수 있는, 적어도 섬의 아름다움을 대표할 만한 것이다. 그런 까닭에 마리오는 그녀를 통해 섬의 아름다움과 자랑을 설명하려 했던 것이고, 이는 부분

---

3) 로버트 루트번스타인 · 미셸 루트번스타인, 박종성 역, 『생각의 탄생』, 에코의서재, 2009, 198쪽.

으로써 전체를 드러내는 '제유'의 한 예가 된다.[4] 이러한 마리오의 '언어'들은 조금씩 네루다를 놀라게 하며 결국에는 그로 하여금 마리오를 친구로서 대하게 만든다.

마리오와 네루다의 비유적 언어는 그들의 대화에서 특히 두드러진다. 그들의 대사는 거의 비유적인데, 이를테면 루소를 마음에 품고도 자신의 마음을 전할 길 없는 마리오가 네루다에게 "마음이 아프다."고 호소할 때 네루다가 "치료약이 있다."고 한다든가, 이에 마리오가 응수하며 "치료되고 싶지 않다. 계속 아프고 싶다."고 말하는 것 등이 그렇다. 별달리 작위적이지도 않고 특별히 문학적으로 애써 표현하려 하지도 않음에도 이들의 대화는 대개 이렇듯 문학적이며 비유적이다.

다음의 예도 그렇다. 루소의 숙모가 네루다를 찾아와 마리오가 자신의 조카를 '은유'로 유혹하고 있다는 지청구를 퍼붓고 돌아간 뒤의 네루다와 마리오의 대화다.

네루다: "얼굴이 백지장같구만." 마리오: "겉은 백지장 같을지 몰라도 속은 붉어졌어요." 네루다: "어떠한 미사여구도 과부의 노여움을 풀지 못하네." 마리오: "그분이 날 죽이면 감옥에 갈텐데요." 네루다: "그리고 몇 시간 만에 풀려나겠지. 정당방위를 주장할 테니까. 시퍼런 칼날과 날카로운 송곳니로 처녀막을 찢듯 자네가 은유라는 거대한 백색

---

4) 식량 전체를 대표하는 것으로 '빵'을, 농기구 전체를 대표하는 것으로 '호미'를 드는 것처럼, 섬의 아름다운 여러 것들 중에서 가장 대표적인 것으로 '루소'를 들고 있다는 점에서 제유가 된다.

무기로 조카의 순결을 위협했다 하겠지."

　네루다가 말하는 "어떠한 미사여구"란 '모든 말', '모든 표현'을 가리키는 것이므로, 부분으로써 말(言) 전체를 가리키는 제유법에 해당한다. 그리고 "감옥에 간다."는 표현은 구속과 처벌을 가리키는 환유법에 해당한다. 위 대화에 이어지는 장면에서 마리오는 네루다에게 "우표 붙일 때나 이용하던 혓바닥을 다른 데 쓰도록 가르쳐 주었다."며 원망 섞인 푸념을 해대는데, 이때에도 '혓바닥'이 '말'의 환유적 표현임은 물론이다.

　이처럼 네루다와 마리오의 대화에서는 비유적 표현들이 자연스럽고 흔하게 등장한다. 위 인용문의 마지막 대목, 네루다가 루소 숙모의 말을 옮기듯이 전하는, "시퍼런 칼날과 날카로운 송곳니로 처녀막을 찢듯 자네가 은유라는 거대한 백색무기로 조카의 순결을 위협했다."는 표현은 직유와 은유가 만들어내는 문학적 수사의 단적인 예가 아닐 수 없다. 이들의 이러한 '비유'는 아래의 예에서도 확연히 증명된다.

　어느 날 네루다는 바닷가에서 마리오에게 한 편의 자작시를 읊어준 뒤 소감을 묻는다.

　　네루다: "느낌이 어땠는데?" 마리오: "모르겠어요. 단어가 왔다갔다 하는 것 같아요." 네루다: "파도처럼 말이지?" 마리오: "맞았어요. 파도처럼요." 네루다: "그건 운율이라는 거야." 마리오: "멀미까지 느꼈어요. 그건… 마치… 배가 단어들로 이리저리 튕겨지는 느낌이었어요."

네루다: "배가 단어들로 튕겨진다고? 방금 자네가 한 말이 뭔지 아나?"

마리오: "아뇨, 뭔데요?" 네루다: "그게 은유야."

　네루다가 섬과 바다의 아름다움에 감탄하며 시를 읊는 동안 마리오는 네루다가 지어내는 시적 언어와 운율의 아름다움에 감탄한다. 이를테면 네루다의 언어가 '파도처럼' 마리오에게 와 부딪히고, 마리오는 파도에 부딪히는 배 위에 올라탄 듯 멀미를 느끼는 것이다. "단어가 바다처럼 왔다갔다" 한다든가, "배가 단어들로 이리저리 튕겨"진다는 마리오의 표현은 네루다의 말처럼 '은유(비유)'의 눈부신 예가 아닐 수 없다. 마리오는 비록 '은유'라는 이름조차 생소해하지만 실상은 자신의 막연하고 추상적인 느낌을 다름 아닌 은유(비유)를 통해 선명히 전하고 있는 것이다.

　그럼에도 마리오는 생각을 드러낼 적절한 단어를 찾지 못할 때면 "시인이 아니라서 그것이 무엇인지 모른다."거나 "느낌은 있었는데 표현할 수 없었다."고 말한다. 그가 생각하기에 시인이라는 존재는 "말하고 싶은 무엇이든 말할 수" 있는 사람들이다. 반면에 자신은 시인과 같은 표현의 능력이 없어 제대로 설명할 수 없다고 고백한다. 그러나 역설적이게도 마리오는 시인 네루다를 위해 '시어'를 만들어주기도 한다. 어부의 그물에 대한 적절한 수식어를 찾지 못해 고민하는 네루다를 위해서 마리오는 별 어려움도 없이 "서글픈 그물"이라는 표현을 만들어낸다. 감정이 없는 무생물인 그물에 '서글픈'이라는 감정의 형용사를 넣을 수 있는 마리오의 시적 상상력을 단적으로 보여주는 대목이다. 물론 '서글픈 그물'이란 가난하고 궁핍한 어부의 고된 체험에서 자연스럽게 배어나온, 그러면서 결국은 마리오 자신의 '서글픈' 삶을 빗대는 표현이 된다.

대시인 네루다를 위해 시골 청년 마리오가 시적 표현을 만들어준다는 이러한 설정은 이 둘의 관계를 역전시키거나 적어도 대등한 것으로 바꿔놓으면서, 서로 '닮지 않은 것에서 닮은 것으로' 만들어 놓는다. 이는 곧 네루다와 마리오의 관계를 일종의 비유적 관계로 상정하게 만든다는 점에서 주목을 끈다. 이러한 둘의 관계 의미는 마리오의 관심과 인식이 점차 네루다의 그것을 닮아간다는 점에서 더욱 분명히 드러나는데, 이는 다음 항에서 다루기로 한다.

(2) 인식과 관심의 변화

영화는 가난하고 소심하던 마리오가 네루다를 통해 시를 알게 되고 시를 통해 마리오의 삶 자체가 변해가는 과정을 보여준다. 한 인간이 시를 통해 스스로를 발견하고 사회와 현실을 다시 바라보게 되는 과정을 그리고 있다는 데 주목을 하게 된다. 여인에게 말 한마디조차 건네기 힘들어했던 소심하고 순박한 어촌청년 마리오가 스스로 시를 짓고 대규모 군중 앞에서 낭송하게 되기까지의 과정을 통해 영화는 시(문학)가 어떻게 인간의 삶에 변화를 가져올 수 있는지를 보여준다.

영화 초반, 마리오는 시와는 전혀 무관한, '세상을 모르는' 순진하고 순수한 인물로 그려진다. 그는 사회현실의 문제에 무관심할 뿐만 아니라 궁핍하고 비천한 주변의 삶에 대해서도 그리 관심을 두지 않는다. 그 자신 어부의 아들이면서도 고기잡이에는 흥미가 없고 실제 배를 타는 것조차 꺼리는 병약한 인물이다. 단지 누이가 미국에서 보내온 엽서 속의 고급승용차 사진을 보며 풍요와 낭만을 그리워할 뿐이다.

그가 처음으로 시에 관심을 갖게 되는 것은 지극히 개인적인 사정에 의해서였다. 여인에 대한 사랑의 감정과 낭만과 감상을 표현하고 싶은 욕망 때문이었다. 처음 마리오에게 네루다는 그저 연애시의 대가에 불과했다. 남들은 네루다를 민중의 시인이자 의식 있는 사회주의자로 추앙하지만 마리오가 네루다를 부러워했던 것은 여자를 매료시킬 수 있는 달콤한 시구절 때문이었다. 세계 곳곳의 여성들로부터 날아온 네루다에 대한 흠모의 편지들을 배달하면서 마리오는 자신으로서는 가질 수 없는 능력에 대한 신기함과 부러움을 잔뜩 품는다.

베아트리체에게 사랑의 마음을 전할 언어가 당장 필요했던 마리오에게 있어 네루다는 훌륭한 사회주의 사상가가 아닌, 뭇 여성들에 인기 있는 시인일 뿐이었다. 마리오는 네루다의 그런 능력이 부러웠고 그의 달콤한 언어가 필요했다. 이처럼 그가 처음 시를 만난 이유는 전적으로 개인적이며 감상적인 것이었다. 시는 그에게는 그저 개인적 욕망 실현의 수단이었을 뿐이다.

마리오는 처음에는 은유가 무엇인지 몰랐으며 네루다의 시를 흉내 내거나 그대로 인용할 뿐이었다. 그러나 시를 통해 사랑을 이루고 난 뒤에는 은유가 "세상을 설명"하는 한 방법임을 알게 되고 점차 주변의 일상과 사물들을 다시 보게 된다. "새로운 것을 얻게 되는 것은 바로 은유를 통해서"[5]라는 아리스토텔레스의 언명처럼 마리오는 이전까지 무심히 지나쳤던 것들에게서 새로운 가치들을 볼 수 있게 된 것이다. 그리고 결국에는 "아름다워요. 이토록 아름다운지 몰랐어요."라며 놀라워한다.

그러나 마리오의 이 놀라움은 단순히 섬과 자연의 풍광에 대한 감탄으로만 그치지 않고 사회적 의미로 돌려 해석해보게도 한다. 이를테면 '현실은 아름답지 못하다는 것을 이전까지는 몰랐다.'는 의미로도 해석하게 된다는 것인데, 실제로 마리오는 점차 현실의 모습들이 아름답지 못하다는 사실을 깨달아간다. 시(문학)의 의미가 "아름답지 않은 것, 아름다움을 아름다움으로 인식할 수 없게 하는 힘의 실체에 대해 거꾸로 생각하게"[5]하는 데 있다면 마리오에게 시는 바로 그러한 의미로 다가오기 시작하는 것이다.

시와 은유를 알게 되고 나서 마리오의 시선과 생각에는 조금씩의 변화가 일어난다. 섬 주민들이 먹을 물이 부족한데도 아무런 불평도 드러내지 않고 위정자들의 허위와 가식에도 비판 없이 맹목적으로 순종하기만 하는 모습을 보면서 마리오는 모순과 부조리를 느끼게 된다. 그러면서 한 편으로는 여인의 마음을 움직이게 했던 시와 은유(비유)가 이제 여러 사람의 마음도 움직일 수 있음을 깨닫게 된다. "사랑이 그를 시로 이끌고, 다음에는 이 시가 그를 운명으로 끌고 가게"[7]하였던 셈이다.

---

5) 김욱동, 『은유와 환유』, 민음사, 1999, 75쪽에서 재인용.
6) 신범순 · 조영복, 『깨어진 거울의 눈』, 현암사, 2000, 46쪽.
7) 김은자, 『일 포스티노와 빈대떡』, 고려대출판부, 2009, 34쪽.

은유가 인식적 확장의 능력과 관련되고 그 인식적 확장이 아는 것 너머(meta) 모르는 것으로의 이행(pherein)을 뜻하는[8] 것이라면, 이는 영화 속 마리오의 변화를 그대로 설명하는 것이기도 하다. 사랑의 낭만을 동경하던 마리오가 한 여인을 넘어 주변의 자연과 삶을 차례로 알게 되고 나아가 사회현실로까지 눈을 떠가는 과정은 바로 은유의 그러한 의미확장 과정과 닮았기 때문이다. 마리오의 변화는 한마디로 비유를 통해 세계를 인식해가는 과정과 다름없다.[9] 이처럼 영화는 마리오가 시의 아름다움을 알아가는 동시에 현실과 사회의 '아름답지 못한' 이면에 대해서도 눈을 떠가는 과정을 보여준다.[10]

마리오의 변화는 네루다와의 '거리'를 통해서도 드러나는데, 마리오가 네루다를 대하는 물리적 거리의 변화는 흥미로운 의미를 지니게 된다. 처음 마리오는 네루다의 집 울타리 밖에서 우편물만 건네주고 돌아가지만, 점차 시간이 지나면서 마당과 테라스, 네루다의 서재 안으

---

8) 노영덕, 『영화로 읽는 미학』, 랜덤하우스중앙, 2006, 91쪽.

9) 비유를 바라보는 태도는 크게 두 가지로 나뉘는 바, 하나는 글이나 말을 아름답고 화려하게 꾸미는 장식으로 보는 태도이며 다른 하나는 진리를 좀더 뚜렷하고 논리적으로 전달하는 도구로 보는 태도이다. 이중, 비유를 부수적인 것으로 보려는 전자의 태도가 이전까지는 우세했으나 최근 들어서는 세계 인식의 필요 도구로 보는 후자의 태도가 널리 퍼져 있다.(김욱동, 위의 책, 82–83쪽) 이 글은 후자와 관련하여 마리오의 변화를 설명할 수 있음을 보여주려는 것이다.

10) 〈일 포스티노〉는 이런 점에서 이창동 감독의 〈시〉와 많이 유사하다. 〈시〉 역시 주인공 양미자가 자연의 아름다움에서 시를 찾으려 하지만 결국 아름답지 못한 인간의 현실과 사회를 목격하면서 시를 쓰게 된다는 이야기다. 이와 관련해서는 졸고, 「영화 '일 포스티노'와 '시'에 나타난 '글쓰기'의 의미」, 『문학과 영상』 12권 3호, 문학과 영상학회, 2011 참고.

로까지 들어가게 된다. 그리고 종국에는 네루다와 동행하여 베아트리체의 식당까지 함께 가 그와 나란히 동석하게 된다. 즉 마리오와 네루다 사이의 물리적 거리는 점차 줄어들고 심정적 거리 역시 '지워지는' 양상을 보인다는 것이다. 그리고 영화의 후반부에서, 고국 칠레로 돌아간 네루다의 빈 의자에 마리오가 마치 '네루다처럼' 앉는 장면은 앞에서 언급했던, 마리오와 네루다의 비유적 관계를 다시 상정하게 하는 상징적 장면이 된다.

마리오와 네루다의 비유적 관계는 마리오가 네루다가 겪었던 인식의 변화를 닮아간다는 데서 더욱 확연해진다. 네루다는 마리오에게, 처음에는 연애시를 쓰다가 탄광의 비참한 현실을 목격하고부터 사회 비판적 시를 쓰게 되었다는 말을 들려주는데, 마리오 역시 그러한 네루다의 변화를 닮아간다는 것이다. 한 여인에 대한 사랑의 감정을 표출하기 위해 시가 필요했던 마리오는 네루다가 그랬던 것처럼 점차 노동자들의 삶과 현실의 모순에 대해 관심을 갖게 되고 그것의 개혁을 욕망하게 된다. 은유의 속성이 '전이(轉移)'에 있다면 사회 개혁에의 욕망이 네루다에서 마리오에게 전이된 셈이다.

네루다가 떠난 뒤 마리오는 혼잣말처럼 "네루다가 내게 남긴 것이 있다."고 내뱉는데, 네루다가 마리오에게 '남긴 것'이란 이를테면 '아름답지 못한 것을 볼 수 있게 된 눈'을 말한다. 즉 주변 현실의 비리와 부정, 고달픈 노동자들의 삶을 들여다볼 수 있게 된 인식의 지평을 의미한다. 그 인식의 지평을 가져다준 힘이 '은유(비유)'에 있다면, 마리오의 이 말은 결국 네루다가 자신에게 '은유(비유)의 눈'을 남겼다는 것으로도 해석하게 된다.

마리오는 네루다처럼 투철한 사회주의자가 되지도 못하며 문학운동을 통해 사회 개혁을 직접 부르짖지도 못한다. 그 자신 "나는 시인도, 사회주의자도 되지 못했다."며 푸념한다. 그러나 세상과 현실의 문제를 다시 바라보게 되고 그것을 자신의 '언어'로써 드러낼 수 있게 되었다. 비록 시인은 되지 못하고 "시인으로 다듬어져 가는 미완의 마리오"[11]일 뿐이었지만 그의 시야는 개인적 욕망에서 사회 공동체의 관심사로 넓어진 것이다.

이와 관련하여 영화는 마리오가 위치하는 공간들의 변화를 흥미롭게 보여준다. 영화 초반, 마리오는 주로 어둡고 허름한 방안에 위치한다. 그는 창문 너머로 어부들의 고단한 노동을 그저 내다볼 뿐이다. 그 자신 어부의 아들이면서도 병약한 탓에 직접 고기잡이 일을 하지 않고, 방안에 앉아 미국에서 보내온 고급승용차 사진을 보며 풍요와 낭만을 동경할 뿐이다. 고달프고 힘겨운 어부의 삶과는 거리가 먼 그의 몽상적이고 무기력한 정황을 영화는 그의 어둡고 좁은 방을 통해 암시한다. 그러다가 마리오는 우편배달부 일을 하게 되면서 점차 마을의 식당에 앉아 네루다의 시집을 읽기도 하고, 식당 밖 마당에서 장사꾼의 거래에 간섭하기도 한다.

그리고 결국에는 자작시를 낭독하기 위해 대군중이 모인 광장에 서게 된다. 밀실 같은 좁은 방에서 점차 넓은 장소로 나아가며 결국에는

---

11) 이왕주, 『철학, 영화를 캐스팅하다』, 효형출판, 2007, 275쪽.

광장으로 이어지는 공간의 변화는 그의 심정적 정황과 세상을 대하는 태도의 변화를 담아낸다. 그것은 한 시골뜨기로서 좁은 섬에서 광장같이 넓은 대륙을 꿈꾸고, 한 남자로서 한 여인에 대한 사랑에서 민중에 대한 사랑으로 변하고, 한 인간으로서 닫힌 세상에서 열린 세상으로 나아가고자 했던 그의 욕망의 공간적 비유라고 할 수 있다. 노동자와 민중의 삶을 보게 되고 새로운 세상을 꿈꾸게 되는 것은 마리오가 "새로운 현실을 넘보는 언어의 능력"[12] 을 갖게 되었기 때문이다.

시와 은유의 힘을 알게 된 마리오에게 있어 이제 네루다는 더이상 달콤한 연애시의 대가가 아니라 투철한 사회주의 사상의 민중 시인이다. 마리오는 사랑하는 여인의 곁을 떠나 핍박받고 착취당하는 수많은 노동자들 앞에 선다. 그리고 자신이 쓴 "파블로 네루다 선생님께 바치는 시"를 낭독하려 한다. 그러나 마리오가 그 시를 굳이 대군중 앞에서 읽고자 했다는 점에서 그것은 실은 '민중에게 바치는 시'가 된다. 한 여인에게 나르던 언어를 이제는 민중들에게, 그들을 위해 나르려 하는 것이다. 그러나 마리오의 낭독은 진압군대의 개입과 탄압으로 이뤄지지 못하고, 마리오 역시 어지러운 군홧발 속에서 비극적으로 희생되고 만다.

영화의 마지막, 몇 년 만에 섬을 다시 찾은 네루다가 해안가를 걸으며 마리오를 회상하는 장면에서, 마리오와 네루다의 영상을 교차하는 편집은 그들 사이의 '거리'를 지우면서 둘의 의미를 중첩시킨다. '다름'

---

12) 송병선, 『영화 속의 문학읽기』, 책이있는마을, 2001, 296쪽.

에서 '닮음'을 찾는 것이 비유[13]라고 했을 때, 겉으로는 전혀 다른 삶을 살았던, 풍채 좋고 존경받는 노시인 네루다와 가난하고 초췌한 어촌 청년 마리오가 점차 닮아가는 과정의 스토리는 두 인물 사이를 '비유적' 관계로 보게 하는 이유가 된다.

일상 언어와 시적 언어의 관계

영화에서 시적 비유(은유)는 마리오의 성숙을 끌고 가면서 영화의 이야기 전반을 견인한다. 또한 영화에서 비유는 앞장에서 보듯 마리오와 네루다의 관계를 해석하는 것으로도 작용한다. 여기서 더 나아가 비유는 일상의 언어와 시적 언어와의 관계를 설명하는 데로까지 확장된다는 점에서 더욱 흥미롭다. 즉 마리오와 네루다 외에 주변 인물들의 '언어'에서도 거의 빠짐없이 비유들이 발견된다는 것이다.

비유가 액면 그대로의 언어의 뒤에 또 다른 뜻을 감추고 있는 것이라면 〈일 포스티노〉는 일상의 언어에서도 그러한 비유적 쓰임이 흔하게 발견된다는 점을 보여준다. 주요 인물 외의 인물들의 대화에서도 내포와 암시의 비유적 양상들을 쉽게 찾을 수 있다는 것이다. 즉 시인인 네루다를 차치한다고 해도 마리오가 "일상의 언어에서 은유를, 시어를 찾아낼 수 있었던 유일한 사람"[14]은 아니라는 것이다. 단적으로

---

13) 아리스토텔레스는 은유의 본질은 유비(類比)라고 주장한다. 노영덕, 위의 책, 90쪽 참고.
14) 장미영, 『나르시스의 연못』, 이화여대 출판부, 2008, 165쪽.

베아트리체의 숙모는 글자를 읽지 못하는 문맹자이지만 실은 비유적 언어 표현을 충분히 이해하고 또한 솜씨 있게 구사하는 인물로 그려진다. 여기서는 그녀를 비롯한 영화 속 주변 인물들의 대사를 통해 일상 언어와 시적 언어의 비유 관계를 살펴보기로 한다.

(1) 베아트리체의 숙모

베아트리체의 숙모가 마리오의 은유(비유)에 두려움과 놀라움을 갖는 장면은 흥미롭다. 마리오와 네루다의 대화는 앞서 보았듯 거의 비유로 구성되는데, 그녀는 그러한 비유의 표현들을 위험한 것으로 기피하고 싶어한다. 그녀에게 은유는 마리오가 자신의 조카를 유혹할 때나 쓰는 불결하고 불온한 것이며, "사회주의만큼이나" 위험하고 무서운 "백색무기"일 뿐이다. 그런데 역설적인 것은 정작 그녀 자신의 언어는 다분히 비유적이며 문학적이라는 점이다. 다음은 그녀가 마리오로부터 사랑 고백을 듣고 돌아온 조카 베아트리체에게 채근하는 장면으로, 그녀의 비유적 표현력을 단적으로 보여주는 대목이다.

숙모: "말 좀 해봐라. 뭐라고 하든?" 베아트리체: "은유랬어요." 숙모: "은유? 그런 말은 처음 듣는다. 은유로 뭘 했는데?" 베아트리체: "얘길했어요. 내 미소는 나비의 날개짓 같다고 했어요. 벌거숭이, 당신은 당신의 손처럼 섬세합니다. 매끄럽고 소박하며 자그마한. 둥그스름하며 투명한 달곡선, 사과처럼 향긋하며, 벌거숭이, 당신은 쌀알처럼 연약합니다. 벌거숭이, 당신은 쿠바의 밤처럼 푸르릅니다. 당신의 머

리엔 포도나무와 별들이 있습니다. 당신은 여름철 사원처럼 웅장하고 황금빛입니다." 숙모: "그래서 넌 어떻게 했니?" 베아트리체: "가만히 있었어요." 숙모: "그 사람은?" 베아트리체: "뭐라고 말했냐구요?" 숙모: "아니, 무슨 짓을 했냐고?" 베아트리체: "그는 내게 손끝도 대지 않았어요. 그는 순결한 여인과 함께 있는 것은 파도가 부서지는 백사장에 있는 것과 같다고 했지요."

베아트리체가 숙모에게 들려주는 마리오의 탁월한 시적(비유적) 표현들은 사실 네루다의 시에서 인용한 것이긴 하지만 베아트리체의 마음을 단숨에 사로잡는다. 그러나 정작 여기서 주목하게 되는 것은 숙모의 대응이다.

그녀는 우선, 은유라는 추상적 개념을 마치 구체적 사물처럼 대하고 있다. 이는 물론 '은유'라는 말을 조카와의 대화에서야 처음으로 듣는다는 고백에서도 알 수 있듯이 그녀가 비유에 대해서는 전혀 알고 있지 않다는 데 그 이유가 있다. 위 대목에 이어지는 장면에서도 숙모는 은유의 개념을 모르는 탓에 "그놈이 은유로 조카딸년을 후끈 달아오르게" 했다고 말하는데, 이 역시 그녀가 은유를 마치 뜨거운 열기구나 의약품 같은 것으로 여기고 있다는 점에서 은유에 대한 그녀의 오해나 몰이해를 보여준다. 물론 은유가 "(몸을) 후끈 달아오르게" 한다는 표현 자체가 은유(비유)적인 것으로 해석할 만도 하다.

이것은 그녀가 글을 읽지 못할 뿐만 아니라 시를 혐오하고 거부하는, 문해력을 갖고 있지 않은 인물로 설정되어 있다는 점에서 그 역설적인 의미가 더욱 부각된다. 즉 그녀는 겉으로는 어휘에 대한 액면 그대로의 해석만 가능한 자로 그려지고 있다는 것이다. 예를 들어서 그녀는 나리오가 베아트리체에게 "그녀 젖가슴은 두 개의 불꽃"이라고 표현한 것을 두고 다음과 같이 말하며 화를 터뜨린다.

"조카의 벌거숭이 몸을 봤다는 증거다. 이 시에 사실이 나와 있다. 조카년은 이 시에 나온 그대로다."

그녀가 마리오의 시적 표현 속의 '젖가슴'을 직설적인 의미로 이해하고 있음을 보여준다. 문학의 언어를 상상의 소산으로가 아니라 있는 그대로의 사실적 표현으로 받아들이고 있다는 것이다. 그리하여 문학적 비유의 속뜻을 들여다보지 못하고, 마리오의 상상의 표현을 실제의 체험인 것으로 오해하고 있는 것이다. 이는 그녀가 영화의 다른 장면에서, 정치가의 선거공약을 액면 그대로 믿다가 결국에는 기만당하고 마는 대목과도 맥락을 같이 한다.

마리오는 정치가의 말 뒤에 숨은 의도를 간파하면서 그에게 분명한 반대 표시를 하는데, 베아트리체 숙모는 그와는 전혀 상반되는 모습이다. 그 장면에서, 식수난 해결을 선거공약으로 떠벌리는 정치가의 모습과 그 바로 옆에서 베아트리체에게 건넬 사랑의 단어를 찾고 있는 마리오의 모습은 흥미로운 대조를 이루게 된다.[15]

---

15) 영화에서 정치가의 말은 민중의 귀를 현혹시키는, 달콤하지만 공허하고 위선적인 언어로, 마리오의 언어와 대비된다.

숙모에게서 역설적인 흥미와 주목을 갖게 되는 것은 다름 아닌 그녀 자신의 언사들이 지극히 비유적이라는 점에 있다. 그녀는 마리오와 사랑을 시작한 조카 베아트리체를 나무라면서 다음과 같이 말한다.

"그 사람은 입도 있고 손도 갖고 있다. 남자가 말로 유혹하기 시작하면 금세 손을 뻗는 법이야. 말이 제일 나쁘다. 차라리 술에 취해 엉덩이를 꼬집는 게 낫지."

여기서 '입'과 '손'은 각각 '달콤한 유혹의 언사'와 '몹쓸 짓거리'라는 부정적 의미의 환유이다. "손을 뻗는"이라는 표현도 그렇거니와 앞선 인용문에서 베아트리체가 마리오를 두둔하며 "손끝도 대지 않았어요."라고 말할 때의 '손'도 동일한 쓰임의 환유적 표현이다. '손을 뻗다/손을 대다.'는 '몸을 함부로 만지며 수작을 걸다.'는 뜻임은 물론이다. 위에서 언급했듯 숙모에게 있어 비유는 본의를 숨기고 왜곡하는 기만적 행위, 또는 남을 유혹하고 알랑거리기 위한 교활한 꼼수에 불과하다.[16] 그러나 정작 그녀의 언어는 그러한 비유를 자연스레 동원하며 활용하고 있다는 점에서 대단히 역설적이다.

숙모의 비유는 영화의 후반, 고향으로 되돌아간 네루다에게서 아무런 소식이 없음에 섭섭함을 드러내는 다음의 대사에서도 여실히 드러난다.

---

16) 17세기에 은유는 '남을 속인다.'는 이유로 '사기'나 '기만'의 행위로 간주되었다. 존 홉스나 존 로크 같은 경험론자들도 이러한 이유로 은유를 비롯한 수사학을 부정적으로 대한다. 김욱동, 위의 책, 26쪽 참고.

"다 먹으면 새는 날아가 버리는 거야. 인간이란 필요할 때만 친절한 법이라고."

물론 이 대사 속의 '새'는 네루다를 상징하며, '다 먹고난 뒤 날아가 버린다.'는 표현은 마리오를 이용한 뒤 아무런 미련도 대가도 없이 떠나가 버린 네루다의 행적을 드러낸다. 숙모는 조카에게서 마리오의 편지를 빼앗고도 직접 읽지 못해 교회 신부에게 부탁해야 하는 문맹자 신세지만 그럼에도 "재산이라곤 발톱 사이의 때밖에 없는 자식이 말솜씨 하난 비단"이라는 식의 뛰어난 비유적 표현들을 자유롭게 구사한다. 물론 그것은 그녀가 별도의 훈련이나 학습을 통해 얻은 것이 아니라는 점에서 그녀의 직관력과 문학적 유추 능력을 보여준다. 본뜻을 액면에 직접 드러내지 않으면서 숨겨두는 솜씨와 적절한 비유들을 끌어들여 활용할 줄 아는 재능을 갖고 있다는 것이다.

(2) 베아트리체 루소, 경찰서장, 교회의 신부

'베아트리체'는 '영원한 사랑'을 의미하는 '시적' 이름이다. 베아트리체를 만나고 사랑함으로써 시인이 되었던 단테처럼 마리오에게도 베아트리체는 '시인의 뮤즈'인 셈이다.[17] 단테와 베아트리체의 관계에 비유하자면 마리오는 시인 단테가 된다.

영화에서 애초에는 마리오에게 관심을 두지 않았던 베아트리체가

---

17) 장미영, 위의 책, 161쪽 참고.

결국 마리오의 사랑을 받아들이게 되는 것은 마리오가 구사하는 비유의 힘에 있었다. "미소는 나비의 날갯짓 같다. 순결한 여인과 함께 있는 것은 파도가 부서지는 백사장에 있는 것과 같다."는 등의 마리오의 아름다운 시적 비유들은 그녀를 감동시키고, 그녀 스스로 숙모에게 그 표현을 자랑스레 들려주게도 만든다. 그런 점에서 베아트리체가 사랑한 것은 이를테면 어부 청년 마리오가 아니라 '비유(시)를 쓸 줄 아는' 마리오였던 셈이다.

여기서 주목하게 되는 것은 베아트리체가 마리오의 사랑을 받아들이게 된 데에는 마리오의 비유를 그녀 자신이 이해하고 해석할 수 있었기 때문이라는 점이다. 즉 비유에 대한 해석력을 갖고 있음으로 해서 그녀는 자신에 대한 마리오의 사랑을 인지할 수 있었다는 점이다. "당신의 머리엔 포도나무와 별들이 있습니다. 당신은 여름철 사원처럼 웅장하고 황금빛입니다."라는 식의 언뜻 헤아리기 쉽지 않은 표현들이 담고 있는 의미를 그녀는 이해할 수 있었다는 것이다. 마리오는 그녀에게서 포도나무나 별이 주는 건강함이나 영롱함을, 여름철 사원이 보여주는 웅장함이나 찬란함을 느꼈을 터이고, 베아트리체는 마리오의 이러한 비유 속에서 자신에 대한 마리오의 그 느낌들을 전해받을 수 있었을 것이다. 그리고 그러한 비유들을 쓸 수 있는 마리오의 지적 능력에 감탄하면서 그를 다시 '볼' 수 있게 된 것이다.

뿐만 아니라 베아트리체는 그녀 스스로 비유를 구사하기도 하는데, 마리오를 두고 "핀볼 황제"라고 부르는 게 그 한 예다. 이는 베아트리체가 예전에 자신이 갖고 놀던 핀볼을 마리오에게 건넸던 기억에서 연유한다. 소심하고 어수룩해 보이며 핀볼 게임에도 미숙한 마리오에 대한 비아냥을 '황제'라는 표현 속에 전하고 있는 반어적 비유가 된다. 그러면서 한편으로는 그녀가 마리오를 기억하고 있거나 그녀 역시 그에게 관심이 있었음을 보여주는 표상이 되기도 한다.

이외에도 〈일 포스티노〉의 다른 인물들 역시 비유적 표현들을 구사한다. 베아트리체에게 마음을 두고 있던 경찰서장은 그녀를 "잠자는 미녀"라고 부르기도 하며 그녀를 위해 "별을 따다 준다."고 표현하기도 한다. 낭만적 감상과는 거리가 있는 듯한 신분임에도 애틋한 사랑 앞에서는 지극히 감성적이고 문학적인 언어를 동원하고 있는 것이다. 교회의 신부 역시 사회주의자들을 가리켜 "제 아이를 잡아먹는 자들"이라고 비유한다. 사회주의자인 네루다에 대한 반감을 드러내는 대목으로, 사회주의자들을 도저히 용서할 수 없는 비인간적인 자들에 빗대면서 사회주의 이념에 대한 대단한 반목과 완강한 비판의 입장을 단적으로 드러내고 있다.

이처럼 〈일 포스티노〉의 대부분의 인물들은 정도의 차이는 있으나 공통적으로 비유의 표현력들을 보여준다. 일상적 언어의 성격을 객관성이나 상투성이라고 본다면 이들의 대화 속의 언어들은 그러한 객관성이나 상투성과는 다소 거리가 있는, 즉 문학적 언사에 가깝다고 할 수 있다. 물론 그것은 그들의 특정한 의도나 의지에 따라 '고안'된 것이 아니다. 그들은 문학(비유)에 대한 지식이나 숙달된 교양도 없으며, 심지어는 베아트리체 숙모나 신부처럼 아예 문학을 위험하고 불온한 것으로 치부하며 혐오하기까지 한다. 그럼에도 그런 그들의 언어에서 조차도 문학의 자취는 분명히 드러나 있었던 것이다. 따라서 그들은 문학을 '머리'로 아는 것이 아니라 본능적으로 습득하고 있었다고 볼 수 있다. 일정한 훈련이나 체계적인 학습을 통해서가 아니라 일상의 경험 속에서 자연스럽게 사물들 간의 관계를 이해하고 그러한 관계의 표현을 통해 의미를 전달할 수 있는 방법을 그들 스스로 체득하고 있었다고 말할 수 있다는 것이다. 그런 점에서 그들에게 있어 문학어는 일상어와 명백히 나눠지거나 용도를 달리 하는 것[18]이 아니라 함께 뒤섞이고 어울리면서 공존하는 것이 된다.

비유가 "겉으로 드러나는 언어와 언어 너머의 실체적 의미 사이의 거리"[19]를 전제로 발생하는 것이라면, 〈일 포스티노〉의 인물들은 요컨대 그 '거리'를 채울 수 있는 능력들을 보유하고 있다. 달리 말해, 그들은 "지적 정서적 연상을 동원해서 '알려진 것'과 '알려지지 않은 것' 사이의 유사성을 찾는"[20] 능력을 보여주고 있다는 것이다.

비유는 두 대상 사이의 유사성과 차이점을 전제로 이루어지며 비유의 구사는 그러한 유사성과 차이점을 찾을 수 있는 식별력과 유추의 능력을 전제로 행해진다. 원대상과 그것을 드러내기 위한 또 다른 대상, 즉 원관념과 보조관념을 결합시킬 수 있는 상상력과 해석력이 필

---

18) 스피치 행위 이론을 처음 세운 J. L. 오스틴은 문학어가 일상어에 대하여 파생
   적, 기생적이라고 말하기도 한다. 김욱동, 위의 책, 30쪽 참고.
19) 김현 · 김주연, 『문학이란 무엇인가』, 민음사, 1988, 121쪽.
20) 로버트 루트번스타인 · 미셸 루트번스타인, 위의 책, 202쪽.

요하다는 말이기도 하다. 그런 점에서 "은유는 문학을 문학답게 하는 잣대이며 문학이라는 허구의 존재론적 조건"[21]이라고 하였을 때 은유를 포함한 비유의 표현력을 구사하는 영화 속 인물들은 대개가 일상의 평범한 대중이면서도 문학적 지성을 갖춘 인물들로 볼 수 있게 된다. "유사성을 인식하는 능력이야말로 지성을 시험하는 탁월한 시금석"[22]이라는 말을 수긍한다면 비문학적인 직종이나 성향의 이들 인물에게서도 지적 유추력과 문학적 지성을 볼 수 있다는 말이다. 그들에게 문학(비유)과 일상은 분리되지 않고, 그들의 일상 속에는 문학적 언어가 자연스럽게 뒤섞이며 스며들어 있는 양상이다.

이러한 영화의 설정은 결국 "일상적 개념 체계의 본성은 근본적으로 은유적"[23]임을 보여주는 셈이다. 즉 은유는 아리스토텔레스가 말하는 천재만의 능력이 아니라 대중 일반의 삶 속에서 "보편적으로 편재하는 언어의 힘"[24]이라는 것이다. G. 레이코프와 M. 존슨이 말하듯 은유는 "일반 대중의 지각방식, 사고방식, 행위를 구조화"[25]하는 것이며, 따라서 그들 자신은 지각하지 못하는 중에도 은유는 늘 작동하고 있음을 보인다. 〈일 포스티노〉가 인물들의 언어를 통해 보여주는 것은 바로 이러한 일상적 언어의 비유(은유)적 면모이다.

---

21) 신범순·조영복, 위의 책, 56쪽.
22) 로버트 루트번스타인·미셸 루트번스타인, 위의 책, 197쪽.
23) G. 레이코프·M. 존슨, 노양진·나익주 역, 『삶으로서의 은유』, 서광사, 2001, 21쪽.
24) 김옥순, 『이상 문학과 은유』, 채륜, 2009, 69쪽.
25) G. 레이코프·M. 존슨, 위의 책, 23-24쪽.

이렇듯 〈일 포스티노〉는 비유가 단지 특정한 문학 장르나 특수한 수사적 쓰임에서만이 아니라 일반 대중의 일상 언어에서도 수시로 등장하며, 그들이 "세상을 설명"(네루다)하는 데 중요한 역할을 맡고 있음을 말하고 있다. 요컨대 〈일 포스티노〉는 일상 언어와 문학 언어라는 이질적인 것 사이에서 동질성을 찾고 그 '닮음'을 보여주고 있다는 점에서 또 다른 방식으로 '비유'를 설명하고 있는 셈이다.

시적 영상과 비유적 의미

〈일 포스티노〉는 지금까지 살펴보았듯 비유의 다양한 사례들을 이야기에 담아 전한다. 무엇보다 이야기의 내용 면에서 시를 소재로 삼고 있다는 점에서 그러한데, 영화는 뿐만 아니라 형식적인 면에서도 다분히 시적인 면모를 지닌다. 영화의 전달방식이 '시적'이라는 점은 이 영화의 또 다른 힘이자 매력이며, 이 작품을 논하게 하는 다른 이유가 된다.

여기에서는, 이 점에 주목하여 비유의 의미를 전달하는 영화의 형식적 측면, 특히 영상의 쓰임에 대해 살펴보고자 한다. 이는 결국 이 작품의 안과 밖의 조응성, 즉 시적인 것에 대한 시적인 전달방식을 살피는 셈이 될 것이다.

(1) 〈일 포스티노〉의 영상들이 문학성을 지닌다는 점은 해석을 요구하는 상징적 장면들이 작품 전반에 편재되어 있다는 점에 우선 기

인한다. 시적 언어가 단
순히 대상을 있는 그대
로 지시하는 언어가 아
니라 "비지시적인 소리,
리듬과 운율, 의미가 담
긴 시어의 선택과 배열,
단어의 유기적 연합에

〈그림 1〉

의해"[26] 시적 이미지를 만들어내는 것이라면, 시적 영상이란 비지시
적인 장면, 리듬과 운율이 있는 영상들의 배열과 조합, 영상을 구성하
는 다양하고 이질적인 요소들의 유기적 결합을 통해 시적 이미지를 만
들어내는 것이라고 말할 수 있다.

첫 장면, 황혼 무렵 어스름의 바닷가 풍경은 무기력과 쇠락함 따위
를 환기시킨다.(〈그림 1〉 참고) 그것은 아름답지만 가난한 어촌의 실
상이면서 애상조의 하모니카의 주제음악과 더불어 비애와 허무의 시
적 이미지가 된다. 즉 비애와 허무라는 원관념(취의)을 시각적으로 전
하는 매개(보조관념)가 된다. 그것은 시(문학)와 관련되는 작품의 주
제와 연관지었을 때 어부들의 '문맹'을 상징하는 것으로도 해석할 수
있다. 곧바로 이어지는 마리오 부자의 궁색한 살림과 외양은 이 첫 장
면의 '어둠'의 의미를 좀더 강화시킨다.

---

26) 김용희, 「시와 영화의 문법과 현대적 미학성」, 이형권 · 윤석진 편저, 『문학, 영화
를 만나다』, 충남대 출판부, 2008, 80쪽.

영화의 초반, 마리오
가 보는 엽서의 사진은
미국의 고급승용차이다.
그것은 부유와 풍요라는
원관념에 대한 시각적
매개라는 점에서 제유적

〈그림 2〉

소재가 된다. 사진을 보
면서 늙은 아버지와 함께 먹는 '식은 수프' 역시 가난과 궁핍을 전하는
비유가 된다. 성공과 부, 화려함과 풍요로움을 좇아 자본주의 사회를
선망하고 동경하던 마리오는 '없는' 자들의 설움과 착취의 현실을 점
차 깨달아간다.

영화가 시적 언어와 관련된다는 점에서 영화의 대사나 소품들 역시
이와 연결지어 해석될 수 있는 여지들이 많다. 우선 마리오의 직업이
언어를 전달하는 우편배달부라는 점도 그렇고, 마리오가 네루다에게
고향에서 전해온 녹음기를 배달해주고 네루다는 그에게 노트를 선물
로 건네는 대목 역시 그렇다. 물론 녹음기와 노트는 언어를 모아 저장
하고 전달하는 상징적 매체들이다. 이때 네루다가 마리오에게 "언어
를 남용하지 말아야" 한다고 건네는 말은 이전 바닷가에서 마리오가
네루다에게 "물을 아껴야 한다."고 건넸던 말과 연계되면서 언어의 절
제와 그것을 통한 시적 은유의 속성을 암시한다.

마리오가 베아트리체에 대한 사랑을 품고 어두운 밤 창밖 둥근 달을
바라보는 장면(〈그림 2〉 참고)은 영화에서 가장 시적인 장면 중의 하

나다. 마리오는 네루다 가 자신에게 "은유적 표 현을 쓸 때 쓰라."며 선 물로 준 노트의 백지 위 에 동그라미 하나를 그 리고는 베아트리체에게 서 받은 핀볼을 창문 너

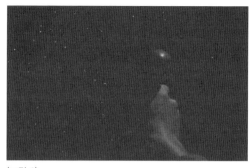

〈그림 3〉

머 둥근 달을 향해 들어올려 바라본다. 이때 동그라미와 핀볼과 둥근 달의 배치는 이질적이면서도 연속적으로 놓이면서 의미를 구성하게 된다. 둥글고 하얗고 매끈한 이들 사물들은 순결과 풍만과 밝음의 의 미를 공유한다. 그러면서 동시에 관능적이고 고혹적인 베아트리체의 이미지로 통합되면서 서로에게 긴밀히 연관된다. 핀볼과 베아트리체 의 관계는 소유의 인접성을 전제로 한다는 점에서 환유적인 반면 핀 볼과 동그라미와 달의 관계는 형상의 유사성을 전제로 한다는 점에서 은유적이 된다.

영화의 후반, 고향으로 돌아간 네루다에게 섬의 아름다움을 전하기 위해 마리오가 소리를 녹음하는 장면은 〈일 포스티노〉의 백미를 이룬 다. 마리오는 네루다가 남기고 간 녹음기와 마이크로 작은 파도, 큰 파도, 절벽에 부딪치는 바람, 나뭇가지에 부는 바람, 아버지의 서글 픈 그물, 성당의 종소리, 아내의 배 속에서 뛰는 새 생명의 심장 소리 등을 녹음한다. 마치 어부가 생선을 거두듯이 그는 '시인처럼' 언어를 채집하는 것이다. 마리오가 이들 소리로써 섬(의 아름다움) 전체를 환

기시키고 있다는 점에
서 이 장면들은 지극히
환유적이다. 특히 밤하
늘에 가득한 별들을 향
해 마이크를 들어올리
는 장면(〈그림 3〉 참고)
은 빛에서 소리를 찾는

〈그림 4〉

다는 점에서, 즉 시각을 청각화한다는 점에서 이성에 대비되는 감성
적 비유의 세계를 극적으로 보여준다.

영화의 마지막 장면, 마리오가 군중 앞에서 시를 낭송하기 위해 무
대로 나가다가 진압군대에 의해 희생당하는 장면에서 화면에 비치는
하얀 종이 한 장(〈그림 4〉 참고)은 마리오의 운명을 상징한다는 점에
서 지극히 비유적이다. 긴박한 사이렌 소리와 함께 다급한 안내방송
의 멘트, 그리고 분주하고 혼란스러운 군중의 발들에 섞여 무기력하게
떨어지는 한 장의 종이는 다름 아닌 마리오가 품고 있던 시작품이다.
영화는 허공에서 흩날리다 서서히 떨어지는 종이 한 장을 보여줌으로
써 마리오의 죽음을 전달한다. 물론 흩날리는 종이와 함께 화면에 담
기는, 어지럽게 오가는 많은 신발과 군화들은 속절없이 흩어지는 민
중들의 비참함과 진압대의 잔인한 무력을 비유한다.

고국으로 돌아갔다 여행 중에 섬을 다시 찾은 네루다는 마리오의 어
린 아들 파블리토를 보게 된다. 이때 카메라는 파블리토의 앳된 얼굴
을 한참 보여주는데, 그의 깊고 순수한 눈망울은 마리오의 눈을 빼닮

아 있다. 이 장면은 영화가 마리오의 죽음을 보여주기 전의 장면으로, 마리오의 죽음을 미리 연상시키는 것이면서 새로운 세상의 시작과 희망을 비유적으로 전달하는 것이기도 하다. 물론 파블리토라는 이름은 파블로 네루다를 연상시키는 것으로, 네루다에 대한 마리오의 그리움과 존경을 담아낸다. 은유가 두 대상의 연결과 '응축'을 가져오는 것이라면, 파블리토는 마리오와 네루다를 그 외형과 이름에서 각각 닮으면서 두 사람을 '결합'하는 설정이라는 점에서 하나의 은유가 된다.

(2) 영화의 공간적 배경은 섬이며 이야기의 한 줄기는 고달픈 어부들의 삶이다. 섬 주민들의 고달픔은 식수난으로 대표된다. 영화의 첫 장면은 물이 없는 주전자를 입에 대고 있는 아버지에게 마리오가 "물이 없어요, 아버지."라고 말하는 장면이다. 수도시설이 고장 나서가 아니라 물탱크에 식수가 항상 모자라기 때문이다. 주위가 온통 물로 둘러싸여 있는 섬의 주민들이 먹을 물을 걱정해야 하는 역설적인 상황은 상징적으로 해석할 만한데, "언어의 과잉 속에서 느끼는 시어에의 목마름"[27]을 보여주기 때문이다. 그런 점에서, 물이 안 나온다는 네루다에게 마리오가 "물을 많이 쓰나요?"라고 묻고 이에 네루다가 "아니, 필요한 만큼만 쓰지."라고 대답하는 장면 역시 시어의 적절한 사용을 의미하는 비유적 대목으로 볼 수 있다.

식수난 해결을 최대의 공약으로 내걸어 표를 구하던 정치후보자가

---

27) 장미영, 위의 책, 165쪽.

당선 후 공약 실천을 아무렇지도 않게 보류해 버리는 설정은 섬 주민들의 목마름과 마리오의 언어적 갈망을 부채질하고 폭발시킨다. 그렇다면 식수공급선은 주민들에게 필요한 물을 실어 나르며 주민들의 삶을 이어가게 해준다는 점에서 언어를 나르며 그 의미를 확장시키는 비유의 속성으로 해석된다. 이는 마리오의 우편배달부 직업이 갖는 상징적 의미와도 연결된다.

우편배달부로서 마리오는 네루다에게 편지를 전달해줌으로써 네루다와 세상을 연결해준다. 또한 섬에서는 드물게 겨우 글을 깨우친 정도인 마리오는 문맹자인 섬 주민들과 지식인 네루다 사이의 중간자 위치[28]에 놓인다. 이러한 그의 중간자적 위치를 고려한다면, 영화의 마지막 대목에서 그가 시 한 편을 쓰게 된다는 설정 역시 이편과 저편 사이의 매개, 즉 소통의 중계 역할로서의 의미로 해석하게 된다.

물론 그의 시는 진압대에 의해 군중에게 전해지지 못하지만, 그가 "세상을 설명"하는 비유를 알게 되고 자신의 생각을 담아 전할 수 있는 언어를 갖게 되었음은 분명하다. 우편배달부는 언어를 옮기고 의미를 실어 나른다는 점에서 시인을 닮았고 비유의 속성과도 닮았다. 마리오는 어부에서 우편배달부로, 그리고 결국에는 시인과 같은 위치에 놓이는 셈이다. 이런 점에서 〈우편배달부〉라는 영화의 제목은 비유에 대한 비유라고 할 수 있다.

---

28) 박민영, 「일 포스티노 연구」, 『한림성심대학 논문집』 36집, 한림성심대학, 2006. 650쪽.

이처럼 〈일 포스티노〉는 시에 대하여 시적인 방식으로 담아낸다. "'설명하면 진부해'지는 시를 이 영화는 감각적으로 체험하게"[29] 하고 있다는 말이다. 시청각적인 요소들이 문학의 비유, 상징, 함축 등의 성격을 보여준다면 문학적이라고 할 만하다. 따라서 〈일 포스티노〉는 영화가 어떤 방식으로 시(문학)적일 수 있는지를 보여준다는 말이기도 하다. 그 제목도 그렇고, 인물의 설정이나 이야기의 소재와 배경 역시 비유적으로 해석할 만하기 때문이다. 요컨대 작품은 이야기의 내외에 걸쳐 비유의 층들이 여러 겹 중첩되면서 작품 전체가 하나의 커다란 비유처럼 존재한다.

나오며

〈일 포스티노〉는 우선 시와 은유에 관한 영화다. 은유는 타자와의 '유비'를 본질로 하는데, 〈일 포스티노〉는 '유비'의 다양한 양상들을 보여준다. 이야기의 내용상 시와 은유에 관한 많은 설명과 장면들이 나온다. 실존시인 파블로 네루다의 실화를 바탕으로 하는 만큼 그의 입을 통해 시와 은유에 대해 들려준다.

뿐만 아니라 영화는 형식적 측면에서도 문학적(시적) 비유성을 보여준다. 상징적 해석을 요구하는 비유적 영상들이 영화 전반에 편재한다. 결국 작품은 시적 비유를 이야기의 소재로 삼으면서 영화와 문학

---

29) 김은자, 위의 책, 32쪽.

사이를 실제 비유적으로 비춰 보여준다. 이야기 속 사물들 간의 유사성에서 출발하여 이야기의 밖으로 확장되어 영화와 문학 장르의 유비적 관계까지 담아내고 있는 것이다. 영화를 추동해가는 힘은 영화 곳곳에 숨어 있는 '비유'의 힘에 의해서이다.

영화에서 '비유'는 마리오와 네루다를 연결하고 일상 언어와 시적 언어를 이어주고 영화와 문학이라는 두 장르를 매개한다. 이질적인 것들끼리의 '관계맺음'이 영화 속 '비유'를 통해 이루어지고 있는 것이다. 상이하고 이질적인 것 사이의 유사성을 발견하는 것이 '비유'라면 〈일 포스티노〉는 영화와 문학의 유사성을 담아낸다는 점에서 그 자체로 '비유'의 방식을 취하고 있다.

요컨대 〈일 포스티노〉는 '비유'로 가득 차 있다. 그것은 영화의 소재적 차원이나 장식적 차원으로가 아니라 작품 전체를 이해하고 해석하게 하는 핵심 틀이 되고 있다. 비유는 결국, 영화 속 주인공인 마리오에게 있어 "세상을 설명"할 수 있게 한 방법이었던 것처럼 이 작품 자체를 설명할 수 있게 하는 거울이 된다.

참고자료

* 기본자료
• 영화 〈일 포스티노(Il Postino)〉, 마이클 레드포드 감독, 이탈리아, 1994.

* 참고문헌
• 김문주, 「은유, 그 서정의 전언」, 『영화 속의 혹은 영화 곁의 문학』, 모아드림, 2003.
• 김옥순, 『이상 문학과 은유』, 채륜, 2009.
• 김용희, 「시와 영화의 문법과 현대적 미학성」, 이형권 · 윤석진 편저, 『문학, 영화를 만나다』, 충남대 출판부, 2008.
• 김욱동, 『수사학이란 무엇인가』, 민음사, 2002.
• 김욱동, 『은유와 환유』, 민음사, 1999.
• 김은자, 『일 포스티노와 빈대떡』, 고려대 출판부, 2009.
• 김정은, 『대중문화 읽기와 비평적 글쓰기』, 민미디어, 2003.
• 김한식, 『문학의 해부』, 미다스북스, 2009.
• 김현 · 김주연, 『문학이란 무엇인가』, 문학과지성사, 1988.
• 노영덕, 『영화로 읽는 미학』, 랜덤하우스중앙, 2006.
• 박민영, 「일 포스티노 연구」, 『한림성심대학 논문집』 36집, 한림성심대학, 2006.
• 박진 · 김행숙, 『문학의 새로운 이해』, 청동거울, 2004.
• 송병선, 『영화 속의 문학 읽기』, 책이있는마을, 2001.
• 신범순 · 신영복, 『깨어진 거울의 눈』, 현암사, 2000.
• 이왕주, 『철학, 영화를 캐스팅하다』, 효형출판, 2007.
• 장미영, 『나르시스의 연못』, 이화여대 출판부, 2008.
• 조용훈, 『시, 문화를 유혹하다』, 이마주, 2007.
• 최미숙, 「문학적 글쓰기에 있어서의 '창조성'」, 『문학교육학』 15호, 한국문학교육학회, 2004.
• 한귀은, 『이토록 영화같은 당신』, 앨리스, 2010.

- 로버트 루트번스타인 · 미셸 루트번스타인, 박종성 역, 『생각의 탄생』, 에코의서재, 2009.
- G. 레이코프 · M. 존슨, 노양진 · 나익주 역, 『삶으로서의 은유』, 서광사, 2001.
- 안토니오 스카르메타, 우석균 역, 『네루다의 우편배달부』, 민음사, 2004.
- 정성효, 「내 청춘에 부친다. '일 포스티노'」〈http://www.cine21.com/Article/article_view.php?mm=005003008&article_id=1658〉(접속일: 2011.9.11)
- 이영철, 「영화, 시 · 그림을 만나다」〈http://namusai33.com/209?srchid=BR1http%3A%2F%2Fnamusai33.com%2F209〉(접속일: 2011.8.23)

05

이야기와 진실의 문제

영화 <스모크(Smoke)>

이야기와 진실의 문제

영화 〈스모크(Smoke)〉

들어가며

디지털과 인터넷 세상에 말과 글들이 쏟아진다. 휴대전화, 이메일, 블로그, 트위터, 메시지 등을 통해 수많은 말과 글들이 만들어지고 유통되고 소비되고 있다. 그런 만큼 헛되고 조작되고 왜곡되고 꾸며진 이야기와 소문들도 세상을 채운다. 그런 점에서 지금의 세상은 어느 때보다도 거짓말이 많은 시기이기도 하다.

실상 인간으로 살아가면서 거짓을 행하지 않는 이는 없다. 어떤 심리학자는 "누구나 하루 평균 200번의 거짓말을 한다."[1]고 주장한다. 인간의 삶에서 거짓은 떼어놓을 수 없다. 그럼에도 거짓을 바라보는 인간의 태도는 일단 부정적이다. 옳지 못한 것이며, 하지 말아야 할 짓

---

[1] 클라우디아 마이어, 조경수 역, 『거짓말의 딜레마』, 열대림, 2008, 6쪽.

이며, 비난받아야 하는 일이다. 칸트는 "거짓말하는 것은 다른 이들과의 관계를 치명적으로 손상시키므로 언제나 잘못"[2]이라고 말한다.

사전적 의미로 거짓말은 '속이려는 목적의 고의적인 허위 진술'이다. '사실을 의도적으로 숨기거나 왜곡'[3]하는 것을 말한다. 그러나 사실과 거짓의 관계를 옳고 그름의 문제로 치환할 수는 없다. '하얀 거짓말'(white lie)은 거짓말이 오히려 좋은 결과를 가져올 수 있으며 따라서 거짓말이 모두 나쁜 것만은 아님을 보여주는 예다.[4]

그렇다면 말하기, 글쓰기에서 '거짓'은 어떤 의미나 효용을 지닐 수 있을까? 이 글은 '거짓'에 대해 보편적이고 관습적으로 주어지는 부정적 인식을 재고해보기 위한 시도에서 출발한다. 말하기와 글쓰기에 있어서 '사실 그대로의 진술'이 갖는 문제이기도 하고, '사실'과 '진실'의 관계에 대한 것이기도 하다. 이를 위해서 이 글에서는 폴 오스터(Paul Auster)의 단편소설 『오기 렌의 크리스마스 이야기(Auggie Wren's Christmas Story)』[5]와 이를 각색한 영화 〈스모크(Smoke)〉[6]의 예를 들어 살펴보고자 한다. 단, 이 두 작품의 비교가 이 글의 목적은 아님

---

2) 이언 레슬리, 김옥진 역, 『타고난 거짓말쟁이들』, 북로드, 2013, 319쪽.
3) 클라우디아 마이어, 앞의 책, 17쪽 참고.
4) 하병학은 다양한 유형의 거짓말들에 대한 통합적이며 체계적인 논의를 보여준다. 여러 형태의 거짓말들을 분류, 정리하면서 각각의 구조와 성격, 본질, 의미 연관성 등을 본격적으로 논한다. 이에 대해서는 하병학, 「거짓말의 현상학」, 『철학과 현상학 연구』15집, 한국현상학회, 2000 참고.
5) 1990년 12월 25일 「뉴욕타임스」에 실린 단편소설이다. 이 글의 텍스트는 김경식 역(열린책들, 2002)이며 인용 시에는 말미에 쪽수만을 표기하기로 한다.
6) 웨인 왕 감독, 폴 오스터 각본의 1995년 작품이다. 그해 베를린영화제 3개 부문을 수상하였다.

을 밝혀두고자 한다. 매체로서의 소설과 영화를 비교하거나 특정 작품으로서의 원작과 각색물의 차이를 드러내기 위한 논의는 아니라는 것이다. 이 글의 주요 분석 텍스트는 폴 오스터의 소설이며 영화 〈스모크〉는 이를 위한 보조적인 역할을 맡게 될 것이다.

소설에 대한 이해나 분석의 논의를 효과적이고 풍부하게 하기 위해 동원할 것이다. 이 두 작품의 관계에 대해서는 2장에서 언급하게 될 것이며, 이후 이 두 작품이 함께 말하고자 하는 의사(이야기) 전달에 있어서의 '거짓/사실'과 '진실'의 의미를 살펴보게 될 것이다.

소설『오기 렌의 크리스마스 이야기』와 영화 〈스모크〉에 대하여

소설『오기 렌의 크리스마스 이야기』는 화자 '나'가 친구 오기로부터 들은 이야기를 독자들에게 전하는 형식의 글이다. 오기는 자신의 이야기를 '나'에게 들려주고 '나'는 그것을 다시 독자에게 전하는 양상이다. 따라서『오기 렌의 크리스마스 이야기』에는 두 명의 이야기꾼이 있는 셈인데, '나'에게 이야기를 들려주는 오기와 그것을 독자에게 전하는 '나'다. 오기가 들려주는 이야기가 '나'의 이야기 안쪽에 자리하고 있으므로 소설은 액자식 구성을 띤다.

작가 폴 오스터는 실제 1990년에「뉴욕타임스」로부터 크리스마스와 관련된 짤막한 이야기를 의뢰받았지만 한동안 소재거리를 찾지 못해 고민 중이었다.『오기 렌의 크리스마스 이야기』는 그러한 사실 그대로를 이야기에 담아 '나'를 통해 보여준다. 소설에서도 '나'의 직업이 작가라는 점, 특히 '나'의 이름 역시 '폴'이라는 점을 고려한다면 실제 작가 폴 오스터와 작중인물 '나'는 쉽게 중첩되는 양상을 띤다. 작가와 인물의 착종을 강하게 드러낸다는 것이다. 상술했듯 소설의 이야기가 이 소설 자체가 쓰이기까지의 과정이나 배경을 함께 다루고 있다는 점, 즉 자기 자신을 이야기의 소재로 삼아 전개하고 있다는 점에서『오기 렌의 크리스마스 이야기』는 다분히 메타적인 성격을 띤다.

『오기 렌의 크리스마스 이야기』의 주인공 오기는 브루클린 다운타운에 있는 코트 거리의 시가 가게에서 일한다. '나'는 그 가게에서 시가를 사는 단골손님이다. 오기는 폴의 직업이 작가임을 알게 된 후 그에게 호감을 갖는다. 어느날 '나'는 신문사로부터 크리스마스를 소재로 한 이야기 한 편을 써달라는 의뢰를 받는데 막상 소재거리를 찾지 못해 난감해한다. 이러한 '나'의 고민을 듣고 오기는 자신이 겪은 크리스마스 이야기를 들려준다.

그 이야기는 다음과 같다. 오기가 운영하던 가게에 흑인소년이 책을 훔쳐 도망가다가 지갑을 흘리게 되고 오기가 그것을 줍는다. 한동안 지갑을 잊고 지내던 오기는 어느 크리스마스 날 문득 그것을 돌려주고 싶어 지갑 속의 주소를 찾아 소년의 집을 방문한다. 어렵게 찾아간 빈민가의 눈먼 할머니는 손자 굿윈이 찾아온 줄 알고 맞아주는데, 오기 역시 손자 행세를 할 수밖에 없게 된다. 그렇게 크리스마스를 함께 보낸 뒤 오기는 지갑을 놓아두는 대신 굿윈이 훔쳐 왔을 카메라 한 대를 갖고 나온다. 이후 카메라를 돌려주러 가지만 할머니는 찾을 수 없었고 그로부터 오기는 그 카메라로 매일 같은 시간에 자신의 가게 앞

같은 장소에서 사진을 찍는다는 것이다.

『오기 렌의 크리스마스 이야기』는 폴 오스터가 즐기는 탐정이나 추리의 플롯을 갖고 있지 않으며 극적인 사건이나 특별한 캐릭터의 이야기도 아니다. 지극히 평범하고 소소한 일상의 이야기로 "오스터로서는 이색적인 작품"[7]이라 할 만하다. 크리스마스라는 특별한 날을 외롭고 쓸쓸한 두 사람이 우연히 함께 보내게 된다는 이야기일 뿐이다.

이 짧은 소설은 실제로 「뉴욕타임스」에 게재되며, 이 소설을 우연히 읽은 웨인 왕은 폴 오스터 본인에게 각본을 맡겨 영화 〈스모크〉를 만든다. 소설 『오기 렌의 크리스마스 이야기』가 워낙 짧은 탓에 〈스모크〉는 많은 에피소드들을 첨가하여 이야기를 확장시킨다. 원작에서는 화자인 '나'(폴)와 오기가 이야기의 전면에 등장하는 인물이며, 물건을 훔치는 흑인소년(로버트 굿윈)과 그의 할머니 정도가 오기가 전하는 이야기 속에 삽입되어 등장할 뿐이다. 하지만 영화는 원작의 인물들에서 파생되는 다수의 인물들이 추가되면서 새로운 사건들이 상당 부분 삽입된다. 거리에서 폴[8]을 사고로부터 구해주는 흑인소년 라쉬드, 그가 오랫동안 찾고 있던 아버지 사이러스, 이혼 뒤 처음으로 오기를 찾아온 아내 루비와 마약에 빠진 딸 펠리시티 등의 이야기가 그것이다.[9]

---

7) 이노 도모유키, 김경원 역, 『폴 오스터' 인터뷰와 작품 세계』, 열린책들, 2004, 146쪽.

8) 원작에서의 '나'(폴)는 영화 〈스모크〉에서는 '폴 벤자민'으로 명명된다. 이는 탐정소설을 즐겨 쓰던 시절의 폴 오스터의 필명이기도 하다.

9) 영화에서 오기는 끝내 딸과 화해하지 못한다. 또한 라쉬드 역시 아버지와의 관계가 완전히 회복되지 않는다. 이를 두고 이노 도모유키는 "이러한 설정들은 할리우드의 상투적인 해피 엔드를 피하고 있는 셈이다. 그러나 등줄기를 선뜩하게

영화는 5개의 스토리가 소설의 장(章)과 같은 모양새로 구성되는데,[10] 원작의 주요 내용을 이루는 오기와 할머니의 이야기는 마지막 5장에 해당한다. 5장의 이야기 후반, 즉 영화 전체의 마지막 시퀀스에 해당하는 대목에서 오기가 폴에게 이야기를 들려주는 식당의 장면과 함께 무성영화의 흑백화면처럼 편성되어 제공된다. 실상 〈스모크〉는『오기 렌의 크리스마스 이야기』를 영화의 원작으로 삼고 있다기보다는 하나의 모티브만을 빌려오고 있는 듯한 양상을 띤다.

폴 오스터는『오기 렌의 크리스마스 이야기』를 쓰게 된 계기에 대해 다음과 같이 말한다.

> 며칠이 지났고, 거의 포기하기로 마음을 먹었을 무렵, 쉼멜페닉스(시가 상표) 깡통을 따다가 브루클린에 있는 그 시가 가게 점원을 생각해냈다. 그러자 내 생각은 '뉴욕에서는 매일 많은 사람들이 서로 만난다. 하지만 우리는 매일 보는 그 사람들의 진짜 모습에 대해서는 별로 아는 게 없다.'라는 데로 이어졌다. 생각은 꼬리에 꼬리를 물었고 내 머릿속에서 한 편의 이야기가 천천히 모습을 드러내기 시작했다. 그 이야기는 말 그대로 시가 깡통에서 나왔다.[11]

만드는 오스터의 소설 세계로부터는 어쩐지 이탈했다는 감이 든다."(이노 도모유키, 위의 책, 143쪽)고 평한다.

10) '1장 폴, 2장 라쉬드, 3장 루비, 4장 사이러스, 5장 오기' 식이다. 각 장마다 명시된 인물들이 이야기를 끌고 가는 중심으로 등장하긴 하지만 그것이 두드러지지는 않는다.

11) 폴 오스터, 김경식 역, 「'스모크 제작과정' 인터뷰」,『오기 렌의 크리스마스 이야기』, 열린책들, 2002, 30쪽.

폴 오스터의 위의 인터뷰 내용을 고려하면, 오기와 할머니의 우연한 만남의 이야기, 영화에서 추가된 라쉬드의 가족이나 오기의 아내 및 딸 이야기 등은 오스터가 관심을 두고 있던 '매일 보는 사람들의 진짜 모습'들인 셈이다. "사건보다도 인물에 초점을 맞추고 그것을 보여주기 위해 애쓰는 곳에 〈스모크〉의 리듬, 그리고 체온 같은 것이"[12] 만들어진다고 평가를 받는 까닭인데, 이를 잘 보여주는 것이 오기의 사진 찍기와 관련된 부분이다.

오기는 책을 훔쳐 달아나다 흘린 소년 굿윈의 지갑에서 소년의 어릴 적 사진들을 보게 된다. 엄마인지 할머니인지 모를 한 여인의 품속에 안긴 어린 굿윈의 사진이 있다. 브루클린의 모퉁이에서 도둑질을 하는 가난한 흑인소년에게도 순수하고 따뜻했던 순간이 있었음을 보여주는 장면이다. 후에 오기는 매일마다 거리의 풍경을 사진 속에 담는데 이러한 그의 작업이 거리를 오가는 이들의 "몸 안에 숨겨져 있는 보이지 않는 드라마"(16)들을 찾기 위한 의미였다면 어린 굿윈의 옛날 사진은 오기에게 이러한 사진 찍기 작업의 감성적 계기가 되었음을 짐작하게 한다.

오기는 12년 동안의 사진들을 모아 앨범으로 만든다. 매일 같은 장소, 같은 시각에 같은 앵글로 찍은, 얼핏 보면 별다를 게 없는 비슷비

---

12) 이노 도모유키, 앞의 책, 145쪽. 폴 오스터는 "기교보다는 스토리텔링을 강조하는, 즉 인물들이 관객에게 속마음을 털어놓고 성숙한 인간임을 보여주기 위해 애쓰는, 그런 감독을 더 좋아"한다면서 그 예로 르누아르(Jean Renoir), 오즈, 브레송 등을 드는데, 웨인 왕 역시 "자신의 인물들의 내면적인 삶에 연민을 가지고" 있는 그런 류의 감독으로 평가한다.(폴 오스터, 앞의 책, 37쪽)

숫한 사진들로 보일 수 있다.(〈그림1〉 참고) 폴의 눈에도 '우스꽝스럽고 어이없는 똑같은 사진들'로 보인다. 그래서 무심하고 하찮은 듯하게 서둘러 사진들을 넘

〈그림 1〉

긴다. 오기는 폴에게 "너무 빨리 보고 있어. 천천히 봐야 이해가 된다고."(15)라고 말한다. 천천히 차분하게 보면 볼 수 있는 것들을 우리는 보지 못하고 있음을 작가 폴 오스터는 오기의 말을 빌려 전한다. 매일마다 똑같은 사진들을 찍는 오기의 행동 자체가 일상의 세상에 대해 그 나름대로 '천천히 보며 제대로 이해하려는' 작업인 셈이다. 천천히 느리게 바라보면 조금씩 차이를 발견하게 된다. 항상 같은 시간에 출근하는 같은 사람들, 똑같은 거리, 똑같은 빌딩들. 평범한 사람들의 반복되는 일상. 하지만 그 흔한 풍경도 날마다 바뀌고 사람들도 조금씩 변해간다. 반복되는 듯하면서도 시간의 흐름 속에서 항상 변화들은 일어나고 순간들은 늘 차이를 만들어내고 있다는 것이다. 『오기 렌의 크리스마스 이야기』의 다음 대목은 이를 잘 보여준다.

그가 옳았다. 당연했다. 차분히 보지 않으면 아무것도 이해할 수 없게 된다. 나는 다른 앨범을 집어 들고 좀 더 차분히 보려고 애썼다. 작은 변화들에 주의를 기울였다. 날씨의 변화들을 주목했고 계절이 변함

에 따라 달라지는 빛의 각도를 주시했다. 마침내 매일 조금씩 달라지는 거리의 흐름에서 미묘한 변화가 있음을 파악할 수 있었다.(15)

일상 속에서 의미는 늘 발생되고 있으며 그래서 일상은 평범하지만 소중하다는 것이다. 사진 속 모퉁이의 사연과 시간들이란 무심코 지나칠 수 있고 사소한 듯하지만 소중한 매일매일의 삶의 기록과 저장이다. 사진에는 "'그곳에−존재−했었음'의 현실성, '그것은 이렇게 일어났다.'라는 항상 아연실색하게 하는 명백함"[13]이 있다. 과연 영화 〈스모크〉에서 폴은 아내의 생전 모습을 보게 된다.[14] 사고를 당하기 전 평범한 아침의 그 거리를 걷던 아내의 아름답고 젊은 모습의 사진이다. 순간 폴의 눈과 손은 사진에 붙들리고, 별다른 감흥 없이 넘기던 일상의 사진들은 이제 그에게 '특별하게' 다가온다.

매일의 일상이 그에게 새삼스레 의미를 갖게 되는 것이다. 평이하고 반복적이며 대수롭지 않듯 지나가는 일상의 이면에 얼마나 많은 우연과 운명의 충돌들이 일어나고 있는지, 일상은 한시도 동일하지 않고 사소하지 않으며 매 순간 소중한 의미들로 스쳐 가고 있음에 주목하는 폴 오스터의 작품세계에 비추어 봤을 때, 영화 〈스모크〉는 원작의 메시지에 잘 조응하고 있음을 보여준다.

---

13) 롤랑 바르트, 김인식 역, 『이미지와 글쓰기』, 세계사, 1993, 101쪽.
14) 이 장면은 영화에서 새롭게 삽입된 부분이다. 영화는 소설에 비해 폴과 오기의 주변 인물들의 이야기를 많이 다룬다.

오기 렌의 말하기

(1) 오기 렌이 '나'에게 들려주는 이야기

『오기 렌의 크리스마스 이야기』는 화자 '나'(폴)가 오기 렌으로부터 들은 이야기를 독자에게 전하는 구도이다. 소설 내용의 대부분은 오기가 '나'에게 전하고 있는 이야기이다. 오기는 '나'에게 "이건 몽땅 실화라는 걸 보장하지."라며 '사실'임을 강조한다. 오기가 폴에게 들려주는 이야기들, 즉 소년의 도둑질과 흘린 지갑, 할머니와의 우연한 식사 이야기는 지극히 현실적이며 개연성 있으며 감동을 불러일으키기까지 한다.

그럼에도 오기 렌의 이야기가 사실이 아닐 수 있음을 짐작해보게 하는 다음의 대목을 주목할 필요가 있다.

> 그의 얼굴 가득 심술궂은 미소가 퍼져나갔다. 확실한 건 아니었지만, 그 순간 그의 눈빛이 아주 알쏭달쏭하고 얼굴은 내적인 환희로 가득 차 보였다. 그래서 갑자기 그가 이 모든 이야기를 꾸며 낸 게 아닐까 하는 생각이 들었다.(24)

자신의 이야기를 마치고 나서 짓는 '심술궂은 미소'라든가 '알쏭달쏭'한 눈빛, '내적인 환희로 가득 차' 보이는 얼굴은 그의 이야기가 사실이 아닐 수 있음을 추정하게 만든다. 거짓을 무사히 꾸며낸 자의 은밀한 희열로 생각할 수 있기 때문이다. 오기의 이야기가 거짓일 수 있음을 더욱 짐작하게 만드는 것은, 소설 초반에 '나'가 오기 렌을 두고 "재치 있는 말을 제법 잘했다."(14)고 평하는 대목이나, "보통 사람들은 책 이라든가 작가에 관해서는 그다지 관심을 보이지 않는" 것에 비해 오 기는 '나'의 직업이 작가임을 알고 나서는 오히려 친근히 대하기 시작 한다는 것과도 무관하지 않다. '재치 있는 말'의 솜씨를 갖고 있고, 이 야기를 지어내는 직업인 작가에게 호감을 갖는다는 설정은 오기의 이 야기가 '재치 있게 지어낸' 것일 수 있는 가능성을 짐작하게 만들기 때 문이다. 그렇다면 자신의 이야기가 "실화임을 보장"한다는 오기의 호 언은 결국 사전에 의심을 차단하기 위한 방어용 언표라고 할 수 있다.

오기의 이야기가 실은 꾸며낸 것, 즉 거짓임을 영화 〈스모크〉는 소 설에 비해 분명히 한다. 영화에서 오기는 폴이 잠시 자리를 비운 사이 일간지를 유심히 훑어보는데, 이때 카메라는 "강도, 보석상 털다가 사 살"이라는 제목의 신문 기사를 클로즈업한다. 그리고 강도의 사진과 함께 그의 이름이 '로저 굿윈'임을 보여준다. 소설에서의 '로버트 굿윈' 이 '로저 굿윈'으로 바뀌면서, 오기는 폴에게 들려주는 이야기 속 주인 공인 흑인소년의 이름을 그로 설정하고 있는 것이다.

그러면서 〈스모크〉는 폴에게 이야기를 들려주는 오기의 얼굴을 향 해 아주 느린 속도와 미세한 움직임으로 근접해 들어간다. 카메라는 그의 표정이나 눈빛, 입술꼬리, 손동작 하나하나에 집중해간다. 그리 고 그의 눈을 향해 서서히 들어가던 카메라는 얼굴을 가득히 잡은 뒤 에는 천천히 그의 입을 향해 내려가서는 클로즈업하며 멈춘다.(〈그 림2〉) 이 장면은 10분을 넘는 롱테이크로 처리된다. 마치 "천천히 봐야 한다. 그래야 보인다."
는 그의 말(사진을 보는
폴에게 들려주던)을 상기
시키는 장면이라 할 만하
다. 아주 천천히 근접해
가는 카메라의 움직임과

〈그림 2〉

그것이 포착하는 오기 표정의 의미를 '보도록' 하는 장치일 수 있기
때문이다.[15]

　오기의 입을 클로즈업으로 포착하며 이어지는 롱테이크 장면이 끝
나자마자 이제 카메라는 폴의 눈을 클로즈업한다. 이는 이전까지의 롱
테이크 장면이 폴의 시선을 통한 것임을 말한다. 폴은 유심하게 오기
의 얼굴과 특히 그의 입을 주시하고 있었다는 것이다. 오기는 그의 유
창한 말솜씨로 폴의 눈과 귀를 사로잡고 있었으며, 영화는 카메라의
유연한 움직임과 포착능력으로 그동안 유심히 오기를 살펴보던 폴의
행위의 의미를 자연스럽게 생각해보도록 유도한다.[16]

---

15) 폴 오스터는 영화 제작 후기에서 이때의 클로즈업에 대해 "카메라는 마치 벽
　을 부수고 들어가는 불도저처럼 밀고 들어가서 순수한 인간의 소통을 가로막
　는 장애물을 부숴 버린다."고 말한다. 그러면서 이 "영화 전체의 정서적인 결론
　이 이 쇼트에 담겨져 있다."고 표현한다.(폴 오스터, 앞의 책, 52쪽) 영화는 결
　국 '인간의 소통'을 말하고 있다는 것이다. 그런 점에서 영화는 오기와 폴의 관
　계에 국한되지 않고 일상을 살아가는 평범한 모든 이들끼리의 관계를 보여주
　고 있는 셈이다.
16) 오기가 폴을 붙잡는 것이 '언어(말솜씨)'이듯이 영화가 관객을 붙잡는 것은 '영
　상 언어'라고 할 만하다.

(2) 오기 렌과 할머니의 이야기

오기가 폴에게 들려주 는 이야기 안에서 오기는 다시 거짓을 꾸미는 인물 로 등장한다. 지갑을 돌 려주러 찾아간 흑인소년

〈그림 3〉

의 집에서 장님 할머니에게 그 소년인 것처럼 손자 행세를 하는 것이 다. "난 네가 크리스마스 날에는 이 에슬 할미를 잊지 않을 줄 알았다." 고 팔을 벌려 반기는 눈먼 할머니에게 오기는 "맞아요, 에슬 할머니. 크리스마스 날이라서 할머니를 뵈러 제가 돌아왔어요."(21)라며 안긴 다.(〈그림3〉 참고) 그 자신 '빨리 사실을 알려 줘야' 한다는 것을 알면 서도 그렇게 하지 못하고, 자신도 모르는 사이 '거짓말'을 행하고 마는 것이다. 이에 대해 『오기 렌의 크리스마스 이야기』에서 오기는 '나'에 게 이렇게 해명한다.

> "난 속이고 싶은 생각 따위는 전혀 없었어. 그건 우리 둘이 그렇게 하 기로 꾸민 게임 같은 거였어. 규칙 같은 건 정할 필요도 없는. 내 얘기 는 할머니도 내가 손자 로버트가 아니라는 걸 알고 있었다는 거야."(21)

오기는 할머니를 속이고 있지만 그것이 애초의 의도나 계획은 아니 었음을 보여준다. 진실성이란 게 '기만하지 않음'에 있다기보다는 '기 만하고 싶지 않음'에 있고, '기만하고 싶지 않음'이 기만당하는 사람에

대한 헤아림과 존중에서 출발하는 것이라면[17], 오기의 마음에는 할머니에 대한 '헤아림과 존중'과 최소한의 진심이 자리하고 있었다고 말할 수 있다. 속이고 싶은 생각은 애당초 없었고, 눈이 먼 할머니가 손자를 애타게 기다리고 있었음을 알게 되었을 때, 그 외로움과 간절함을 외면할 수 없었던 것이다. 그러한 헤아림과 존중의 마음이 오기로 하여금 손자인 양 행세하게 만들었기 때문이다.

이는 할머니도 마찬가지이다. 오기를 속임으로써 누릴 수 있는 개인의 욕심이나 물질적 이득이 없음에도 그녀 역시 거짓을 꾸민다. 이미 그녀도 "손자 로버트가 아니라는 걸 알고 있었"기 때문이다. 자신을 위해 거짓 손자 행세를 하는 상대(오기)의 거짓을 모르는 척, 실제 그의 할머니인 양 시늉하는 것이다. 이렇듯 그들의 거짓은 서로를 배려하고 위하는 마음에서 비롯한다. 『오기 렌의 크리스마스 이야기』의 다음 대목은 할머니와 오기의 '거짓'과 그 속에 담긴 마음들을 잘 보여준다.

"그녀가 그동안 어떻게 지냈냐고 물을 때마다 거짓말을 했어. 시가 가게에 일자리를 얻었다고 했고, 곧 결혼할 예정이라고 했고, 수백 개의 그럴듯한 듣기 좋은 얘기를 꾸며댔고, 그녀는 그 이야기를 전부 믿는 척했어. '잘 됐구나, 로버트.'라고 말하곤 했지. 고개를 끄덕이고 미소를 지어 가며, '난 네가 뭐든지 잘 해낼 줄 알고 있었다.'"(21–22)

---

17) 김문성 편저, 『마법의 거짓말』, 스타북스, 2011, 144쪽. 이 책에서 진실성은 교활함의 반대개념에 놓이면서 교활한 자는 기만할 기회를 노리지만 진실한 사람(신사)은 그렇지 않다고 한다.

할머니는 손자의 직장과 결혼을 걱정하고, 그녀를 안심시키기 위해 오기는 거짓말을 꾸민다. 그의 '거짓'이나, 그의 말들을 믿으며 축하하는 할머니의 '기짓'에는 악의나 불순한 김징이 없다. 마치 실제 할머니와 손자인 듯 그들의 진심은 그들의 거짓 속에 배어 있다.

크리스마스라는 친숙하면서도 특별한 날을 소재로 하여 얼핏 식상할 수도 있을 오기의 이야기가 흥미로운 것은 가족이나 연인과 같이 친근한 이가 아니라 전혀 알지 못하는 가난하고 외롭고 눈이 먼 할머니와 함께 크리스마스 밤을 보내게 된다는 독특한 경험을 담고 있기 때문이다. 그 독특한 경험의 바탕에는 오기와 할머니가 서로에게 행한 '거짓'이 자리하고 있으며 그것을 서로 용인하게 만들어 준 교감이 있었다.[18] 오기는 할머니를 위해 "듣기 좋은 얘기를 꾸며" 대고, 할머니는 그의 말을 "믿는 척"했던 것이다. 거짓 속에 담겨 있는 진심이 서로에게 전해지고 그러한 교감 속에서 그들의 거짓은 '따뜻한' 이야기를 만들어낸다.

'나'의 말하기와 폴 오스터의 글쓰기

『오기 렌의 크리스마스 이야기』는 짧은 이야기다. 그러나 앞서 보았

---

18) 이러한 설정은 문학에 있어서 작가와 독자의 관계에도 그대로 적용할 만하다. 작가는 일부러 독자를 속이려 하지 않지만 결국은 속이는 셈이 되고, 독자 역시 작가의 이야기가 사실이 아님을 진작부터 알고 있는 채로 그와 함께 일종의 놀이(게임)을 하는 셈이기 때문이다.

듯 오기가 폴에게 들려주는 이야기가 갖는 사실과 허구의 교착(交錯) 과 작가 폴 오스터와 화자 '나'(폴) 사이의 혼종은 '이야기/하기'와 관 련하여 흥미로운 해석을 주는 작품이다. 폴 오스터 자신이 소설가라 기보다 스토리텔러로 여기고 있다는[19] 점을 볼 때 그의 작품은 소설 이라는 장르보다 이야기/하기라는 행위의 측면으로 접근하는 것이 수 월해 보인다.

더욱이 이를 각색한 영화 〈스모크〉와 더불어 살펴볼 경우 소설과 영화의 생산적인 확장의 관계를 생각해보게 한다는 점에서도 의미 를 갖는다. 폴 오스터의 대개의 작품에서 "자신이 복수의 인물로 분 할되어 있는 것 같은"[20], 즉 작중인물이 작가 자신을 보여주는 경우 들이 많은데,『오기 렌의 크리스마스 이야기』에서도 인물 오기 렌 역 시 '이야기를 만들어 전한다.'는 점에서 폴 오스터의 또다른 분신이라 고 볼 수 있다.

『오기 렌의 크리스마스 이야기』는 서두에서부터 '나'의 입을 빌어 이 이야기가 사실임을 강조한다.

나는 이 이야기를 오기 렌으로부터 들었다. 오기는 이 이야기에서 자 신이 한 일이 올바른 일이 아니었다, 최소한 고의로 그런 일을 한 건 아니었다고 생각한다며 자신의 본명을 쓰지 말아 달라고 내게 부탁했 다.(13)

---

19) 이노 도모유키, 앞의 책, 71쪽.
20) 이노 도모유키, 앞의 책, 192쪽.

소설의 첫 대목부터 화자는 다른 누군가로부터 들은 이야기를 지금 독자에게 전하고 있음을 알린다. '나'는 "그가 나에게 이야기해준 그대로"(13)를 전하고 있디는 것이다. 자신이 오기 렌으로부터 이 이야기를 들은 것은 사실이며 따라서 자신이 전하는 이야기는 전혀 꾸며낸 것이 아님을 강조하고 있다. 이러한 소설의 서두는 이야기 전체의 사실성을 담보하는 효과를 거둔다. 이렇듯 『오기 렌의 크리스마스 이야기』는 마치 소설이 아닌 듯한, 즉 허구(거짓)가 아닌 듯한 인상을 강하게 마련한다.

이야기는 사실이라는 전제를 갖추고 있을 때 그 전달이 설득력을 지니게 되고 청자를 효과적으로 다루게 된다. 사람들은 이야기를 하거나 들을 때, 그 이야기가 실화인지 아닌지를 따진다. 그 예로 무서운 이야기를 할 때 '이건 실제로 있었던 일인데….'라고 말하곤 한다. 이렇게 실화인지 아닌지 구별하는 이유는 이야기가 사실이라는 전제를 갖추고 있을 때 그 이야기가 전하고자 하는 바가 더 효과적으로 다가오기 때문이다.

따라서 오기 렌이 '나'에게 들려주는 잃어버린 지갑, 눈먼 할머니, 크리스마스 날의 저녁 식사에 관한 이야기들은 소설 『오기 렌의 크리스마스 이야기』를 액자식 중층 구조로 만들면서 이야기의 신빙성을 높인다. 그러면서 화자 '나'는 작가 자신에 다름 아니라는 생각을 갖게 만든다. 소설 말미에 오기에 의해 화자 '나'가 "폴"이라고 불린다는 점, 게다가 그 직업이 작가라는 점에서도 더욱 그렇다. 그런 만큼 이 소설은 마치 허구가 아닌 듯한 외양을 취한다.

폴 오스터는 이 소설에서 "가능한 한 현실과 허구의 구별이 안 가도록 해보고 싶었다."[21]고 말하였다. 실화인지 아닌지를 혼동스럽게 만들려는 의도였다는 것이다. 그런 점에서 이야기 속의 '나'(폴)는 작가 자신이라고 볼 수는 없다. 작가를 연상시키더라도 소설을 위해 만들어진 가공의 인물일 뿐이라는 점이다. 이 점은, 오기 렌이라는 인물의 존재에 대해서도 그 사실성을 의심해보게 만드는 사안이다.

오기의 존재 자체나 그가 들려주는 이야기의 사실 여부를 떠나 실제 작가 폴 오스터는『오기 렌의 크리스마스 이야기』를「뉴욕타임스」에 게재한다. 작가로서 그에게 중요한 것은 이야기의 사실(진위) 여부가 아니라 이야기가 전하는 진실성이다. 문학적 글쓰기가 "타자로서 배제되는 것들(폭력, 소외, 성, 광기, 여자, 어린이 등)에 대한 글쓰기"[22]라고 한다면 오기의 이야기에서 그가 포착한 '타자'란 '외롭고 쓸쓸한 두 사람'일 것이며 그들의 거짓 연기가 만들어낸 우연하면서도 감동적인 만남일 것이다. 문학적 글쓰기는 "거대한 의미보다는 미처 의미로서 승격되지 못하고 배제의 언저리에서 방황하는 타자들을 얼싸안고자"[23] 하는 것이다.

폴 오스터는 자신이 각본을 쓴 영화 〈스모크〉에서 '거짓'에 관한 대목들을 좀더 다양하게 확장한다. 우선 오기의 딸(펠리시티)에 대한 것이다. 아내는 펠리시티가 오기의 딸이라고 주장하다가 후에는 오기의

---

21) 폴 오스터, 앞의 책, 56쪽 참고.
22) 이정우,『가로지르기』, 산해, 2000, 179쪽.
23) 이정우, 앞의 책, 180쪽.

딸이 아닐 수도 있음을 내비친다. 영화는 진위의 여부를 규정하지 않는다. 아내의 말이 거짓일 수도, 사실일 수도 있다는 것이다. 그러나 그러한 아내에게조차 오기는 끝까지 인간적으로 대한디. 아내의 말이 거짓일지라도 개의치 않는다는 것이다. 도시의 한 귀퉁이에서 마약에 찌들어 삶을 소모하는 한 소녀 펠리시티의 인생에 대한 연민을 표시할 뿐이다. 흑인소년 라쉬드와 그가 오랫동안 찾던 아버지와의 만남에서도 '거짓'의 양상으로 그려진다. 라쉬드는 자신의 이름을 숨기고 아들이 아닌 듯 행동하다가 후에 사실을 고백하지만 아버지는 그것을 오히려 거짓으로 치부해버린다.

제목 '스모크'의 의미에 대해 폴 오스터는 다음과 같이 설명한다.

"물론 시가 가게를 가리킨다. 하지만 연기는 사물을 흐릿하게 하고 잘 알아볼 수 없게 만든다는 뜻도 있다. 연기는 고정시킬 수 없는 어떤 것이다. 그리고 항상 모양이 변한다. 같은 맥락에서 볼 때 이 영화의 인물들은 그들의 삶처럼 끊임없이 서로 엇갈리면서 변한다."[24]

요컨대 '스모크'란 삶의 메타포로 볼 만하다. 물론 담배가 일차적으로 연상시키는 시름과 고민, 일상의 걱정 따위의 문제들을 의미하기도 한다. 또는 흐릿하여 명확히 알 수 없고 항상 변하며 주변을 뒤덮을 수 있는 어떤 것, 일상을 떠다니며 가리기도 하고 무엇인가의 신호가 되

---

24) 폴 오스터, 앞의 책, 52쪽.

기도 하는 것을 가리키기도 한다. 즉 일정한 형태나 질서 없이 일어났다 휘발되기도 하는 불명확한 것, 마치 명쾌히 규정할 수 없고 설명할 수 없는 일상의 삶을 의미한다는 것이다. 또는 건강을 해치지만 한편으로는 위로와 해소를 가져다주는 담배의 모순은 선악이나 진위로 규정지을 수 없는 인간들, 혹은 인간사(事)를 말하는 것이기도 하다. 사람들은 모두 모순에 차 있으며 단순히 좋고 나쁨으로만 구분할 수 없는 존재들이다. 영화 속 오기는 장사꾼이면서 예술적인 감수성을 갖고 있으며 심술궂으면서도 외로운 사람이다. 라쉬드는 거짓말쟁이고 도둑놈이지만 착하고 밝은 소년이다. 오기의 이혼한 아내와 딸도 그렇고 라쉬드의 아버지도 그렇다.

『오기 렌의 크리스마스 이야기』에서 오기는 자신의 '거짓말과 도둑질'을 '좋은 일'로 보는 '나'(폴)에게 그 이유를 묻는다. 이에 폴은 "그녀(할머니)를 행복하게" 해줬기 때문이라고 답한다. 그러면서 "카메라를 유용하게" 썼다고 덧붙인다. 폴의 이 말은 영화라는 매체의 가치와 의미에 대해 생각해보게도 만든다. 영화는 카메라의 예술이며, 카메라를 통해 관객들에게 행복과 즐거움을 제공한다는 점에서이다. 마찬가지로 문학은 '언어를 유용하게' 씀으로써 독자를 행복하게 해준다. "문학이 구사하는 언어, 예컨대 시인의 말은 다른 종류의 글쓰기로는 도저히 드러낼 수 없는 실재의 숨겨진 얼굴을 드러낸다."[25]고 한다면, 물론 문학의 언어가 시인의 말에 국한되지는 않는다고 보았을 때, '실

---

25) 이정우, 앞의 책, 177쪽.

재의 숨겨진 얼굴'을 드러내는 것은 소설이라는 이야기 양식의 글쓰기에서도 마찬가지다. 노골적으로 드러내지 않으면서 드러내는 것은 문학적 글쓰기의 힘이다. '실재의 숨겨진 얼굴'이 '진실'을 가리키는 의미로 볼 수 있다면 소설을 포함한 문학적 글쓰기가 보여주고자 하는 것은 사실(실재) 여부를 떠나는 진실의 가치에 관한 것이다.

나오며

말하기든 글쓰기이든 인간의 소통을 위한 것이다. 소통을 방해하고, 관계를 이어주지 못한다면 말하기와 글쓰기에는 무엇이 남겠는가? 말하기와 글쓰기의 의미는 한 개인의 일방적이고 강제적인 전달이 아니라 궁극적으로는 상호간의 연결이며 관계 맺음에 있다. 그렇다면 말하기와 글쓰기에 있어 '진정성'의 의미는 단지 '있는 그대로, 혹은 사실 그대로'의 여부에 달려 있지 않을 것이다. 그것은 '솔직함'이나 '정직함'이 아니라 듣는/읽는 이와의 진정한 교감을 위하는 말하는/글 쓰는 이의 고민과 배려의 마음일 것이다.

그런 점에서 소설에서 오기 렌이 폴에게 건네는 "한 사람이라도 믿어 주는 사람이 있다고 한다면 그 이야기는 사실이 아닐 리 없다."(24)는 말은 실상 작가 폴 오스터가 독자에게 하고 싶은 전언으로 볼 수 있다. 누구든 이야기를 꾸며내고 만들어낼 수 있으며 흥미와 의미를 빚어낼 수 있다. 그것이 이야기의 힘이며 진실이라고 폴 오스터는 작품을 통해 말한다.

『오기 렌의 크리스마스 이야기』에서 거짓말은 몇 가지 교환가치를 갖는 것으로 그려진다. 우선 오기와 할머니는 거짓말을 통해 행복한 크리스마스를 보낼 수 있었다는 점이다. 할머니는 오기가 자기 손자가 아닌 줄 알면서도 그의 거짓말에 기뻐한다. 오기 역시 할머니가 자신이 손자가 아닌 줄 알고 있으면서도 손자마냥 대하는 할머니의 '거짓'을 알면서 손자 행세를 계속한다. 서로가 '사실'이 아닌 줄 알면서도 그 '거짓'을 그대로 용인하고 있는 것이다.

오기는 늙고 앞 못 보는 할머니를 위해 거짓을 꾸미고 있는 셈이다. 오기와 폴의 관계 역시 마찬가지다. 사실 여부를 떠나 오기의 이야기는 '나'에게 흥미로운 크리스마스 이야기거리를 제공하였고 오기로 하여금 맛있는 저녁식사를 얻을 수 있게 하였다. 이 작품의 독자와 작가의 관계 역시 마찬가지다. 독자는 그것의 사실 여부를 떠나 작가의 말을 통해 인간과 삶에 대한 생각을 얻게 된다.

폴 오스터는 인터뷰에서 『『오기 렌의 크리스마스 이야기』 안에서는 모든 것이 뒤집혀져 보인다. 훔친다는 것이 무엇인지, 준다는 것이 무엇인지, 거짓말한다는 것이 무엇인지, 진실을 말한다는 것이 무엇인지. 이 모든 것이 이상야릇하게 뒤섞여 버린다."[26]라고 한다. 작품은 이렇듯, 거짓말을 한다는 것과 훔친다는 것, 즉 상식적으로 옳지 못하다고 생각해왔던 두 가지 행위에 대해 의문을 제기한다. 세상을 따뜻하고 아름답게 만들 수 있다면 거짓 또한 가치를 가질 수 있다는 것이

---

26) 폴 오스터, 앞의 책, 30쪽.

다. 작가는 이 소설을 통해 사실을 말한다는 것이 항상 선한(옳은) 것인지, 거짓을 말하는 것이 항상 악한(나쁜) 것인지, 또는 훔치는 것, 주는 것에 대한 가치 판단에 대한 여운과 의문을 남긴다. 요컨대 '거짓'이 가질 수 있는 진실의 문제를 보게 한다.

오기와 할머니, 오기와 '나', 작가와 독자 사이의 '거짓'과 '용인'의 관계는 말하는 자와 듣는 자 사이의 심리적·심정적 교류를 기반으로 한다. 말하기와 글쓰기에서 의사(이야기)를 전하는 자와 받는 자 사이의 관계를 이어주는 것은 온전한 정직함이나 사실 그대로의 전달이기보다 상호간의 공감과 믿음이라고 해야 할 것이다.

진실인지 아닌지 알 수 없는 이야기는 세상에 널리 퍼져 있다. 그러한 이야기들을 만났을 때 이에 대한 사실 여부를 따지는 것은 실상 그 이야기가 전달하고자 하는 것이 무엇인지를 생각하는 것보다 더 중요하지는 않을 것이다. 의미 없는 사실의 고백보다 건강하고 아름다운 거짓이 더 의미를 가질 수 있다. 이야기의 진실을 파악하기 위해서는 '천천히' 봐야 알 수 있는 것이다.

참고자료

* 기본자료
- 영화 〈스모크(Smoke)〉, 웨인 왕 감독, 1995.
- 폴 오스터, 김경식 역, 『오기 렌의 크리스마스 이야기』, 열린책들, 2002.

* 참고문헌
- 이노 도모유키, 김경원 역, 『폴 오스터 인터뷰와 작품세계』, 열린책들, 2004.
- 홍은영, 「폴 오스터의 '뉴욕삼부작'에 나타난 언어, 타자, 관계」, 석사학위논문, 숙명여자대학교, 2012.
- 김영룡, 「문학과 영화의 상호 매체적 서사」, 『외국문학연구』 29집, 123~139쪽, 2008.
- 클라우디아 마이어, 조경수 역, 『거짓말의 딜레마』, 열대림, 2008.
- 롤랑 바르트, 김인식 역, 『이미지와 글쓰기』, 세계사, 1993.
- 우테 에어하르트 · 빌헬름 요넨, 배명자 역, 『거짓말의 힘』, 청림출판, 2013.
- 이언 레슬리, 김옥진 역, 『타고난 거짓말쟁이들』, 북로드, 2013.
- 이정우, 『가로지르기』, 산해, 2000.
- 김문성 편저, 『마법의 거짓말』, 스타북스, 2011.
- 하병학, 「거짓말의 현상학」, 『철학과 현상학 연구』 15집, 한국현상학회, 244~290쪽, 2000.

06

글쓰기, 결국은 진정성이다

영화 <릴라 릴라(Lila, Lila)>

글쓰기, 결국은 진정성이다

영화 〈릴라 릴라(Lila, Lila)〉

들어가며

영화 〈릴라 릴라〉(알랑 그스포너 감독, 독일, 2009년)는 한 소심한 남자의 자기고백이다. 한 여자를 사랑했고, 여자가 떠나간 뒤 그녀를 생각하며 자신의 '진실'을 고백하는 이야기다. 그런데 그의 고백 방식이 다름 아닌 '글(소설)쓰기'라는 점에서 흥미롭다.

다비드 케른(다니엘 브륄)은 중고시장에서 구입한 낡은 협탁의 서랍에서 오래된 원고뭉치 하나를 발견한다. 그것은 50년대를 배경으로 쓰인 소설로 지고지순하고 절절한 사랑의 이야기이다. 제목은 『소피 소피』. 부모의 반대에 의해 사랑하는 연인 소피를 보지 못하게 된 남자 주인공 페터의 절절한 안타까움과 시간이 흘러 사랑이 식어버린 소피를 보고 스스로 오토바이 사고로 생을 마감하는 페터의 편지로 구성되어 있는 '아름답고 슬픈' 소설이다. 다비드는 짝사랑하는 마리(한나 헤

르츠스프룽)의 관심을 얻기 위해 이 소설을 자신이 쓴 것이라고 거짓 말한다. 소설의 이야기에 반한 마리는 다비드 몰래 책으로 출간한다. 그리하여 다비드는 하루아침에 베스트셀러 작가가 되어 '최고의 소설가'라는 명성까지 얻는다. 한 연인의 사랑을 받기 위해 내뱉은 거짓말이 감당할 수 없는 일이 되어버린 것이다.

그러나 다비드는 마리의 사랑을 잃지 않기 위해 진실을 밝힐 수 없다. 사랑을 지키기 위해서는 작가인 양 계속 행세해야 하는 것이다. 그러던 중 사인회장에 그 소설의 진짜 작가라는 재키가 나타난다. 재키는 자신이 원작자임을 내세우며 다비드에게 은근한 협박을 행사한다. 매니저 역할을 자청하면서 마음대로 출판사들과 계약을 하며 노골적으로 금전에 욕심을 드러낸다. 그러한 막무가내 속물 덩어리인 재키를 싫어하던 마리는 다비드에게 재키와 결별할 것을 요구하지만 그러지 못하는 다비드의 소심함에 마리는 결국 그의 곁을 떠난다. 사고로 재키가 죽고 마리도 떠나버린 다비드는 우연히 발견한 원고뭉치로부터 시작된 자신의 이야기를 직접 글로 써 책으로 내놓는데, 그 책의 낭독회 자리에 마리가 나타나 자신의 사랑을 고백한다.

영화 〈릴라 릴라〉에 대해

영화 〈릴라 릴라〉는 우선 말과 글이라는 두 가지 소통방식을 비교하게 한다. 소심한 남자 주인공 다비드는 좋아하는 마리에게 말을 건네지 못한다. 자신의 용기 없음과 어눌함에 대신 글(소설 『소피 소피』)

〈그림 1〉

로 그녀의 환심을 얻으려 한다. 물론 그 글은 자신의 것이 아니긴 하지만 사랑을 얻기 위한 나름의 궁여지책이었을 것이다. 벙어리 냉가슴 앓듯 자신의 사랑을 말하지 못하던 다비드는 '글'로 '말'을 대신한 것이다. 마리 역시 말보다 글을 더 좋아하고 신뢰한다. 원래의 남자친구 랄프를 좋아한 것도 그가 소설을 쓰고 있었기 때문인데, 점점 글은 쓰지 않고 '말만 번지르르 해대는' 랄프 대신 말은 비록 서툴지만 글을 쓰는 다비드에게 호감을 갖는다. 영화의 말미에서 떠난 마리의 마음을 되돌리는 것 역시 말이 아니라 글(다비드 자신의 이야기)이다.

영화는 거짓말로 인해 일어나는 이야기가 축을 이룬다. 영화에는 세 가지 거짓이 나온다. 첫째는 다비드의 거짓이다. 『소피 소피』를 자신의 것이라고 마리와 세상 사람들을 속인다(〈그림 1〉 참고). 사랑을 얻기 위해 마리에게 건넨 거짓말은 마리에 의해 되돌릴 수 없이 커진다. 다비드는 마리뿐만 아니라 세상 사람들을 상대로 자신의 진실을 숨길 수밖에 없는 처지가 되어버린다.

둘째는 원작자라고 주장하는 재키의 거짓이다. 실제의 원작자가 죽자 다비드에게 접근해 돈을 챙기려는 인물이다. 그는 빚을 지고 도망

다니고 있는 신세며 알코올중독자이기도 하다. 급기야 다비드의 매니저로 (거짓)행세하면서 맘대로 출판사와 계약을 하며 거액의 돈을 요구하기도 한다.

영화 후반부에 그는 다비드에게 스스로 가짜 원작자임을 밝힌다. 우연찮은 사고로 호텔 테라스에서 떨어져 죽고(하필이면 수레에 쌓인 책더미 위로 떨어진다.) 다비드는 그에게서 연민과 동정심을 느끼며 그의 장례식에 유일한 친구로 참석한다.

셋째는 마리의 행동이다. 다비드에 대한 그녀의 사랑은 다소 의심스럽다. 다비드가 『소피 소피』를 보여주기 전까지 마리는 그에 전혀 관심을 두고 있지 않았다. 물론 소심한 다비드는 마리뿐만 아니라 누구에게든 관심을 받지 못하는 '보이지 않는' 존재였다. 그런 그에게 마리가 급작스런 관심을 갖게 된 것은 다비드의 『소피 소피』 때문이다.

진정 그를 사랑한 것이 아니라 단지 그의 문학적 재능을 좋아한 것일 수 있다. 다비드가 그녀에게 "내가 이 소설을 쓰지 않고 발견했다면 어떻게 할 거야?"라고 묻는 말에 그녀는 "그 소설가를 만나고 싶겠지."라고 답하는 장면도 다비드에 대한 그녀의 사랑을 의심하게 한다. 영화 후반부에 마리는 다비드와 갈등이 생기면서 "당신이 아니라 소설을 좋아했을지도" 모른다며 자신의 사랑에 스스로 의문을 품기도 한다. 영화의 마지막에서, 다비드가 자신의 이야기를 글로 썼을 때 마리는 다시 그에게 돌아와 사랑을 고백한다.

영화의 말미에는 다비드의 다음과 같은 나레이션이 깔린다. "다른 사람인 척하는 건 지치는 일이다. 거짓말이 힘들어서가 아니라, 말하지 못하는 것들 때문이다. 감추려고 애쓰는 것들은 나 자신의 일부니까. 다른 사람인 척하는 나의 일부이지, 내가 연기하는 사람의 일부는 아니다." 영화가 거짓(말)에 대해 들려주고 있음을 확인시킨다. 이는 영화의 인물들이 행하는 거짓에만 국한되지 않고, 이야기의 주요 소재로 '소설'이라는 장르가 쓰이고 있다는 점에서도 알 수 있다.

소설은 허구이며 거짓이다. 소설이 거짓이지만 가치(진실)를 담아내듯 다비드의 거짓도 가치(사랑)를 지키기 위한 절박한 방법이다. 그런 점에서 영화가 인물(다비드)의 거짓말을 이야기의 축으로 삼으면서 소설이라는 허구의 양식을 주요 소재로 쓰고 있음은 설정의 묘미라고 볼 수 있다.

영화의 마지막 장면에서 다비드는 자신의 경험을 소설로 출간한다. 실제 마리와의 사랑과 이별을 소재로 한 자신의 이야기며 진정한 고백과 마음을 담은 글이다. 그런데 그 글의 장르는 소설이다. 그러나 소설이 허구라는 이유로 그의 글도 허구일 뿐이라고 폄하할 수는 없다. 허구가 단순한 거짓이 아니듯, 그의 글도 소설의 형태를 띠고 있지만 그 허구 속에 진실을 담고 있기 때문이다. 한 여인을 향한 남자의 순정한 사랑을 보여준다는 점에서 그렇다.

다비드와 마리의 사랑은 다비드가 훔친 소설『소피 소피』처럼 전개된다. 순정한 한 남자와 여자. 그러나 여자는 사랑을 피해 도망가고 남자는 돌아오지 않는 여자를 애타게 그리워하다 절망한다. 『소피 소피』는 남자의 극단적인 선택으로 비극적인 종말로 끝난다. 그

〈그림 2〉

러나 다비드와 마리의 사랑의 결말은 이와 다르다. 다비드는 그 동안의 자신의 이야기를 책으로 출판하고 이를 계기로 마리의 사랑은 되돌아온다.

다비드가 직접 쓴 소설에는 이전 훔친 소설 『소피 소피』가 소재로 등장한다. 그런데 이 영화의 원작이 프랑스 작가 마르틴 주터의 실제 소설이라는 점에서 본다면 '소설'들이 연쇄적으로 이어지면서 흥미로운 다중 양상을 보이게 된다. 즉 '소설(마르틴 주터가 쓴) 속의 소설(다비드가 쓴) 속의 소설(다비드가 훔친)' 식이 되는 것이다. 영화 말미에서, 그리고 마르틴 주터의 원작소설의 말미에서도 다비드는 자신이 쓰는 소설을 이렇게 시작한다.

"이것은 다비드와 마리의 이야기이다. 부디 슬프게 끝나지 않기를."(〈그림 2〉) 이것은 다비드가 훔친 소설의 첫대목 "이것은 페터와 소피의 이야기이다. 부디 슬프게 끝나지 않기를."를 패러디한 것이다. 다비드는 소설 『페터와 소피의 이야기』를 훔치고, 그 이야기처럼 다비드와 마리의 이야기는 진행되고, 결국 다비드는 자신이 겪은 사랑과 이별을 『다비드와 마리의 이야기』로 다시 쓴다. 즉 『소피 소피』

는 다비드와 마리의 사랑으로, 다시 다비드의 소설로 변주되며 반복되는 셈이다.

글쓰기로 사랑을 잃고, 또 얻다

다비드는 진정한 자신의 사랑 이야기를 스스로 직접 쓰면서 진짜 작가가 된다. 작가란 무엇인가? 글을 쓴다는 것은 무엇인가? 무엇이 글을 쓰게 만드는가? 마리에 대한 다비드의 진정한 사랑이 아니었다면 글을 쓰게 되었을까? 사랑에 대한 진실한 마음이 그로 하여금 글을 쓰게 만들었을 것이다. 물론 그 글 속에는 자신이 저지른 거짓 행동(물론 그것은 순정한 사랑을 위해서였기는 하지만)에 대한 자책과 연인을 속인 것에 대한 후회와 미안함이 함께 놓여 있을 것이다. 그것들은 밖으로 꺼내 보여줄 만한 것들이 아니다. 어떻게든 숨기고 싶은 치부일 수도 있다.

"작가는 자신의 비밀을 기꺼이, 자발적으로 공개하는 사람들"[1]이다. 다비드는 기꺼이는 아닐지라도 자발적으로 자신의 비밀을 공개한 셈인데 그 용기는 어디에서 나왔을까? 그는 그러지 않고서는 견디지 못할 무언가를 안고 있었던 것은 아닐까? 마리에 대한 애틋한 사랑과 간절한 그리움, 그리고 끝끝내 자신의 진실을 밝히지 못한 죄

---

1) 김수이, 「'결핍'과 '잉여'에서 '사랑'과 '상상'으로」, 『글쓰기의 최소원칙』, 룩스문디, 2008, 158쪽.

책감. 애써 감추며 차마 말로는 전하지 못했던, 혹은 전할 수 없었던 자신 안의 것들. 그동안 밖으로 꺼내 놓지 못했던 자기 내부의 목소리들. 그것은 마리가 곁에 있을 동안 그의 안에서 숨은 채로 자라면서 바깥으로 나오기를 기다리고 있었던 것들이었을 게다. 다비드는 이제 마리와 헤어지고 나서, 혹은 헤어졌기 때문에 그것을 글로 꺼내 놓게 된 것이다.

거짓된 글쓰기로 어려움에 처한 다비드가 결국 진실한 글쓰기로 해결한다는 영화의 설정은 주목된다. 거짓 작가가 되어 낭독회 장소에서 실수를 연발하며 불안해하던 영화의 첫 장면과 진짜 작가가 되어 낭독회에서 여유와 안정을 보이는 영화의 마지막 장면의 대비는 결국 영화가 거짓과 진실의 차이를 보여주려 하고 있음을 상기시킨다. 말이 아닌 글로 마리의 마음을 얻었던 다비드는 영화의 마지막에서 역시 말이 아닌 글로 그녀에게 용서를 구하고 다시 그녀의 마음을 돌려놓는다.

다비드는 글로 인해 발생한 일을 마무리하기 위해 일부러 글을 쓴 것은 아닐 것이다. 또한 마리의 마음을 되돌리기 위한 의도된 목적으로 글을 쓴 것도 아닐 것이다. 단지 더이상 말할 수가 없었기 때문에, 말하기가 더이상 효용 없게 되었기 때문에(말을 전할 대상 마리가 없으므로) 글을 썼을 것이다. 그의 내면에 쌓인 표현의 욕망은 말하기가 소용없게 되었을 때 글쓰기로 바뀌어 표출된 것이다. 다비드로서는 '말하기가 끝났을 때 글쓰기가 시작된' 셈이다. 표현의 욕망은 말하기 또는 글쓰기로 어떠한 형태로든 드러나기 마련이다.

재키가 죽고 마리도 떠나간 뒤 홀로 남은 다비드는 그동안 겪었던 자신의 경험을 스스로 책으로 내놓아 진짜 작가가 된다. 그는 자신의 소설의 첫머리를 "이것은 다비드와 마리의 이야기이다. 부디 슬프게 끝나지 않기를."이라고 시작한다. 현실에서 마리와의 이별을 겪은 다비드는 자신의 소설에서는 '슬프지 않은' 결말을 희망하는 것이다. 현실에서 이루지 못한 사랑의 성취를 소설이라는 허구의 틀을 통해서라도 이뤄보려는 것이다. 실패한 현실의 사랑이 다비드로 하여금 글을 쓰도록 만든 셈이다. 현실의 결핍은 창작의 욕망을 자극한다. "이야기란 현실의 결핍과 치욕을 덮거나 드러내거나 비틀어버림으로써 그 결핍과 치욕을 넘어서려는 언어의 화폭"[2]이다.

그리하여 다비드는 자신의 소설을 통해 현실에서 하지 못한 고백을 한다. 마리가 좋아했던 그 소설은 실은 자신이 쓴 게 아니라고. 그런 고백으로 다비드의 소설은 끝을 맺는다. 영화의 엔딩은 다비드의 그 신작 낭독회의 장면이다. 그 장면에서 낭독회에 참석한 한 독자가 묻는다. "이 책은 직접 쓰셨나요?" 이전 소설이 자신이 쓴 게 아니라는 작가의 고백에 대한 독자로서의 힐책조의 농담이지만 다비드로서는 직접 쓰지 않을 수 없었던 이유가 있던 것이다.

다비드가 직접 쓴 소설은 그 기법이나 기술적인 면에서는 어설프고 어색할 수밖에 없었을 것이다. 그는 문학을 전공한 적도, 일부러 공부한 적도 없으며 이전까지는 글쓰기와는 거리가 있는 아르바이

---

2) 김훈 외, 『소설가로 산다는 것』, 문학사상, 2011, 84쪽.

트 웨이터였을 뿐이다. 그러던 그가 소설을 썼다는 것은 다소 억지스럽고 설득력이 떨어지는 설정이긴 하다. 그럼에도 그는 소설을 쓰게 되는데 이는 그의 소설에, 혹은 소설을 쓴 그에게 기법이나 기교의 문제를 넘어서는, 그것들을 상쇄하는 무언가를 갖고 있었다는 뜻이 된다. 그것은 그의 진심, 진정성, 혹은 진실일 것이다. 꺼내 놓지 않으면 안 될 간절하고 진솔한 무언가가 그로 하여금 글을 쓰게 만들었을 것이다.

다비드가 진짜 작가가 될 수 있는 방법은 이야기를 직접 쓰는 것일 뿐이다. 그런데 무엇을 쓸 것인가? 그에게는 자신의 이야기말고는 쓸 거리가 없다. 어찌 됐든 글쓰기의 출발은 '나'에게 있다. '나'에게 있다는 말은 두 가지로 풀이된다. 하나는 '경험'이며, 다른 하나는 '정체성'이다. 우선 나의 솔직한 경험에서 출발하는 글쓰기야말로 스스로를 작가로 만든다는 뜻이다. 살아 있는 경험이야말로 글을 살아있게 한다. 그리고 자신에 대한 앎이 글쓰기의 전제가 된다.

'나는 누구인가?'란 질문에 대한 고민과 탐색이 글쓰기를 추동한다. 다비드 역시 다른 누구도 아닌 자신에 대한 '인식'을 통해 글쓰기를 행하였다고 말할 수 있다. 영화 말미에서 다비드가 직접 쓴 소설은 자신에 관한 이야기다. 물론 그 소설은 다비드의 진심이 전제되었을 때 진실을 담은 이야기로서 가치를 갖는 '고백'의 성격을 띠겠지만 그렇지 않다면(즉 다비드 자신에 대한 진정한 생각이 전제되지 않았다면) 그저 구차한 변명이거나 거짓이라는 의미 그대로의 허구에 불과하게 될 것이다. "진술 주체에 따라 경이로운 고백이 되기도 하고 궁색한 변명이 되기도"[3] 하는 게 글이라는 점에서는 일기든 소설이든 다르지 않을 것이다.

　다비드는 떠나간 마리의 마음을 돌리기 위해서, 다시 마리와의 사랑을 회복하기 위해서라는 특정한 목적으로 소설을 쓰지는 않았을 것이다. 영화 후반부에 다비드는 마리와의 사랑이 끝났음을 짐작하듯 눈물을 머금은 채 컴퓨터 앞에서 글을 쓰며, 마지막 장면에서도 그는 마리의 등장을 전혀 예상치 못한 것으로 그려진다. 그러한 진실하고 순수한 진정성이 결국 그의 글을 완성시켰을 것이다.

　이제는 더이상 군중 앞에서 당황해하지 않고 자기의 것이 아닌 글을 억지로 더듬거리며 읽지 않아도 되는, 진정한 작가로서의 이름을 얻게 만들었을 것이다. 그리하여 결국 마리를 감동시키고 그녀의 마음을 다시 돌아오게 만들었을 것이다. 자기 이야기를 할 때 가장 좋은 글이 되고 그것이 사람을 움직인다. 허위와 과시가 아니라 진심과 정직이 글을 쓰게 만들고 읽는 이를 움직이게 만든다.

---

3) 김훈 외, 위의 책, 17쪽.

나오며

영화 〈릴라 릴라〉는 사랑을 얻을 목적으로 거짓 행세를 하던 결과 결국에는 사랑을 잃게 되고, 진정한 자신의 이야기를 스스로 꺼내 놓을 때 다시 사랑을 찾게 된다는 이야기다. 영화는 사랑 이야기를 소설 (글)쓰기 문제와 연결하면서 결국 진정한 사랑을 진실한 글쓰기라는 의미로 결합시킨다. 영화는 남녀 청춘의 사랑을 유쾌하게 그린 로맨틱 코메디물로 표절의 문제를 심각하게 다루고 있지는 않다. 사랑의 진정성을 글쓰기의 진정성의 문제와 결부시켜 풀어내고 있을 뿐이다. 사랑을 찾는 자와 글 쓰는 자를 병치시킴으로써 그들 마음에 놓이는 진실의 가치를 보여주고 있을 뿐이다.

영화에서 주인공 다비드가 진짜 '작가'가 된다는 설정은 단지 그가 글을 쓰는 자가 되었다는 의미가 아니라 자신의 인생을 스스로 '쓸' 수 있게 되었다는 의미로도 해석된다. 단순히 소설을 집필하는 작가가 아니라 남들 눈에 '보이지 않던' 존재에서 이제는 자기 삶을 새롭게 '써 내려' 갈 수 있는 주체가 되었다는 의미다.

영화의 원작인 마르틴 주터의 소설 『릴라 릴라』는 다비드와 마리가 이별하고 다비드가 글을 쓰기 시작하는 장면으로 끝난다. 그러나 영화 〈릴라 릴라〉는 다비드의 그 진심 어린 글이 결국 마리와 행복한 재결합을 가져다준다는 설정으로 마무리된다. 원작이나 영화 속 소설인 『소피 소피』와 달리 해피엔딩이다. 영화가 원작을 그대로 따라가지 않고 각색을 통해 결말을 변형하여 새로운 이야기로 바꿔놓은 것은, 다비드가 『소피소피』에서 벗어나 자신의 소설을 스스로 쓰세 되는 과징과도 닮았다. 영화나 영화 속 다비드 모두 '쓰기'라는 행위의 다른 의미들을 보여주고 있기 때문이다.

참고자료

* 기본자료

• 영화 〈릴라 릴라(Lila, Lila)〉, 알랑 그스포너 감독, 독일, 2009.

* 참고문헌

• 김훈 외, 『소설가로 산다는 것』, 문학사상, 2011.
• 김수이, 「'결핍'과 '잉여'에서 '사랑'과 '상상'으로」, 『글쓰기의 최소원칙』, 룩스문디, 2008.
• 스티븐 킹, 김진준 역, 『유혹하는 글쓰기』, 김영사, 2004.
• 유병률, 『딜리셔스 샌드위치』, 웅진윙스, 2008.
• 최병광, 『성공을 위한 글쓰기 훈련』, 팜파스, 2004.
• 황영미 외, 『영화로 읽기, 영화로 쓰기』, 푸른사상, 2015.

글쓰기의 양상을 보다

레오나르 : "요즘은 책을 안 읽잖아."

알랭 : "응, 독자는 줄고 책은 늘고, 늘 살얼음이지."

레오나르 : "글이 사람을 히스테릭하게 하니까."

알랭 : "무슨 뜻이지?"

레오나르 : "글을 두려워 해. 글을 안 읽을수록 글을 불신하는 거지."

알랭 : "지금은 글의 시대야. 인터넷을 봐. 더 많이 더 자주 글을 써. 또 의외로 세심하게."

– 영화 〈논픽션〉에서

07

각색하기, 적응하기

영화 <어댑테이션(Adaptation)>

각색하기, 적응하기

영화 〈어댑테이션(Adaptation)〉

들어가며

글을 쓴다는 것은 무엇일까? 글쓰기에 대한 담론들이 넘쳐나는 중에도 이 물음에 대한 명료한 답을 찾기란 여전히 어렵다. 글의 종류에 따라, 목적이나 의도에 따라, 입장과 관점에 따라 글쓰기의 의미는 당연히 달라질 터이다. 통칭으로 '글'이라 불릴 수 있는 수많은 형태와 양상들이 있으며, 여기서 그것을 일일이 거론할 필요는 없을 것이다. 다만 두 가지 형태의 글쓰기, 창작과 각색에 대해 말하고자 한다. 새로운 이야기의 창작과 기존 이야기에 대한 변형에 관한 것이다.

각색이란 기존의 원작에 대한 변형을 말한다. 주로 매체의 전이에 따라 행해지는 내용상·외형상의 변화를 말하지만, 매체의 차이가 아닌 수행자(발화자)의 입장이나 태도에 따라 일어나는 변화의 과정, 혹은 그런 작업 자체를 가리킨다.

이 글은 각색 글쓰기에 관한 것이다. 즉 원작에 변형을 가해야 하는 이가 겪게 되는 원작(자)와의 관계와 그 각색 과정을 살펴보기 위한 것이다. 이를 위해 영화 〈어댑테이션〉[1]을 들여다보고자 한다. 영화 〈어댑테이션〉은 그 제목이 뜻하는 대로 '각색'을 소재로 하고 있으며, 이 글은 그 점에 착안하여 〈어댑테이션〉에 접근할 것이다.

영화의 주인공 찰리 카우프만(니콜라스 케이지 扮)은 소설의 각색을 의뢰받은 시나리오 작가다. 그는 영화계에서 나름의 명성과 자신만의 이야기 세계를 구축하고 있으면서 상업주의 오락성 이야기에 거부감을 갖고 있다. 그런데 문제는 그가 각색해야 하는 소설의 이야기가 영화로 옮기기에는 난감하다는 점이다. 영화 〈어댑테이션〉은 주인공 찰리 카우프만을 통해 작가들이 겪는 고민과 갈등, 유혹을 이야기한다. 원작(소설) 그대로의 이야기를 지키느냐, 상업적 흥행을 위해 변형시키느냐의 갈림길에 선 작가의 이야기라고 할 만하다. 그러면서 영화는 각색이라는 특정한 행위나 작업의 고민을 넘어 글을 쓰는 이 대개가 갖는 불안과 강박, 두려움과 중압감을 잘 담아낸다.

---

1) 스파이크 존즈 감독과 찰리 카우프만 각본의 2002년 작품으로, 아카데미 남우조연상, 골든글러브 남우여우 조연상, 베를린영화제 은곰상 등을 수상하였다. 찰리 카우프만은 〈존 말코비치 되기〉, 〈이터널 선샤인〉 등의 각본을 썼으며, 〈시네도키, 뉴욕〉을 직접 연출하기도 하였다. 〈어댑테이션〉은 복잡한 내러티브의 중층적·재귀적 구조를 보여주는 작품으로, 국내에서는 몇 비평문이나 리뷰 외에 본격 학술연구 자료를 찾을 수 없는 실정이다. 작품이 갖는 복잡한 구조와 다층적 해석의 문제성은 그만큼 다양하고 풍부한 논의의 여지를 품고 있으나 여기서는 '각색의 글쓰기'라는 데에 초점을 두어 영화를 들여다보고자 한다.

이는 어쩌면 글을 쓰는 이들에게 근본적인 질문일 수 있다. 자신에게 충실한, 정직하고 진실한 글쓰기란 무엇인가? '글'과 멀어지고 있는 듯한 현시대의 가볍고 감각적인 세대에 비추어 본다면, 그런 세태에 부응하는 변화를 따라야 할 것인가, 기존의 고답적이고 철학적인 주제의 글을 지켜야 할 것인가? 과연 작가는 자신의 내부에 어떠한 목소리를 숨기고 있는가? 대중들이 원하는 이야기, 그래서 그들에게 잘 읽히는 글을 쓸 것인가, 아니면 그들과의 거리를 감수하면서라도 자신만의 '진지한' 이야기를 만들어야 할 것인가?

영화 〈어댑테이션〉은 이러한 작가들의 심리적 강박과 관련하여 질문을 던지게 한다. 요컨대 영화 〈어댑테이션〉은 이야기를 만드는 이들, 더욱이 원작의 이야기에 손을 대어 또 다른 이야기로 '고쳐 써야' 하는 이들이 갖는 고민과 갈등을 보여준다.

영화 〈어댑테이션〉에 대하여

영화 〈어댑테이션〉은 수잔 올린(Susan Orlean)의 논픽션 소설 『난초도둑』[2]에 관한 영화다. 즉 『난초도둑』을 각색하여 영상으로 옮긴 것이 아니라 그 소설을 소재로 해서 일어나는 이야기를 담은 영화다. 영화의 주인공은 『난초도둑』을 영화로 옮기기 위한 각색 작업을 맡은 시나리오 작가 찰리 카우프만이며, 그가 원작을 각색하려는 과정에서 겪

---

[2] 수잔 올린, 김영신 · 이소영 역, 원제 『The Orchid Thief』, 현대문학, 2003.

게 되는 여러 갈등과 사건들을 영화는 이야기로 담고 있다.

찰리 카우프만의 고민은 소설『난초도둑』이 영화로 각색하기에 전혀 극적인 요소를 갖추고 있지 않다는데 있다. 인물 간의 갈등이나 사건의 전환, 기승전결의 흐름, 심지어 대화조차 거의 없어 극적인 묘미를 찾아볼 수 없다는 것이다. 난초들의 수많은 종류와 난초 채취의 역사, 난초를 둘러싼 사건들과 난초광들의 모험을 소개하고 있을 뿐이며, 더욱이 독자에게 직접 들려주는 특이한 서술방식과 작가 자신의 사색적 관념의 표출은 영화로 각색하기에 난감하기 이를 데 없다.[3]

그런 소설을 각색해야 하는 시나리오 작가의 갈등과 곤혹감을 보여주는 것이 영화 〈어댑테이션〉이다. 영화의 주인공 찰리 카우프만은 이 영화의 실제작가(Charlie Kaufman)이기도 하다는 점에서 그는 자신을 모델로 삼고 있으며 따라서 영화는 다분히 메타적이다.

캐릭터의 변화도 흥미로운 사건도 극적인 전개도 없이 난초수집가들의 이야기로 가득한 '밋밋한' 소설『난초도둑』을 영화로 제작하기 위한 시나리오 작가의 강박감과 불안감을 보여주는 이 영화는 주인공 이외에도 실존 인물들의 실명을 그대로 쓰고 있다는 점에서도 흥미롭다. 로버트 맥키(브라이언 콕스 扮), 수잔 올린(매릴 스트립 扮), 존 라로슈(크리스 쿠퍼 扮) 등의 실명이 그대로 사용되고 있을 뿐만 아니

---

3) 예를 들면 이런 대목들이다. "파카하치 스트랜드로 뭔가를 찾으러 가야 하다면, 당신은 그것을 몹시 탐내야만 그렇게 할 수 있을 것이다."(수잔 올린, 위의 책, 61쪽), "당신이 만일 스스로 어떤 것에 푹 빠진다면, 즉 어떤 공동체, 직업, 취미 등에 지나치게 몰입한다면, 머지않아 당신은 다시 수면 위로 떠오르려고 애쓰게 될 것이다."(수잔 올린, 위의 책, 386쪽)

라 실제 배우들이 카메오로 등장하기도 한다. 반면에 허구의 가공인물인 도널드 카우프만은 영화의 엔딩 크레딧에 공동작가로 버젓이 이름이 올라가 있기도 하여, 영화는 사실과 허구의 경계를 모호하게 흐리고 있다.[4]

영화의 이러한 성격은 첫 장면, 찰리 카우프만의 바로 직전의 작품 〈존 말코비치 되기〉의 촬영현장 장면에서부터 잘 드러나는데, 그 장면은 다큐멘타리 형식을 띠고 있어 이 영화가 허구가 아닌 듯한 인상을 다분히 자아낸다.[5] 그런데 그 촬영 장소에 있던 찰리는 그 작품의 작가이면서도 다른 이들과 어울리지 못하고 어슬렁거리다가 쫓겨나는 우스꽝스런 모습으로 그려진다. 그의 소심하고 다소 폐쇄적인 성격이 잘 드러나는 장면인데, 한편으로는 이 영화가 작가 자신의 솔직한 이야기임을 알려주는 장면이기도 하다. 이렇게 영화 〈어댑테이션〉은 첫 장면에서부터 픽션과 논픽션의 혼종 형식을 띠면서 허구와 사실 사이의 경계에 놓여 있는 듯한 모호하면서도 흥미로운 성격을 잘 보여준다.

찰리 카우프만이 각색해야 하는 소설 『난초도둑』은 신문기자 수잔

---

4) 이러한 경계의 모호함은 소설 『난초도둑』에서부터 비롯한다. 주인공 존 라로슈는 플로리다와 인디언 마을의 경계선에 사는 존재로 설정되는데, 이는 그가 문명과 야생의 중간, 논픽션과 픽션의 사이에 존재하는 것으로 해석할 수 있다. 이는 또한 그가 찾고 있는 '있는 듯 없는' 유령난초의 이미지를 연상시키는 것이기도 하다.

5) 존 말코비치, 존 쿠삭, 캐서린 키너 등 그 촬영장에 있었던 실제 배우들이 모두 등장한다. 단, 실제의 찰리 카우프만은 등장하지 않으며 그 역할을 맡은 니콜라스 케이지가 출연한다.

올린의 논픽션 소설로, '유령난초'를 찾아다니는 존 라로슈(John La-roche)에 대한 이야기다. 「뉴요커」의 기자인 수잔 올린은 플로리다에서 일어난 난초의 불법채취 사건을 접하던 중에 존 라로슈라는 인물을 알게 되고 그의 파란만장한 인생과 기이한 행적에 관심을 갖게 된다. 그녀는 난초광 중에서도 괴짜라고 불리는 그에게서 오히려 놀라운 열정과 집념을 보게 되고 그것에 매혹되어 그의 삶을 이야기로 옮겨『난초도둑』을 쓴다. 그러나 실제『난초도둑』의 이야기는 존 라로슈의 삶과 모험보다는 앞서 언급했듯 난초에 관한 온갖 정보와 지식들로 가득하다. 난초의 생태와 채취의 역사, 난초를 둘러싼 각종 사건들을 담고 있는 이 소설의 메시지는 결국 인간의 욕망과 열정에 대한 것이다. 맹목적 집착과 어두운 열정에 휩싸여 "늪이라는 혼돈의 땅에서 유령난초를 찾아 헤매고 있는"[6] 난초광들을 통해 인간의 탐욕과 광기, 헛된 욕심을 보여주고 있는 것이다. 이러한 소설의 철학적 사유를 시나리오로 옮기려 하는 데 찰리 카우프만의 고민이 있다.

영화 〈어댑테이션〉은 초반에 찰리 카우프만이『난초도둑』을 각색하는 과정에서 고민에 빠지는 내용과 더불어 수잔 올린이『난초도둑』을 써가는 과정이 잠깐의 교차 편집을 통해 이어진다. 즉 영화는 초반에 두 가지 글쓰기 양상을 흥미롭게 대비시키고 있다는 것인데, 하나는 원작을 고치고 변형해야 하는 각색을 위한 글쓰기이며, 다른 하나는 있는 그대로의 사실을 담아내려는 논픽션 글쓰기이다. 이때 영화는,

---

6) 수잔 올린, 위의 책, 425쪽.

〈그림 1〉   〈그림 2〉

좀처럼 글을 쓰지 못하는 찰리의 모습과 열정적으로 글을 쓰는 수잔의 모습을 효과적으로 대비시킨다. 존 라노슈의 삶과 행적을 따라 수월하고 거침없이 글을 써가는 수잔과 달리 시름 가득한 표정으로 타자기만을 쳐다보는 찰리의 모습은 이야기의 소재(모델)가 주는 무게에 짓눌린 지난한 글쓰기 작업의 시각적 형상이다.(〈그림 1, 2〉 참고)

　영화가 보여주는 또 다른 흥미는 찰리의 쌍둥이 동생 도널드 카우프만(니콜라스 케이지 1인 2역)의 설정이다. 찰리가 첫 줄도 쓰지 못하고 신경쇠약에 걸리는 반면, 활달하고 유쾌한 성격의 도널드는 할리우드의 상업 영화 공식에 맞춰 날림으로 쓴 시나리오 한 편으로 단숨에 거액을 챙긴다. 그동안 도널드를 무시해 왔던 찰리는 동생에게 『난초도둑』의 각색 작업을 도와줄 것을 청하고 도널드는 책의 저자 수잔 올린과 이야기의 모델인 존 라로슈 사이에 비밀과 음모가 있음을 감지해 낸다. 마침내 쌍둥이 형제는 그들의 비밀을 파헤치게 되는데 쫓고 쫓기는 추격전 끝에 도널드와 존 라로슈는 죽음을 맞게 되고, 그런

중에 찰리는 그동안의 고민과 시름을 해결하게 된다는 게 영화 〈어댑테이션〉의 이야기다.

이처럼 영화 〈어댑테이션〉은 중반 이전과 이후의 성격을 달리한다. 중반까지는 찰리 카우프만과 수잔 올린의 글쓰기가 교차를 이루면서 주로 각색의 부담을 안고 있는 찰리의 심적 고민에 초점을 두고 있는 반면, 중반 이후 영화는 찰리와 도널드의 상반된 성격과 작법상의 갈등을 중심으로 헐리우드 대중영화의 상투적인 패턴을 반복하고 있는 양상이다. 사뭇 고답적이며 사유적이던 중반 이전의 이야기에서 중반 이후로의 이러한 돌연한 전환은 언뜻 그 이질적 어색함에도 불구하고 영화가 주는 메시지의 전달에 의미있는 기여를 한다는 점에서 주목할 필요가 있다. 이와 관련해서는 하나의 장을 두어 별도로 논하고자 한다.

'난초'를 통해 본 열정과 욕망

수잔 올린이 존 라로슈의 삶을 이야기로 옮기려는 이유는 그녀 자신이 "뭔가를 간절하게 원하게 되기를"[7] 바랐기 때문이다. 영화에서도 다음과 같은 수잔 올린의 대사는 이를 그대로 보여준다.

"나도 난초처럼 열정 쏟을 게 필요하다. 하지만 내겐 그런 열정의 대

---

7) 수잔 올린, 위의 책, 71쪽.

상이 없다. 내게 있는 유일한 열정이란 건 그 사람들을 이해하고 싶다는 것 뿐"(00:26:14)

존 라로슈에게 열정의 대상이 난초라면 수잔에게 그 대상은 다름 아닌 존 라로슈라는 인물이 된다. 이처럼 작품에서 존 라로슈는 열정을 상징하는 인물로 형상화된다. 수잔 올린이 그에게 매혹되었던 것은 유령난초를 얻기 위해 늪지대를 찾아다니는 그의 열정 때문이었고, 찰리 카우프만이 수잔 올린의 책에서 발견한 것도 존 라로슈를 향한 그녀의 '뜨거운' 관심이었다.

따라서 영화 〈어댑테이션〉에는 세 가지의 열정/욕망이 그려진다. 첫째, 늪에서 유령난초를 찾아다니는 존 라로슈의 열정/욕망, 둘째, 그에 대한 이야기를 쓰기 위해 존 라로슈를 쫓아다니며 취재하는 소설가 수잔 올린의 열정/욕망, 셋째, 그녀의 소설을 영화로 옮기려 하는 시나리오 작가 찰리 카우프만의 열정/욕망이다. 수잔 올린은 존 라로슈에게서, 찰리 카우프만은 수잔 올린에게서 "열정적으로 무언가에 관심을 쏟는다는 것"에 대해 보고 싶어 한다.[8] 그래서 수잔 올린은 존 라로슈의 삶을 취재하고, 찰리 카우프만은 수잔 올린의 행적을 궁금해한다.

이때 수잔 올린과 찰리 카우프만의 공통점은 자신의 재능(글쓰기)

---

8) 영화는 여러 인물들을 통해 '열정'을 형상화하는데, 영화에서 강연을 하는 시나리오 작가 로버트 맥키 역시 그의 한 예가 된다. 그의 열정적인 강연은 소심한 성격의 찰리마저 감동시키며 자신의 작품 성격에도 변화를 가져오게 한다.

을 투자할 만한 외적 표상을 그리워한다는 것이다. 그것은 그 표상에 대한 확대 해석, 혹은 과도한 치장으로 나타나기도 한다. 실상, 위의 '첫째' 즉 존 라로슈의 열정/욕망은 수잔 올린의 과도한 해석일 수 있으며, '둘째' 역시 수잔 올린의 소설을 읽고 찰리 카우프만이 상상으로 재구성한 가상의 설정일 가능성도 있다. 수잔 올린이나 찰리 카우프만 모두 자신들의 무기력이나 지독한 자의식, 혹은 '열정 없음'에 대한 보상으로서 각각의 대상에게 자신들에 결핍된 요소들을 부여하는 것으로 볼 수 있기 때문이다.

그러나 유령난초가 헛것이고 환상일지라도 그것을 찾기 위해 '늪'을 헤맬 줄 아는 집념과 의지는 그 자체로 소중하며 귀하다는 점을 영화와 소설은 다음과 같이 강조한다.

"난초가 환상이라면 사람들은 헛꿈꾸며 헤매면서 시간을 허비하는 것인가? 사람들에게 힘을 주고 사람을 미치게 하는 그것을 보고 싶다."(수잔 올린, 00:27:24)

"그 순간 나는 내가 유령난초를 못 봐도 괜찮다는 것을 깨달았고, 그러므로 지금의 상황에 실망할 필요도 없다고 생각했다. 그렇다면 그것은 오히려 내가 보고 싶어 하는 무언가로 영원히 남아 있을 수 있을 것이다."[9]

---

9) 수잔 올린, 위의 책, 421쪽.

이는 영화의 주제를 암시하는 대목이기도 하다. 소설『난초도둑』을 각색하려는 과정에서 겪는 어려움과 난관을 보여주는 영화 〈어댑테이션〉에서 주인공 찰리 카우프만에게 '흡족할 만한 글(이야기)'은 결국 '유령난초'같이 환상에 불과한 것일 수 있음을 보여주기 때문이다. 글을 쓰는 이들은 이를테면 난초를 찾는 꿈과 열정을 갖고 있지만 결국 좌절과 망실감에 빠져들 수 있다는 것이다. 그런 점에서 '유령난초'는 환상 속에서 꿈을 찾아 헤매는 창작자의 숙명을 암시하는 일종의 은유가 된다.

이는 소설『난초도둑』의 다음과 같은 대목에서 암시하는 바와 같다.

> 대개의 경우, 난초를 그토록 숭배하고 사랑하는 심리의 원천은 아마도 채취 과정의 어려움과 관련이 있을지도 모른다. 난초 채취는 대체로 열병의 위험이 도사리고 있는 늪지나, 난초 수집가를 죽이려고 노리거나 심지어 잡아먹으려 들지도 모르는 험악한 원주민들이 우글거리는 자생지에서 이루어지기 때문이다.[10]

글을 쓰고자 하는 이들이 이를테면 유령난초를 찾는 채집가라고 한다면 그들이 그것을 포기하지 않는 이유는 다름 아닌 그 채취의 어려움 때문이라는 것이다. 글쓰기가 쉽지 않기 때문에 글쓰기를 한다는 역설적인 의미다. 이야기를 찾는 소설가나 시나리오 작가에게는 '좋

---

10) 수잔 올린, 위의 책, 96쪽.

은 이야기'를 채집하기가 어렵기 때문에 더 그런 이야기에 집착한다는 말이기도 하다.

인물 관계와 설정의 의미

영화는 인물면에서 흥미로운 설정들을 보인다. 우선 찰리와 도널드의 전혀 성격이 다른 쌍둥이 설정이 그렇고, 기자이면서 소설가인 수잔 올린의 직업적 설정 역시 그렇다. 실제적인 사건과 정보 전달 중심의 글쓰기를 해야 하는 기자이면서 허구와 상상의 글쓰기를 행하는 소설가라는 이중적 성격의 설정이라는 점에서 그렇다.[11] 그리고 존 라로슈 역시 복제를 통해 희귀난초들의 생명 연장을 꿈꾼다는 점에서 의미를 부여해볼 만하다.[12] 글쓰기를 일종의 창조적(생산적) 행위라고 볼 수 있다면 찰리, 도널드, 수잔의 글쓰기와 그의 작업은 무관하지 않기 때문이다.

1) 찰리 카우프만과 도널드 카우프만

쌍둥이 형 찰리 카우프만과 동생 도널드 카우프만의 성격은 극히 대

---

11) 이는 물론 그녀의 『난초도둑』이 논픽션 소설이라는 점에 기인한다. 논픽션 소설은 실존 인물과 실제 있었던 사건을 극적인 소설 기법으로 형상화한다는 점에서 이러한 양면성과 중첩성을 보이게 마련이다.

12) 소설 『난초도둑』에서 라노쉬는 단순한 탐욕가나 탈법자가 아니라 나름의 자존감과 목적의식을 갖는 인물로 그려진다. 그는 복제 작업을 통해 희귀종 유령난초를 많은 이들과 함께하고 싶은 "작은 창조자의 모습"(수잔 올린, 위의 책, 424쪽)을 꿈꾼다

조적이다. 도널드는 쾌활하며 사교적이고 자유분방하다. 원작에 대한 충실하고 진지한 각색을 원하는 찰리와 원작을 벗어나 재미있고 가벼운 글쓰기를 원하는 도널드는 글쓰기의 두 유형을 대신한다. 찰리는 사색적이며 자의식 강하며 글을 못 써 전전긍긍하는 데 반해 도널드는 거침이 없고 대담하게 자신이 원하는 이야기를 써 내려간다.

글을 써가는 방식보다 그들이 쓰는 글 자체의 성격에서 차이는 더 분명하다. 형 찰리는 "총 쏘고 자동차로 추격하고 역경을 극복하고 어쩌구저쩌구 하는, 섹스 장면이 있는 장면들을 싫어" 하며 "마약 거래 같은 너무 뻔한" 이야기는 빼고 "인공조미료 없는"(00:05:48) 영화를 추구하지만, 동생 도널드는 흥행영화의 '관습과 규칙'에 충실하면서 "하나만 터져주면 돈을 긁어"(00:10:34) 모을 수 있다고 기대에 차 있다.[13] 찰리는 '꽃의 경이로움'처럼 아름답고 우아한 예술적 세계를 영화에서 만들려 하지만, 도널드는 대중들의 폭발적 인기와 상업적인 성공을 기대할 뿐이다.

영화 속 찰리와 도널드는 영화 〈어댑테이션〉의 실제작가 찰리 카우프만의 분열적 설정 인물들로 어렵지 않게 해석하게 된다. 즉 예술적 성취에 대한 욕망과 상업적 흥행에 대한 욕심 사이에서 갈등하고 번민하는 작가 찰리 카우프만의 분열적 설정이라는 것이다. 이는 예술창작가로서 자의식이 강한 형 찰리의 모습과 현실에의 속물적 성공에 편입

---

13) 영화제작사나 찰리의 에이전트 모두 "작가와 존 라로슈가 사랑에 빠지는" 이야기를 원한다는 점에서 도널드와 동질적이다.

하려는 동생 도널
드의 모습에서 효
과적으로 대치되
어 있다. 영화는
이들의 성격을 생
각에 잠겨 방황하
듯 방안을 어슬렁

〈그림 3〉

거리는 찰리와 자유분방하고 거리낌 없이 지내는 도널드의 모습 등을
통해 시각적으로 대비시킨다.(〈그림 3〉 참고)

영화는 이처럼, 자기만의 예술 세계와 대중적인 인기 사이에서 갈등
하는 작가들의 고민, 혹은 그들의 이중적 욕망을 쌍둥이 형제의 대비
적 설정을 통해 보여준다. 마침, 영화 속에서 도널드는 찰리에게 자신
이 구상하고 있는 새로운 영화 〈The Three〉의 이야기를 자랑하듯 들
려주는데 그 이야기는 일인 삼역의 '다중인격자'가 연쇄살인을 저지른
다는 내용이다. 범인과 경찰과 인질이 실은 한 인물이라는 이 다중인
격자의 이야기는 다름 아닌 '이중 분열'되어 있는 실제작가 찰리 카우
프만의 정황을 담아내는 '미장아빔'[14]적 소재가 된다.

요컨대 찰리는 글 쓰는 이들의 이상적 자아를, 도널드는 그들의 현

---

14) 미장아빔(mise en abyme)은 '심연에 놓다.'라는 뜻으로, 영화 속 영화, 그림
속 그림, 사진 속 사진처럼 담화 속에 유사한 또 다른 담화가 놓여 있는 구조를
말한다. 영화 속 영화의 스토리가 영화 자체의 구조나 주제를 반영하는 경우가
이에 속한다. (박영욱, 『의미와 무의미의 경계에서』, 김영사, 2009, 106쪽 참고)

실적 자아를 반영한다.[15] 도널드는 이를테면 그들의 내밀한 욕망, 즉 대중의 취향을 자극하고 인기를 얻을 수 있는 흥행작을 쓰고자 하는 욕망의 대리인이다. 모두 실제작가 찰리 카우프만의 '분열'된 자아라 할 만하다.

이와 관련하여 수잔 올린과 존 라로슈 사이의 비밀을 밝혀낼 단서를 찰리가 아닌 도널드가 찾아낸다는 설정 역시 흥미롭다. 원작에 매달려 있는 찰리가 아니라 원작에서 자유로운 도널드였기에 수잔과 존의 관계를 소설 『난초도둑』과는 전혀 다르게 끌고 갈 수 있었던 것이다. 도널드가 찰리의 또 다른 자아라고 한다면, 찰리는 진중한 원작에 충실하고자 하면서도 한편으로는 음모와 비밀이 숨어있는 자극적인 이야기로 바꾸고 싶은 마음을 품고 있었던 것으로 해석하게 하는 설정이다.

영화 〈어댑테이션〉을 광고하는 '쌍둥이 천재가 만들어내는 하나의 사건, 두 개의 상상, 세 가지 결말'이라는 문구는 따라서 다음처럼 해석할 수 있다. 수잔 올린이 내놓은 하나의 소설에 대한 찰리 카우프만과 도널드 카우프만의 각각의 상상, 이에 따른 세 가지의 이야기라는 의미, 즉 광고문구 속의 '두 개의 상상'이란 찰리와 도널드가 행하는

---

15) 이는 다음과 같은 해석과도 연관된다. "도널드(현실)가 죽기 때문에 찰리(이상)의 판정승이라고도 볼 수 있지만, 도널드가 죽은 후의 찰리는 예전의 찰리와 달리 덜 소심하고 자신감을 얻고 사랑을 쟁취하고 시나리오도 완성해내기 때문에 (현실과 이상이 조화를 이룬) 아예 새로운 인물이라고 봐야 할 것 같다."(http://blog.naver.com/PostView.nhn?blogId=newyearsday_&logNo=50151312850.)

각각의 각색 이야기라는 것이다. 요컨대 원작 하나에 대한 상반된 '고쳐/바꿔 쓰기'의 의미로 풀어보게 된다.

2) 수잔 올린과 존 라로슈

수잔 올린과 존 라로슈의 관계는 일차적으로는 소설가와 그가 쓰는 소설의 모델이다. 존 라로슈는 교통사고로 어머니를 잃고 아내에게 이혼당하고 전 재산이랄 수 있는 종묘원마저 태풍으로 잃어버린 불운의 사나이다. 그런 시련 속에서도 난초를 향하는 그의 열정과 집념에 수잔 올린은 매료를 당한다. 존 라로슈가 수잔 올린에게 꽃의 세계를 설명하면서 들려주는, "곤충들은 저 꽃이다 싶으면 무슨 일이 있어도 저 꽃으로 간다."(00:24:42)는 말은 다름 아닌 존 라로슈 자신에 대한 해설이 된다. 수잔 올린은 그를 통해 자신에게 결핍된 열정을 보게 되고 더욱 그에게 빠져든다.

작가로서의 수잔 올린은 "소설보다 더 흥미진진한 현실과 접하게 되면서 독자들에게 그것을 전해주고 싶은 욕망에 사로잡혀"[16] 있다. 존 라로슈의 삶을 접하면서 그녀 역시 "열정적으로 글쓰기 작업에 빠진"[17] 것이다. 이렇듯 영화에서 존 라로슈는 수잔 올린의 욕망이 투영된 인물로 그려진다. 수잔 올린은 자신의 결핍 요소를 보상할 수 있는 인물 존 라로슈를 주인공 삼아 이야기로 재현한다. 영화 속 수잔 올린

---

16) 수잔 올린, 위의 책, 423쪽.
17) 수잔 올린, 위의 책, 424쪽.

의 다음과 같은 대사는 이를 잘 보여준다.

"대부분 일상에서 탈출하고 싶지만 그걸 감행할 사람은 거의 없다.
그런 활력을 가진 그가 내 옆에 있는 게 정말 엄청난 힘이 되고 매료되
는 듯하다."(01:00:26)

원작(원문)을 '바꿔 쓴다.'는 것은 대단히 어렵고 위험한 일이다. 찰
리 카우프만은 극중에서 "각색이라 가닥이 안 잡혀. 차라리 창작이 수
월하겠다."(00:48:26)며 푸념한다. 그는 원작자 수잔 올린을 상상하
며 "당신 실망할까봐, 아름다운 책을 망칠까봐, 잠이 안 와."(00:54:17)
하며 불안과 초조에 싸인다.[18] 찰리의 여자친구 아멜리아는 그에게
"당신도 멋있어질 수 있다. 다 뜯어고치는 거야."(00:12:45)라고 말한
다. 그녀의 말은 정작 찰리의 외모에 대한 것이었지만, 글쓰기를 고민
하는 찰리의 입장에서는 변화를 준다면, 즉 '바꿔 쓴다.'면 '당신'의 글
도 더 괜찮을 수 있다는 의미이기도 하다. 물론 어떠한 변화를 주느냐
가 문제다. '바꿔/고쳐 쓰기' 위해서는 "다 뜯어 고치는" 작업의 고충
과 힘겨움을 이겨낼 수 있어야 하기 때문이다.

---

18) 이때, 찰리의 상상 속에서 수잔은 그에게 "여러 가지를 쓰지 말고, 딱 한 가지
에만 집중하는 거야. 가장 열정이 느껴지는 것만."(00:54:46)이라고 조언한다.
물론 이것은 찰리의 상상이라는 점에서 찰리 자신 스스로에게 건네는 다짐 내
지는 계획이라고 할 수 있겠는데, 여기에서도 영화가 '열정'을 강조하고 있음을
확인시켜준다는 점에서 흥미롭다.

3) 찰리 카우프만과 수잔 올린

찰리는 머리숱이 없고 뚱뚱하고 배가 나온 자신의 외모를 스스로 비하하며 남의 눈치를 살피는 소심하고 자의식 강한 인물이다. 여자친구에게도 사랑을 고백하지 못하고 땀만 흘리며 속으로만 애태우는 수줍음 많은 성격이다. 그러면서도 한편으로는 짧은 인생의 매 순간을 의미 있게 보내야 한다고 생각하는 인물이다. 무엇보다 작가로서 상업적·오락적 영화(이야기)를 거부하면서 자신만의 예술세계를 지키려고 한다.

그런데 동생이 통속적인 이야기로 자신보다 더 성공하자 자괴감에 빠지며 대중취향 이야기에 관심을 갖게 된다. 세속적인 성공과 대중적인 인기, 경제적인 여유를 누리고 싶은 인간으로서의 욕망을 그 역시 버리지 못하는 것이다. 그러다가 수잔 올린과 존 라로슈의 비밀을 깨기 위해 그들의 뒤를 쫓던 중 동생이 죽게 되고 찰리는 '행복은 주변의 시선이 아니라 개인의 마음에 따라 달라진다.'는 것을 깨닫는다.[19] 이런 점에서 영화는 사회(인생)에 적응하지 못했던 찰리의 사회(인생) 적응기라고 볼 수 있다. 영화의 제목 Adaptation을 '적응'으로 해석하게 되는 대목이다. 이러한 해석은 영화 속 존 라로슈의 대사, "식물이 왜 좋은 줄 아느냐? 늘 변하기 때문이다. 새로운 환경에 적응할 줄 안다. 그게 살아남는 방법이다."(00:35:46)라는 말을 통해서도 암시적으로 드러난다. 상업주의가 지배하는 영화계의 환경에 적응해야만 시

---

19) 찰리 카우프만의 영화 속 대사는 "남들이 뭐라든 신경쓸 것 없지. 난 사랑한 만큼 행복하니까."(01:46:17)이다.

나리오 작가로서도 살아남을 수 있다는 속뜻을 품고 있기 때문이다.

영화 초반, 소심하고 우울한 성격의 찰리 카우프만은 원작자 수잔 올린의 소설을 읽으면서 그녀에게 매력을 느낀다. 각색 과정에서 그의 고민은 그녀의 매력 때문에 더 심해진다. 지적인 외모뿐만 아니라 '열정'을 쫓아 대상인 모델에 집중하는 그녀의 글쓰기가 그로 하여금 그 글에 '변형'을 가하는 데 주저하게 만든다. 원작(원문)을 새로운 이야기로 만들어내야 하는 각색 작업의 속성상 원작에 대한 부담감을 보여주는 것이다. 각색자들이 갖게 마련인 원작(원작자)에 대한 심리적 부담감과 정신적 구속을 상징적으로 보여주는 장면이다.

그는 영화 후반에는 아예 수잔 올린과 존 라로슈에게 육체적인 결박을 당하고 만다. 그들의 비밀을 깨기 위해 추격하던 중 붙잡히고 마침내는 물리적으로 몸을 구속당하게 된다. 전자가 심리적이고 간접적인 억압이었다면 이는 육체적이고 직접적인 구속인 셈이다. 모두 각색과 원작과의 관계를 상징적으로 보여주는 흥미로운 설정이라 할 수 있다.

결박당한 찰리는 동생 도널드의 도움으로 탈출하게 되지만 그 과정에서 도널드는 죽음을 당하고 만다. 바로 앞선 장면에서 찰리와 도널드는 수잔과 라로슈의 추격을 피해 숨어있는 절박한 상황에서 과거 어린 시절을 회상하며 서로에게 미안함을 전하기도 하는 등 형제로서의 따뜻한 마음을 주고받는다. 따라서 이어지는 도널드의 죽음은 회복된 형제애의 관점에서 형 찰리를 대신하는 희생적 의미를 효과적으로 부각한다.

영화의 마지막에 이르러 찰리는 여자친구에게 사랑을 당당히 고백하고, 자신의 미래에 대해서도 나름의 목표를 품게 되는 용기와 자신감을 지닌 인물로 그려진다. 원작(자)에 대한 구속과 그로부터의 탈출, 자유분방한 동생의 죽음을 겪으면서 영화의 주인공 찰리 카우프만은 성공적인 변화를, 영화 속 설정을 비유로 든다면 악어가 득실거리는 '늪'의 세계에 적응하는 변화를 보여준다.

이야기의 전환과 소설 『난초도둑』

영화는 중반 이전까지 찰리의 내적 갈등 중심으로 전개된다. 한 시나리오 작가가 갖는 심리적 강박과 고민이 외적 사건의 역동적인 연출 없이 다소 지루하게 전개되면서 영화는 중반 이전까지 다분히 사유적이면서 철학적인 성격을 보여준다. 그러나 사색적이면서도 밋밋한 영화의 이야기는 중반 이후 그 성격을 완전히 달리하게 된다.

중반 이후, 즉 찰리가 도널드의 성공을 부러워하고 결국 도널드가 추천하는 로버트 맥키의 강연을 찾아가 그로부터 직접 각색을 위한 조언을 들은 뒤부터 영화는 오락적·상업적 성격의 이야기로 돌변한다.[20] 인물들 간에 본격적인 충돌과 대립, 갈등이 이어지면서 그동안 정적이고 사유적이던 이야기는 동적이면서 다소 부박(浮薄)한 양상으로 변모하게 된다. 그런데 흥미로운 것은 영화의 이러한 전환 양상이

---

20) 김혜리는 "〈어댑테이션〉은 작가 찰리 카우프만이 우리가 지금 보고 있는 영화의 시나리오 쓰기에 어떻게 실패했는가에 관해 찰리 카우프만이 쓴 시나리오로 만든 영화"라고 말한다.(김혜리, 『씨네21』, 2003.5.7)

바로 로버트 맥키가 찰리에게 들려주는 조언 그대로를 따르고 있다는 점이다. "영화에 드라마를 넣고, 마지막엔 감동을 심되 황당한 결말은 금물이며, 인물을 바꾸면서 스스로 변하게 하라."는 요지의 맥키의 조언이 영화 〈어댑테이션〉의 중반 이후의 서사에 그대로 적용되고 있다는 것이다.

그 구체적인 이야기는 찰리와 도널드 형제가 수잔과 존 라로슈 사이의 비밀을 밝혀가는 과정으로 그려진다. 도널드는 수잔을 만난 뒤 그녀로부터 이상한 점을 눈치채고 그녀와 존 라로슈 사이에 모종의 비밀이 있음을 알게 된다. 난초에 대한 존 라로슈의 열정은 실은 마약 재료를 얻기 위한 광기 어린 집착에 다름 아니며, 수잔 역시 존 라로슈의 유혹으로 말미암아 점차 마약과 퇴폐의 세계로 물들어 가고 있었던 상태라는 것이다. 그리하여 찰리와 도널드의 호기심은 그들의 행적을 쫓게 만들고, 긴박한 추격 과정에서 총격과 자동차 사고로 도널드와 존 라로슈는 죽음을 맞게 된다.

이처럼 영화의 중반 이후는 격렬하고 박진감 넘치는 이른바 할리우드 스타일의 이야기로 전개된다. 영화 초반 보이던 찰리 카우프만이나 수잔 올린의 진지한 집필 모습이나 소설 『난초도둑』의 내용을 시각화한 장면은 영화 중반 이후로는 찾아볼 수 없으며, 마약, 섹스, 총격, 자동차 추격, 죽음, 눈물 등의 이야기 소재들이 이어지면서 할리우드 장르의 전형적인 관습을 답습하는 양상을 띤다. 이는 애초에, 예술주의 작가로서 자존심을 지키려 하던 형 찰리 카우프만으로서는 마음에 들지 않아 했고, 반면 '한탕'을 노리던 동생 도널드 카우프만으로서는 선호하던 지극히 오락성 짙은 흥행 본위의 이야기다.

따라서 소설『난초도둑』도 영화의 전개에 따라 그 성격을 달리하게 된다. 즉 영화 초반에는 그 내용의 일부가 부분적으로 영상화되면서 마치 영화의 원작처럼 기능하는 듯하지만 영화의 중반 이후로는 이야기 속의 일개 소품에 머물러 있게 된다. 대신 그 작가인 수잔 올린이 직접 이야기에 개입하면서 사건들을 주모하는 주인물로 부각된다. 이는 마치 영화 〈어댑테이션〉이 애초에는 소설『난초도둑』을 각색하여 그 이야기를 그대로 영상화할 요량이었으나 그 실제 각색 작업에서 결국에는 전혀 엉뚱하면서도 새로운 이야기로 변해버린 듯한 인상으로 다가온다. 요컨대 〈어댑테이션〉은 영화 초반의 사유적이며 자의식 강한 성격과는 달리 상업영화의 일반적인 관습과 규칙에 순응하는 양상의 이야기로 마무리된다.

이러한 영화의 급격한 전환은 소설『난초도둑』에 대한 '다시 쓰기'이자 주인공 찰리 카우프만에 대한 '바꿔 쓰기'이다. 영화는 소설『난초도둑』을 한 인물에 대한 진지한 논픽션이라는 원래의 의미에서 저자와 주인공의 추악한 집착이 낳은 불순한 산물이라는 상업영화의 통속적 소재로 돌려놓고 있으며, 주인공 찰리의 변화 역시 순수한 한 작가의 상업주의 · 자본주의 사회에 대한 적응/순응을 보여주고 있기 때문이다.

이러한 영화의 전환을 통해 감독 스파이크 존즈(혹은 각본가 찰리 카우프만)는 스스로 자신의 강박을 드러내고 있다고 보인다. 또는 헐리우드 영화에 대해 풍자를 행사하고 있다고 볼 수 있다. 즉 원작의 주제와 무게를 지키지 못하고 상업주의(자본주의)를 좇는 각색 행위, 혹은 영화/이야기 세계에 대한 스스로의 풍자이며 자기고백인 셈이다.[21)]

나오며

영화 〈어댑테이션〉은 시나리오 작가의 고민을 보여주는 영화다. 그러나 주인공 찰리 카우프만을 비롯한 여러 인물의 설정이나 이야기의 전개 구도는 흥미로운 해석을 담고 있다. 쌍둥이 형제인 찰리 카우프만과 도널드 카우프만의 대비적 성격 설정도 그렇거니와 찰리 카우프만과 수잔 올린의 관계, 수잔 올린과 존 라노슈의 관계도 글을 쓰는 작가와 특정 모델, 혹은 취재의 대상이 어떠한 관계에 있을 수 있는지를 보여준다는 점에서 그렇다.

찰리는 소설의 시나리오 각색 과정에서 결국 스스로의 변화를 찾게 되는데, 이는 곧 자신에 대한 '각색'인 셈이다. 세상과 사회에 대한 적응, 그리고 변화, 그것이 이 영화가 보여주는 '어댑테이션'이다. 찰리의 입장으로 좁혀 말한다면, 도저히 이야기로 각색하기 어려운 원작을 만났을 때, 혹은 그런 상황에 놓였을 때 작가로서 취할 수 있는 하나의 적응 방식을 보여주는 것이 이 영화라고 볼 수 있다.

영화 초반 찰리는 원작의 구속에서 벗어나지 못하고 있었다. 원작

---

21) 김혜리는 "가장 희한하고 담대하며 독창적인 '각색' 영화"라고 하면서 "찰리 카우프만의 '각색'은 매체의 전환이 아니라 원작에서 동기를 취해 텍스트를 확장하는 작업에 가까워 보인다."고 평한다.(김혜리, 위의 글)

그대로의 맛을 살리고 무게를 지키기 위한 그의 노력은 오히려 각색 작업을 방해하고 그의 글쓰기를 억압한다. 원작에서 벗어나고 싶은 찰리의 무의식은 성격이 전혀 다른 쌍둥이 동생 도널드로 형상화된다. 도널드는 원작으로부터의 탈출과 자유를 욕망하는 찰리의 또 다른 자아다. 도널드의 도움과 희생으로 찰리는 결국 원작의 구속으로부터 벗어난다. 그리하여 쓰여진 새로운 이야기가 영화 〈어댑테이션〉이다. 이로써 영화 〈어댑테이션〉은 소설 『난초도둑』에서 자유롭게 벗어나 있게 된다.

영화 〈어댑테이션〉은 각색(고쳐/바꿔 쓰기)의 과정이 일종의 싸움임을 보여준다. 자신을 유혹하거나 구속하는 것들과의 싸움을 견뎌야 하고, 자신의 '분리'를 겪어야 하며 그 또 다른 자아(도널드로 상징되는)를 아프게 '지워야' 하는 행위이다. 어휘와 문법적인 오류들을 수정하거나 단순히 매체만을 옮기는 간단한 작업일 수는 없는 까닭이다.

난초 채취와 채집의 과정이 험난하고 위험하기 때문에 난초에 대한 애정과 집착이 크듯이, 난관을 뚫고 갈등을 이겨내고 극적으로 전환해 가는 이야기의 결말에서 즐거움을 맛보듯이, 문제를 대면하고 고민하며 해결해 나가는 과정 자체 역시 희열을 가져다준다. 새로운 글을 쓰고 이야기를 만드는 것 역시 이와 다르지 않음을 영화 〈어댑테이션〉은 흥미롭게 보여준다.

참고문헌

* 기본자료

• 영화 〈어댑테이션(Adaptation)〉, 스파이크 존즈 감독, 2002.
• 수잔 올린, 김영신 · 이소영 역, 『난초도둑』(원제 'The Orchid Thief'), 현대문학, 2003.

* 참고문헌

• 강현구, 『대중문화와 문학』, 보고사, 2004.
• 김정은, 『대중문화 읽기와 비평적 글쓰기』, 민미디어, 2003.
• 김주언, 「교양 없는 시대의 교양으로서의 글쓰기」, 『한국문학이론과 비평』 34, 한국문학이론과 비평학회, 247–271쪽, 2007.
• 김중철, 『소설을 찾는 영화, 영화를 찾는 소설』, 도서출판 월인, 2008.
• 김중철, 「영화를 통해 본 '쓰기'의 의미」, 『한국민족문화』 38집, 부산대 한국민족문화연구소, 391–408쪽, 2010.
• 김혜리, 「영화 '어댑테이션' 리뷰」, 『씨네 21』, 2003. 5. 7.
• 나병철, 『영화와 소설의 시점과 이미지』, 소명출판, 2009.
• 이상길 · 이설희 · 김지윤, 「스크린 테크놀로지의 다양화와 영화소비 경험의 변화」, 『언론과 사회』 16권 2호, 성곡언론문화재단, 148–189쪽, 2008.
• 문학과영상서사연구회, 『영화? 영화! 문학의 시각으로 본 영화』, 글누림, 2006.
• 박영욱, 『의미와 무의미의 경계에서』, 김영사, 2009.
• 랄프 슈넬, 강호진 외 역, 『미디어미학』, 이론과실천, 2005.
• 로버트 맥키, 고영범, 『시나리오 어떻게 쓸 것인가』, 황금가지, 2002.
• 최예정 · 김성룡, 『스토리텔링과 내러티브』, 글누림, 2005.
• 하유상, 『시나리오의 이론과 실제』, 성문각, 1993.
• http://blog.yes24.com/blog/blogmain.aspx?blogid=stainboy81&artseqno=7187034
• http://blog.naver.com/PostView.nhn?blogId=newyearsday_&logNo=50151312850

| 08 |

영화와 글이 만나는 한 방식

영화 <러시안 소설>

영화와 글이 만나는 한 방식

영화 〈러시안 소설〉

들어가며

영화학자 프랑시스 바누아는 '문자 서술'과 '영화 서술'을 구분하면서 둘 사이의 차이는 무엇보다 서술방식에 있다고 말한다.[1] 소설(문학)과 영화는 당연하게도 그 서술 형태에 있어서 전혀 다른 구조를 갖는다. 그렇다면 소설과 영화는 어떻게 '만날' 수 있을까? 소설을 영상화한 수많은 각색 영화들을 두 양식 간 '만남'의 유일한, 혹은 대표적인 산물로 볼 수는 없을 것이다. 소설적 속성과 영화적 특징을 적정하게 결합하는 새로운 양식이란 어떤 것이 있을까? 아니면 문학성을 갖춘 영화, 또는 영화 같은 소설이란 어떤 것일까?

관객이 영화에서 이야기를 경험하는 방식은 물론 영상이며 음향이

---

1) 프랑시스 바누아, 송지연 역, 『영화와 문학의 서술학』, 동문선, 2003 참고.

다. 끊임없이 움직이는 이미지 속의 시각적 요소들과 대사, 음향, 음악 등의 청각적 요소 사이의 배합과 조율은 영화를 구성하고 전달하는 수단이고 방식이다. 물론 자막을 통한 문자의 정보 제공이 영화의 서사 전달에 주요 매개가 되기도 하지만 그보다는 영상과 소리가 일차적인 '영화적' 요소라고 할 수 있다. 즉 문자의 쓰임은 문학에 비한다면 영화에서는 부차적인(보조적인) 기능을 맡는다는 것이다.

영화 〈러시안 소설〉[2]은 '소설의 형식으로 소설에 대해 말하는' 영화다. 우선 영화가 전하는 이야기-내용은 '소설에 대한' 것이며 그 전달 방식 역시 '소설과 같은' 형식을 취한다. 그래서 영화 〈러시안 소설〉은 '소설에 가까운 영화', '소설을 읽는 듯한 인상을 주는 영화'이며, 다르게 말하자면 '소설을 향해 열려 있는 영화'로 보인다. 한 편의 소설을 영상으로 옮겨놓은 듯한 영화, 즉 관객은 영화를 보고 있되 소설을 읽는 듯한, 그리고 소설에 대해 생각하게 하는 영화다.

이 글에서는 영화 〈러시안 소설〉이 그 내용과 형식에 있어 소설(문학)적 성격을 어떻게 보여주고 있는지, 나아가 영화로서 문학과 어떻게 만나고 있는지, 영화와 문학이 만날 수 있다면 어떤 방식, 혹은 모양새를 취할 수 있는지에 대해 살펴보고자 한다. 이는 결국 영화와 문학이 서로에게 다가가 만나고 결합을 모색해보는 한 방식을 찾기 위한 작업이기도 할 것이다.

---

2) 2013년, 신연식 감독 작품. 17회 부산 국제영화제에서 한국영화감독조합상 감독상 수상. 33회 한국영화평론가협회 각본상 수상. 로테르담 국제영화제와 예테보리 국제영화제 초청작.

영화 〈러시안 소설〉에 대해

영화 〈러시안 소설〉은 소설가를 꿈꾸는 젊은이들의 이야기다.[3] 소설을 소재로, 소설가가 되고 싶은 젊은이들의 고민과 갈등, 꿈과 사랑, 방황과 좌절을 그리고 있다. 이야기의 중심인물인 신효는 친구 성환을 따라 문학 지망생들의 모임 공간인 '우연제'에서 함께 생활한다. 신효는 성환의 아버지인 소설가 김기진 선생에게 인정받기를 바라지만 성환은 신효의 작품에 문제가 많음을 지적하기만 한다. 신효의 작품을 알아주는 이는 그를 좋아하는 여자후배 재혜뿐이다. 신효는 여공 출신의 신인소설가 경미를 알게 되고, 마침내 김기진 작가도 만나게 되지만 그들로부터 냉소와 조롱 섞인 힐난을 받은 후 깊은 절망감에 빠진다. 신효의 절망을 안타까워하던 재혜는 그에게 '천년의 물약'을 먹이고, 신효는 긴 잠에 빠진다. 27년의 긴 잠에서 깨어난 중년의 신효는 그토록 원하던 유명 소설가가 되어 있다. 그런데 문제는 자신을 유명하게 만든 소설이 정작 자신이 쓴 게 아니라는 점이다.

영화는 신효의 긴 잠을 가운데로 하여 전반부와 후반부로 나뉜다. 즉, 전반부는 청년 신효의 이야기이며 후반부는 27년 뒤 잠에서 깨어난 중년 신효의 이야기다. 전반부는 젊은 시절 그토록 작가가 되고 싶

---

3) 신연식 감독의 다른 작품들은(〈피아노 레슨〉, 〈좋은 배우〉) 대개 예술 장르의 테두리 안에 위치한 사람들을 조명하며 삶과 예술에 대한 성찰을 풀어놓는다는 평가를 받는다. 영화 〈러시안 소설〉 역시 감독은 "소설가의 삶을 통해 예술의 본질을 탐구하는 영화"라고 밝힌다.(http://www.cine21.com/news/view/mag_id/74392)

어하지만 결국 절망과 실패에서 벗어나지 못하는 내용이며, 후반부는 잠에서 깨어난 중년의 신효가 자신을 유명하게 만든 소설의 비밀을 찾아 나서는 이야기다. 영화는 전반부와 후반부를 분명히 가른다. 젊은 신효가 물약을 먹고 쓰러지는 장면에 이어 암전과 함께 "그리고 27년 후에 신효는 다시 깨어났다."는 내용이 자막과 성환의 목소리로 전해진다. 그리고 영화의 첫 장면에서 사용되었던 고혹적인 분위기의 연주음악이 다시 깔리면서 후반부의 출연진과 배역의 이름들이 자막으로 표기된다. 한 편의 영화에서 서사의 진행 도중에 출연 배우와 배역들이 소개되는 경우는 흔하지 않은데, 영화 〈러시안 소설〉은 이런 방식으로 이야기의 전반부와 후반부를 뚜렷이 나눈다.

영화는 소설을 쓰고자 하는 이들의 꿈과 욕망을 그리고 있다. 소설가를 꿈꾸는 이들의 이야기를 다루고 있는 까닭에 영화는 소설이라는 장르나 소설 쓰기 자체에 대한 견해를 함께 드러낸다. 주로 인물들의 대사를 통해 서로의 작품에 대한 소감을 밝히는 대목에서 발견되는데, 예를 들어 소설가 아버지를 따라 우연제로 들어온 소녀 가림은 신효의 작품에 대해 다음과 같이 말한다.

"앞뒤를 바꾸면 좀 괜찮을 거예요. 주제를 명확하게 해주고 부주제를 넣어주면 대비가 되어 살 것 같고…. 밀도는 문장에서 오는 것도, 단어 하나하나에서 오는 것도 아니에요. 글자 하나, 점 하나에서 오는 거지. 글자 하나하나를 막 다루면 밀도도 떨어지고 장점이라고 할 만한 구성들이 제대로 힘을 못 써요."

신효의 입장에서는 나이도 어리고 문학 공부도 해보지 않았을 어린 소녀의 이러한 지적이 그의 표현대로 '기가 막힌' 것이 되어 자극과 무기력을 함께 가져다준다. 물론 가림의 지적은 영화 속의 신효 작품에만 국한되지 않고 소설/쓰기 일반의 문제로까지 확장될만한 사안이다. 소설/쓰기에서는 표기 하나, 부호 하나도 중요한 의미를 가지면서 작품의 밀도를 결정지을 수 있으며, 따라서 미세한 요소 하나라도 철저하고 엄정하게 다루어야 함을 말하고 있기 때문이다. 영화에서는 이외에도 김기진 작가가 신효에게 냉소적으로 건네는 "글은 남는다. 말은 사라지지만. 잘 생각하면서 써야지."라는 대목 역시 글쓰기의 엄정함과 신중함을 강조한다. "글은 기본적으로 옷을 갖춰 입어야 한다."든가 "맞춤법도 모르면서 어떻게 글을 쓰겠나?"라는 식의 인물 간 대화들도 영화 속 특정 대상에 그치지 않고 소설(글) 쓰기 일반의 문제로까지 확장하여 해석할 만한 발언들이다.

한편으로 영화는 문학계가 보이는 문제점을 우회적이거나 노골적인 방법으로 드러내기도 한다. 여공 출신으로 특별한 학연이나 '배경' 없이 등단한 경미가 이후 문단으로부터 괄시를 당하는 내용을 통해 한국 문학계가 안고 있는 특정 집단의 권력화나 서열화의 문제점을 비판적으로 드러낸다. 또한 극중 출판인의 입을 통해 "예술은 조금이고 비즈니스는 큰" 문학계를 노골적으로 언급하기도 한다. 잠에서 깨어나 유명 소설가가 된 신효가 출판인에게 "나를 팔아먹을 생각만 하냐?"고 던지는 불만의 소리는 현 문학계와 출판계의 상업주의와 자본의 논리를 직접적으로 겨냥하는 것이기도 하다.

이처럼 영화 〈러시안 소설〉은 소설 장르 자체를 소재로 하면서 소설의 문단계와 출판계의 모습들을 여실하게 드러낸다. 후반부에 해당하는 중년 신효의 이야기는 신효의 출세작의 진실을 밝혀가는 미스터리 형식의 전개를 보이면서 전반부의 이야기와 성격상 차이가 있다. 전반부는 등장인물들이 쓰는 소설들 사이의 문제, 소설의 내용과 소설의 바깥 정황 사이의 관계 등으로 인해 복잡하고 '낯선' 양상을 띤다. 반면 후반부는 일반 영화의 보편적인 틀을 따르면서 '낯익은' 전개를 보인다.

영화 〈러시안 소설〉은 소설에 대한 영화라는 점에서 흥미로운 대목들을 품고 있다. 이야기 면에서는 소설을 소재로 하면서 소설가의 삶을 다루고 있다는 점이며, 그 형식 면에서는 소설적(문학적) 방식을 차용하고 있다는 점이다. 이러한 두 가지 점에 주목하면서 영화 〈러시안 소설〉의 다층적 양상들을 살펴보려 한다.

영화의 다층성과 문학적 형상

1) 문자와 내레이션의 조합

영화 〈러시안 소설〉의 영상은 전반부와 후반부에서 확연한 차이를 보인다. 전반부의 영상은 세피아 화면 톤[4]이 자아내는 세련되고 고혹적인 분위기를 통해 몽환적인 이미지를 조성한다. 영화의 시작과 함

---

4) '세피아(sepia)'란 보랏빛이 도는 짙은 갈색의 물감을 가리킨다.

께 깔리는 현악기 중심의 서정적이면서 유려한 연주음악은 영화의 몽환적 분위기를 강화한다. 빈번한 클로즈업이 유인하는 시각적 긴장감과 속도감을 배제하는 정적이며 차분한 편집은 영상에 예술적 이미지를 구축하려 한다. 영화로서의 영상미와 시각적 묘미를 효과적으로 마련하고 있다는 것이다.

   그렇다면 영화 〈러시안 소설〉의 '문학적' 형식이란 무엇일까? 문학 세계의 언어 기술(記述)/발화 방식인 구두와 문자가 동시에 구현된다는 점이다. 영화 〈러시안 소설〉에서의 문자는 여타 영화에서처럼 시간의 경과 표시나 해설 등을 위한 짤막한 문구의 수준에 그치는 것이 아니라 서술어를 통한 온전한 문장의 열거 그대로를 보여준다.(〈그림 1〉) 장면 속에서 문자들이 순차적으로 배열되면서, 이미지의 조직 안으로 문장들이 끼어드는 양상을 보인다. 또한 문자의 배열과 더불어 마치 소설 속 화자의 목소리처럼 내레이션이 삽입되고[5], 구두와 문자

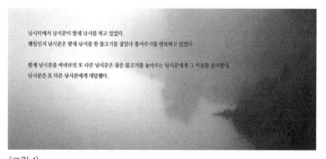

〈그림 1〉

----

5) 소설의 독서 행위란 누군가(화자)가 전하는 말(글)을 듣는(읽는) 행위에 다름 아니다. 조정래 · 나병철,『소설이란 무엇인가』, 평민사, 1992, 11쪽 참고.

의 언어들을 껴안은 채로 이미지들이 함께 움직인다는 것이다.

주지하듯 소설이 이야기를 전하는 방식은 문자라는 추상기호를 통해서이다. 독자는 문자언어를 통해 연상되는 장면을 '이미지화' 할 수 있을 뿐이다. 문학이 이미지를 형성하는 것은 언어를 통해서이다. 독자의 주관과 지각에 따라 이미지가 다양하게 생성되는 것은 물론이다.

소설은 "추상적인 개념인 동시에 기록적인 문자기호를 사용하여 자신의 이야기를 전달"[6] 하는데 영화 〈러시안 소설〉에서는 그러한 문자기호가 시각적 영상기호 위에서 동시에 사용되고 있다는 것이다. 선조(線條)적이고 연쇄적인 추상기호인 문자와 평면적이고 형상적인 구상기호인 영상이 결합하고 있는 것이다.

영화 〈러시안 소설〉의 '문학적' 형식이란 장면 내에 문자들을 나열하면서 관객으로 하여금 독서의 경험을 함께 수행하게 한다는 점에 있다. 즉 관객들은 영화가 제공하는 영상이미지(장면)들과 함께 문자를 통해 '소설'을 실제로 읽게 되며, 또한 그 문자를 읽어 내려가는 화자(인물)들의 목소리(내레이션)를 듣게 된다. 영화 〈러시안 소설〉의 특이함과 그로 인한 강한 인상은 여기에서 비롯된다.

이는 요컨대 소설이 영화 속으로 직접 들어가 영화와 뒤섞이려는 모습이다. 이것이 영화 〈러시안 소설〉이 관객에게 문학적 체험을 제공한다. 이러한 문학적 체험은 영화 초반부에서 강력하게 두드러지며

---

6) 조헌용, 『영화와 소설의 거리』, 작가, 2013, 41쪽.

중반까지 지속적으로 이어지다가[7] 후반부로 갈수록 점차 약화된다.

물론 영화 〈러시안 소설〉에서 구두와 문자로 구현되는 언어적 기술 방식은 기존의 문학 언어가 발휘하는 풍부한 상징이나 의미 도출의 기능을 온전히 수행하지는 못한다. 이미 그 발화의 내용이 화면 속에서 명확한 하나의 이미지로 구현·확정되고 있기 때문이다.[8] 영화 〈러시안 소설〉에서 구두와 문자는 실상 이미지(영상)에 구속되어 있는 셈이다.

'문장의 산출과 배치와 활용이라는 능력이 문학을 창조하고, 숏의 산출과 배치와 활용이라는 능력이 영화를 창조'[9]하는 것이라면 그 차이는 두 양식의 명백한 변별적 속성이기도 하고, 한편으로는 그런 까닭에 두 양식의 조화나 결합을 모색하게 하는 이유가 되기도 한다. 로버트 리처드슨은 "문학을 독자의 마음에 이미지와 소리를 창조하는데 집중하는 서사 예술로 본다면, 영화도 명백히 문학성을 띠는 것으로 볼 수 있을 것"[10]이라고 말한다. 그의 말은 독자의 상상 속에서 일어

---

7) 영화 전반부, 정확히는 총 2시간 20분의 러닝타임 중 1시간 27분까지의 이야기가 그렇다. 적어도 이때까지 영화는 소설 읽기라는 문학적 체험을 함께 제공한다. 신효가 27년 뒤 잠에서 깨어난 이후의 이야기에서는 이러한 양상은 전혀 나오지 않으며 중년 신효의 화면 밖 목소리를 통한 내레이션만 간헐적으로 섞여든다.

8) 문학 체험이란 말과 글이라는 상징적 기호가 불러일으키는 독자 나름의 추상적이며 임의적인 경험의 세계를 말한다. 즉 영화 〈러시안 소설〉에서 화면 속에 끼어드는 화자의 해설이나 문자의 나열은 문학적 언어의 힘을 제대로 발휘하지 못한다.

9) 백지은, 「무엇에서 그것을 보는가」, 『시네리테르』, 장석남·권혁웅 엮음, 문예중앙, 2011, 14쪽.

10) 로버트 리처드슨, 이형식 역, 『영화와 문학』, 동문선, 2000, 20쪽

나는 이미지와 소리의 형성을 문학의 본질로 규정하면서 영화조차 문학성을 갖는, 즉 일종의 문학으로 범주화시켜 놓는다. 얼핏 영화를 문학의 하위 양식으로 보는 듯한 그의 언급은 넓게는 문학과 영화의 유사성, 혹은 친연성을 강조하는 것으로 바꿔 해석할 수도 있다. 그러나 그의 언급을 그대로 따른다면 영화 〈러시안 소설〉은 독자의 상상 속 이미지와 소리를 장면을 통해 구현하고 있다는 점에서, '명백히 문학성을 띠는' 영화가 아예 문학에 기대고 있는 양상인 셈이다.

2) 초점화자의 중층적 설정

영화 〈러시안 소설〉의 '문학적' 형식, 즉 영상 이외에 소설적 문장들의 삽입과 화자의 목소리를 통한 발화의 형식은 극중 인물들이 쓰는 소설의 이야기가 전개될 때 특히 두드러진다. 그 소설들은 영화 내에 작은 이야기들을 형성하면서 영화의 구조를 액자식으로 만든다.

이때 소설의 내용은 스크린 영상으로 그대로 옮겨지면서 동시에 영상의 한쪽에 소설의 내용들이 문장으로 직접 서술이 되고, 또한 그 문장을 읽어주는 화자의 목소리로 청각적으로 들려진다. 영화의 시작은 신효의 소설 『조류 인간』 이야기이다. 강가에서 두 낚시꾼이 서로 이야기를 주고받는 원사(遠寫)의 장면 위에 그 장면에 해당하는 내용의 문장들이 순차적으로 서술되고(〈그림 1〉 참고) 이에 맞춰 문장을 읽어 내려가는 성환의 목소리가 화면 밖에서 끼어든다.[11]

---

11) 『조류 인간』은 신효의 작품이지만 영화에서는 현재 성환이 그 소설을 읽고 있는 상황이다.

〈그림 2〉

　그림과 문자와 목소리가 합성되는 또 다른 경우는 인물들이 다른 인물들에 대한 이야기를 소개하는 장면에서이다. 성환의 내레이션으로 신효와 재혜와 가림의 이야기가, 신효의 내레이션으로 성환과 경미의 이야기가, 경미의 내레이션으로 성환과 신효와 가림의 이야기가 들려진다.[12] 예를 들어 성환이 쓰는 소설의 대목에서 그의 소설 속 주인공 신효가 말을 하는 모습과 그의 표정들이 화면의 한 편을 채우고 그 우측으로 "그는 끊임없이 자신이 살아온 이야기를 했다."로 시작하는 문장들이 소설의 한 페이지처럼 서술이 되고(〈그림 2〉), 동시에 이를 직접 읽는 작가 성환의 목소리가 들린다.

　이때 대상이 되는 인물들은 각각 이야기를 들려주는 목소리의 주인

---

12) 신연식 인터뷰(http://magazine.movie.daum.net/w/magazine/star/detail.daum?thecutId=6175) (인터뷰 질문) 소설의 형식을 반영한 듯 1인칭, 3인칭 등 다양한 시점으로 영화가 전개되는데. (답변) 그건 의도했던 바다. 이 영화를 만들며 창작이란 무엇인지에 대한 근본적인 생각을 많이 했다. 창작자의 삶이란 그 자신만의 것이 아니라, 다양한 삶의 관점이 녹아들어 있는 것이라는 생각을 했다. 그래서 어디서부터가 소설이고 어디부터가 소설이 아닌지, 또는 어디까지가 신효의 소설이며 어디까지가 김정석 작가나 경미의 작품인지 구분할 수 없게 만드는 장치를 많이 넣었다.

공이 쓰는 소설 속의 등장인물로 존재한다. 즉 영화 속 인물들은 각각 다른 인물들의 작품 안에서 다시 소설 속 인물들이 되는 셈이다. 예컨대 신효는 영화 〈러시안 소설〉의 주인공이면서 동시에 성환의 소설 속에서 다시 주인공이 된다. 이런 식으로 성환, 재혜, 경미 역시 마찬가지인데, 이들은 영화와 영화 속 소설에서 겹으로 놓이게 된다. 극중 소설의 안과 밖의 경계가 모호해지면서 영화가 복잡하고 다소 이해하기 어려워지는 이유다.

이는 마치 소설 양식에서 다양한 인물들의 시점에서 이야기가 교차 전개되는 것과 비교할 만하다. 다중 초점화자[13] 구성의 소설에서처럼 이야기를 전하는 목소리의 주인공 신효, 성환, 경미의 설정은 여러 차례 교차한다. 그러면서 서로를 바라보는 초점화자들의 태도와 입장들이 드러난다. 문학에의 열정은 있으나 재능은 없는 신효를 바라보는 성환, 자신보다 어린 나이에 소설가로 등단한 경미를 부러워하는 신효, 어리지만 신비스런 분위기의 소녀 가림을 관찰하는 경미의 진술들이 교대로 이어진다. 즉 인물들은 그 자신이 서술의 초점화를 수행하면서 거의 동시에(약간의 시차를 두면서) 초점화의 대상이 되기도 한다는 것이다.

---

13) 제라르 주네트는 '시점'이라는 용어가 지나치게 시각적인 측면만을 강조한다는 이유로 '초점화'라는 용어를 사용한다. '시점'이 말 그대로 시각적 개념이라면 '초점화'란 인식적 개념이다. 즉 '누가 보는가?'가 아니라 '누가 지각하는가?'의 문제이다. 따라서 '초점화자'란 초점화, 즉 지각의 주체를 말한다. 서정남, 『영화서사학』, 생각의나무, 2004, 311쪽 / 박진, 『서사학과 텍스트 이론』, 랜덤하우스중앙, 2005, 136쪽 참고.

문제는 이것이 소설이 아니라 영화 장르에서 일어나고 있다는 점이다. 소설에서처럼 문장의 서술만으로 다중 화자들의 교체를 통해 이야기를 전달하고 있는 것이 아니라 상술해 왔듯 화자들의 해설(내레이션)과 그것의 술어화된 문장들이 해당 내용의 영상과 함께 공존한다는 점이다. 더욱이 화자의 교체 사이에 일정한 경계도 없다. 소설이라면 화자의 교체가 단락 혹은 장(章)별로 그 구분을 뚜렷이 인지할 수 있는 경우가 많은데,[14] 영화 〈러시안 소설〉에서는 화면의 구분이나 이야기의 나눔도 없이 영상은 계속 이어진다는 점이다.

예를 들어 경미에 대한 이야기에서 신효의 내레이션과 성환의 내레이션이 잠깐의 시차를 둔 채로 이어진다. 경미가 다른 이들과 대화를 나누는 동일한 장면(scene)에서 내레이터가 교체되는 것이다. 이때는 심지어 화면 안 경미의 대사와 화면 밖 성환의 목소리(내레이션)가 일부 겹치기도 한다. 또 다른 예로, 대나무 숲에서 신효와 경미가 대화를 나누는 장면에서 성환의 내레이션과 경미의 내레이션이 교체된다. 즉 신효의 초점화와 경미의 초점화가 동일 장면에서 특별한 구분 표식 없이 연속된다는 것이다. 영화의 매체적 특성상 영상의 동결(freeze-frame)이나 암전과 같은 특정한 휴지(休止, pause)의 표지가 없다면 이미지는 끊임없이 '흘러가게' 마련이고[15], 이에 내레이터

---

14) 예를 들어 신경숙의 『엄마를 부탁해』에서는 장(章)을 달리하며 초점화자들(딸, 아들, 남편, 엄마 자신)이 바뀐다. 박범신의 『은교』에서도 세 명의 초점화자의 진술이 명백히 경계를 나누며 작품을 구성한다.

15) 시모아 채트먼, 한용환 역, 『이야기와 담론』, 고려원, 1991, 100-101쪽 참고.

(초점화자)의 빈번한 교체는 이미지들과 섞이면서 영화를 더욱 복잡하고 미묘하게 만든다.

더욱이 그들이 서로의 작품에서 다시 극중 인물들이 되는 까닭에 극중 소설과 소설들 사이의 구분 역시 모호해지면서 영화 〈러시안 소설〉은 다분히 혼란스럽고 기묘한 형태를 지니게 된다. 다름 아닌 영화 〈러시안 소설〉을 "느리고, 길고, 복잡하고, 등장인물이 많다."[16]고 보게 하는 이유다.

3) 극중 소설 안과 밖의 관계

영화 〈러시안 소설〉은 문학가를 꿈꾸는 젊은 작가지망생들의 꿈과 좌절과 방황이라는 상투적 이야기를 담고 있는 듯하지만, 인물들이 쓰는 극중 소설들(『조류인간』, 『통정(通情)』, 『천년의 물약』, 『귀 기울여 속삭이기』)이 끼어들면서 다소 복잡하고 난해하며 특이한 양상의 이야기를 구성한다. 이 네 편의 극중 소설이 그것을 쓰는 인물들의 현실이나 그들 내면의 심리와 연결되면서 기묘하고 독특한 양상으로 전개된다. 극중 소설의 내부 이야기가 소설 밖의 정황과 묘하게 뒤섞이면서 영화 전체가 복잡하고 미묘하게 얽히는 양상을 띤다. 이는 요컨대 현실과 허구의 경계를 무너뜨리는 '마술적 리얼리즘'[17]의

---

16) 이는 영화 속 대사로서 두 주인공인 신효와 성환을 보는 재혜와 가림의 입장이다. 신효나 성환의 복잡한 인물 설정도 그러하고, 영화 〈러시안 소설〉 자체의 성격도 그러하다.

17) 마술적 리얼리즘(magic realism)이란 사실과 환상, 사실과 허구가 교묘하게 결

양태를 보이면서 결국 관객의 입장에서는 극중 소설의 안과 밖의 구분이나 영화와 영화 속 소설의 구분을 쉽게 할 수 없는 상황을 만드는 이유기 된다.

예를 들어 경미가 쓰는 소설『통정』은 경미 자신과 신효의 이야기다. 신효를 바라보는 경미의 다소 거만스러우면서도 동정적인 연민의 감정을 담고 있는 이야기인데, 이 소설을 읽은 뒤의 신효의 소감이 내레이션과 자막(문장)으로 진술된다. 문제는 상술했다시피『통정』의 안과 밖의 구분이 모호하다는 점이다. 이 소설에 대해 신효는 "두 남녀의 사랑 얘기인 것 같긴 한데, 두 사람이 사랑을 하는 건지…. 쉽게 이해는 안 가는 내용이었다."고 한다. 이 내용은 다름 아닌 경미와 신효 사이에 대한 설명이기도 하다. 두 인물 사이에서 일어나고 있는 정황이기도 하기 때문이다. '두 남녀의 사랑 얘기'는 소설 속 상황이면서 소설 밖의 실제 상황이기도 하다는 것이다.

『귀기울여 속삭이기』의 인물과『천년의 물약』의 관계도 그러하다. 소설 속의 상황과 그 소설이 쓰이는 바깥의 상황 사이에는 경계가 없다. 사실과 허구의 구분이 의도적으로 지워지는 것이다. 또한 두 소설에서 각각의 인물은 중첩된다. 예를 들어『귀기울여 속삭이기』속의 인물 재혜는『천년의 물약』에 동일한 인물로 등장하는 식이다. 전자

합되어 있는 형태를 말한다. 이 계열의 작품에서는 현실이 꿈처럼 묘사되거나 환상적이거나 신비한 사건들이 현실과 자연스럽게 병치된다. 따라서 현실과 허구 혹은 환상의 경계가 모호하여 몽환적이고 야릇한 구조를 형성하게 된다.(가브리엘 가르시아 마르케스, 조구호 역,『백년의 고독2』, 민음사, 2008, 310-311쪽 참고)

의 인물이 후자의 인물로 이어지면서 두 작품 간에는 뚜렷한 시작도 끝도 없는, 마치 뫼비우스의 띠와 같이 순환하고 반복되는 양상을 띠게 된다. 두 소설 사이의 경계도 그렇고 각 소설과 소설 밖 영화 사이의 경계도 그렇다.[18]

이러한 극중 소설과 소설을 둘러싼 영화 전체의 이야기 사이의 경계가 지워지는 양상은 극중 소설『조류 인간』에서 특히 두드러진다. 영화의 시작 부분에서, 신효의 소설 속 인물 김정석 작가는 한 명의 낚시꾼의 역할로 등장하였다가 바로 다음 장면에서는 현실에서 신효와 함께 한다. 소설 속 인물의 허구성이 무화되고 소설의 안과 밖의 경계가 무너지는 형국이다. 따라서 영화 〈러시안 소설〉은 극중 소설을 '품고 있는' 명확한 액자식 구조라기보다는 극중 소설과 영화 사이가 교묘하게 연결되면서 끝과 시작을 알 수 없는 순환적인 형상을 갖는다.

『조류 인간』의 예를 다시 들자면 이 소설은 소설가의 꿈을 안고 있는 신효의 작품으로, 두 낚시꾼의 이야기다. 영화의 초반 두 낚시꾼의 모습과 함께 이를 읽고 있는 성환의 목소리로 전해진다.

"어떤 낚시꾼이 하룻밤 내내 낚시를 했지만 물고기를 한 마리도 잡지 못한다. 그런데 다른 낚시꾼은 수도 없이 물고기를 낚고서 잡은 물고기를 놓아주는 것을 반복한다. 첫 번째 낚시꾼이 두 번째 낚시꾼에

---

18) 영화의 주요 인물들의 이름(신효, 성환, 경미, 재혜, 정석)은 실제 배우들의 이름을 그대로 차용한다. 그런 점에서 본다면 영화의 안과 밖, 즉 영화와 현실의 경계 역시 모호해진다.

게 그 이유를 묻자 두 번째 낚시꾼이 대답한다. 자신이 그 전날 낚았다가 놓친 물고기를 찾느라 계속 물고기를 낚는 중이라고, 물고기를 낚아서 자신이 찾는 그 물고기가 맞는지 확인하고 아니면 놓아주고 있는 것이라고.”

　이러한『조류 인간』의 내용은 다름 아닌 영화 〈러시안 소설〉의 메시지를 함축하는 것이기도 하다. 그 소설 속 두 명의 낚시꾼은 각각 신효 자신과 성환을 가리키는 인물로 해석할 수 있기 때문이다. 첫 번째 낚시꾼은 소설에 대한 열정은 있으나 실제 작품을 ‘낚는’ 재능은 없는 신효를 가리키며, 두 번째 낚시꾼은 소설적 재능은 있으나 아직 자신이 원하는 물고기(작품)를 찾지 못한 인물 성환을 가리킨다.[19] 이처럼 소설적 열정을 가졌지만 재능은 뛰어나지 못한 신효와 소설적 재능은 있으나 열정을 잃은 성환은 그 재능과 열정의 대비 외에도 여러 면에서 상반된 모습을 보인다. 신효는 불우한 환경에서 자랐고 감성적이며 조급한 편인데 비해 성환은 풍족한 환경에서 자랐고 냉정할 정도로 분석적이며 차분하다. 그러면서도 둘의 내면적 고민과 갈등은 모두 ‘길고’ 복잡하다. 이런 까닭에 영화에서 가림은 성환에게, 또한 재

---

19) 이러한 해석은 영화에서 이 ‘두 낚시꾼 이야기’를 김정석 작가로부터 전해들은 신효가 자신의 심정을 내레이션으로 전하는 바 “마치 거세를 당한 짐승처럼 아무것도 할 수 없었다.”고 고백하는 설정을 통해 더 확연해진다. 신연식 감독은 성환과 신효는 모두 ‘자신의 콤플렉스를 반영한 인물들’이라고 하면서 상업영화로의 데뷔를 위해 수많은 좌절을 겪었던 시절에 세상을 향하던 자신의 화난 마음을 표현하려 했다고 밝힌다.(http://www.yonhapnews.co.kr/bulletin/2013/09/17)

혜는 신효에게 동일하게 "오빠는(당신은) 러시안 소설처럼 길고 복잡해요."라고 말한다.[20]

극중 소설이 여럿 나오면서 그 작품들이 그 바깥 이야기, 즉 영화 〈러시안 소설〉을 거꾸로 비춰주거나 해설하는 양상을 띠는 탓에 복잡하고 이야기 사이의 경계들이 불명료하며 길게 진행되는 영화 〈러시안 소설〉은 그 자체로 '러시안 소설'에 비유될 만하다. 특히 소설과 영화의 경계가 모호하고 서로가 뒤엉킨 채 얽혀있는 양상이라는 점에서 더욱 그렇다.[21]

4) 이미지와 언어의 반복과 차이

영화 〈러시안 소설〉은 반복과 차이를 통해 의미를 발생시키기도 한다. 그것은 영상과 대사를 통해서인데, 이는 영화적 요소로서의 이미지와 문학적 요소로서의 언어의 활용이라고도 할 만하다. 예를 들어 영화의 첫 장면은 상술했듯 신효가 쓰는 소설 『조류 인간』의 대목이다. 두 낚시꾼의 이야기가 문자와 책을 읽고 있는 성환의 목소리로 전해지면서 동시에 영상으로는 두 낚시꾼의 모습이 원사로 담겨진다.

---

20) 영화의 후반부, 즉 신효가 긴 잠에서 깨어난 후 만난 중년의 가림은 과거를 회상하면서 신효에게 "두 오빠는 모두 러시안 소설 같았다."고 말한다. 영화에서 여러 차례 반복되는 신효와 성환에 대한 '러시안 소설'의 비유는 얼핏 상반적으로 대치되는 두 인물의 동질성을 강조한다.

21) 극중 소설 『조류 인간』, 『통정』이 신연식 감독에 의해 영화화된다는 사실은 영화 〈러시안 소설〉이 '경계를 허무는' 또 다른 증거이기도 하다. 극중 소설을 '극중'에서 밖으로 밀어내어 실재화하고 있기 때문이다.

〈그림 3〉　　　　　　　　　　〈그림 4〉

이 첫 장면은 영화의 마지막에서 반복된다. 화면상의 색조 차이가 있을 뿐, 나무가 서 있는 강가의 낚시터 모습이나 고요한 풍경 속에서 한 명은 서 있고 다른 한 명은 앉아 있는 두 인물의 모습이며 화면의 구도 역시 별 차이가 없다.

그러나 첫 장면에서는 김정석 작가가 한 명의 낚시꾼으로 나오면서 다른 낚시꾼(물고기를 잡았다가 놓아주는)의 얼굴은 알 수 없지만(〈그림 3〉) 마지막 장면에서는 27년 뒤의 중년 신효와 27년 전의 청년 신효가 그 두 명의 낚시꾼으로 나오고 있음을 알 수 있다.(〈그림 4〉) 영화 첫 장면은 영화 전반부 특유의 세피아 화면 톤과 안개 자욱한 풍경으로 몽환적인 분위기를 연출하고 있는데 반해, 마지막 장면은 동일 인물의 청년과 중년이 수십 년의 시간을 뛰어넘어 조우한다는 설정상의 판타지를 연출한다.

이때, 물고기를 잡았다 놓아주는 낚시꾼의 모습은 첫 장면에서는 얼굴을 알 수 없었지만 마지막 장면에서는 청년 신효로 설정한 것으로 보아, 영화는 신효가 낚으려는 '물고기'의 상징적인 의미를 해석하도록 유도한다. 즉 흘러가는 시간의 강물 위에서 지나가버린 꿈을 찾으려고 현재의 꿈을 놓아버리는 인간들의 어리석음을 의미한다는 것이다. 근거 없는 열정과 의욕을 수단으로 끊임없이 꿈을 찾아 도전하지만 정작 소중한 꿈을 잡지 못하는 젊은이의 방황과 절망을 보여주려 하는 것이다. 영화의 마지막 장면에서 중년의 신효가 자신의 젊은 시절을 바라보고 있음은 이와 같은 회한과 성찰의 의미를 이끌어낸다.[22]

전반부에서 젊은 신효가 우연제의 대나무 숲에서 경미와 거닐던 낭만적이고 서정적인 추억의 장면과 후반부에서 중년 신효가 다시 그 공간을 찾아 비슷한 걸음을 보여주는 장면의 유사성 역시 이의 한 예가 된다. 젊은 시절의 자신의 흔적들을 찾으려는 모습은 자신의 소설이 안고 있는 비밀에 대한 궁금증과 함께 대나무의 서늘함과 스산함이 일으키는 분위기를 통해 기억의 회복을 욕망하는 중년 신효의 마음을 대변하는 역할을 한다.

전반부에서 후반부로 넘어가는 과정에서 삽입되는 물고기의 장면은 클로즈업을 통해 상징적인 의미를 발생시킨다. 신효가 김정석 작가로부터 '두 낚시꾼 이야기'를 전해 듣는 장면에서 한 차례 등장한 바 있는 이 물고기의 클로즈업은 끝내 절망감에 빠진 신효가 물약을 먹고 깊은 잠에 드는 대목에서 다시 등장하는데, 신효가 찾고자 하는 꿈의

---

22) 영화는 시작과 함께 성경의 문구를 인용한다. "그가 내 앞으로 지나시나 내가 보지 못하며 그가 내 앞에서 움직이시나 내가 깨닫지 못하느니라."(욥기 8:14) 이 인용 역시 영화의 마지막 장면과 더불어 '물고기'의 의미를 상징적으로 해석하게 한다.

상징으로 의미화된다. 잡았다가 스스로 놓아버린, 그러면서 지나가버린 꿈에 집착하며 찾으려 애쓰는 낚시꾼이 다름 아닌 신효임을 보여주는 상징이 된다.

영화 〈러시안 소설〉에서는 인물의 대사에 있어서도 반복적인 양상을 띤다. 경미에게 신효는 여러 차례 "나는 배운 게 없다. 당신은 나이도 어린데 아는 게 많다."는 말을 반복한다. 자신의 신세에 대한 푸념이면서 비슷한 처지임에도 소설가로 데뷔한 경미에 대한 부러움의 표현이다. 소녀 가림에게서 소설에 대한 조언을 들을 때에도 그는 이와 유사한 언급을 반복한다. 신효의 자조(自嘲)적 성향과 문학적 자의식을 보여주는 대목들이다.

후반부에서 유명 소설가가 된 중년 신효를 따라다니는 여대생의 대사도 반복적이다. 그녀는 신효에게 도움을 줄 수 있는 게 "대단히 영광스럽다."고 자주 반복한다. 신효를 유명작가로 만든 소설의 비밀을 밝히는데 도움을 주는 이 여대생의 반복적인 '감격'은 신효를 귀찮게할 정도이지만 그 무표정과 어눌한 어투의 반복으로 인해 영화에 희극성을 첨가하기도 한다. 그러나 여대생의 모습은, 재혜를 제외한 누구에게서도 인정을 받지 못했던 영화 전반부의 젊은 신효의 고독과 절망을 역으로 상기시킨다는 점에서 주목하게 된다.

'유명' 소설가라는 이름 앞에서는 맹목적인 찬사와 분별없는 추종을 서슴없이 보내는 세상의 한 모습일 수 있기 때문이다. 이는 신효에게 "지금이니까 관심받지. 시간이 지나면 또 어떻게 될지 모른다."는 출판인의 말에서도 유추할 수 있는 의미다. 문학(예술)에의 순수한 열정이나 진심보다는 화려한 명성이나 인기를 쫓는 시대의 허상을 겨냥한다는 점에서 유사한 언어적 설정인 셈이다.

5) 자기 반영적 형상

영화 〈러시안 소설〉의 자기 반영적 성격은 무엇보다 이야기의 소재를 소설에 두고 있다는 점에 있다. 소설이라는 문학 장르 혹은 이야기라는 서사양식을 소재로 하면서 그 이야기 역시 소설을 쓰려는 자들을 다루고 있다는 점에서 영화는 이야기에 대한 이야기, 즉 메타픽션으로서의 성격을 갖는다.

그런데 영화는 앞서 살펴본 바대로 다소 복잡한 성향을 보이는데, 이는 극중 소설의 안팎이나 극중 소설 간 구분의 경계가 모호하고 서로의 층위가 중첩되는 양상을 띤다는 데 있다. 더욱이 극중 인물들의 대사는 다른 인물에 대한 생각이나 그들이 쓰는 소설에 대한 평판의 층위 위에 이 영화 자체에 대한 평가를 보여주는 듯한 내용을 담고 있어 흥미롭다.

예를 들어 성환은 신효의 작품에 대해 "거칠고 설익다.", "어딘가로는 가고 있다.", "이상한 매력이 있어. 그런데 쉽지 않아." 등의 평가를 내보인다. 이는 일차적으로는 신효가 소설을 쓰고자 하는 열정과 의욕은 있지만 그의 작품은 어설프며 서투르고 작품성을 제대로 갖추지 못하고 있다는 성환의 판단을 직접적으로 드러내는 것이긴 하지만, 그러한 장면에 국한시켜 보지 않는다면 이 영화 자체의 지극히 복잡하고 모호하고, 그래서 어렵고도 독특한 성격에 대한 설명으로도 해석 가능한 대목이다. 독립영화로서 기존의 상업영화들이 갖추고 있는 세련미나 노련미, 오락적 흥미나 탄탄한 구조 따위의 작품성이나 흥행성을 갖추지 못한 채 '거칠고 설익은' 채로 어떠한 메시지를 담아내려고 애를 쓰면서 '어딘가로는 가고' 있지만 여전히 '쉽지 않은' 영화 〈러시안 소설〉의 난해하고 복잡한 성격을 지적하는 것이기 때문이다.

인물 간 주고받는 대화 내용이 실상 영화 전체를 설명하는 것으로 해석할 만한 이러한 대목들은 영화에서 이것 외에도 적잖게 발견하게 되는데, 경미의 소설 『통정』에 대한 신효의 평가 역시 마찬가지다. 신효는 『통정』을 읽고 나서 그 복잡한 구조에 대해 "알 것 같기도 하고 모를 것 같기도 하고, 좀 낯설긴 하다."고 한다. 영화 〈러시안 소설〉 자체가 보이는 '낯선' 구조를 말하는 것이기도 하다. 또한 신효의 소설에 대해 경미가 "시도 아니고 소설도 아니다. 네가 하고 싶은 얘길 담아낼 형식이 대한민국 문학에는 없다."며 푸념하듯 내뱉는 장면 역시 마찬가지다. 영화 〈러시안 소설〉 자체의 애매성과 모호함, 낯선 형식과 독특한 구성으로 인해 기존 개념으로서의 영화와는 다른, '영화도 아니고 문학(소설)도 아닌' 듯한 성격을 말하고 있기 때문이다.

또한 신효가 그토록 원했던 김기진 작가와의 조우에서 작가가 신효의 작품에 대해 던지는 평가 역시 마찬가지다. 그는 신효에게 "이런 걸 왜 써? 재미있으라고 쓴 거야? 이해가 안 가, 이런 걸 왜 쓰는지."라며 신랄한 혹평을 한다. 신효를 돌이킬 수 없는 절망감에 빠뜨려 놓는 이 말은 신연식 감독이 스스로의 작품에 대해 던지는 자문일 수도 있다. 상업영화의 흥행이나 대중성과는 전혀 거리를 두고 있는 이 영화의 제작에 대한 스스로의 회의(懷疑)이거나 또는 이 영화를 보고 난 뒤의 관객들이 던질 만한 불평 가득한 조롱일 수도 있기 때문이다.

인물 간 대화가 영화 〈러시안 소설〉 자체에 대한 메타적 언급으로 해석되는 장면은 영화의 후반부에서 등장하는 여대생과도 관련된다. 긴 잠에서 깨어나 유명 소설가가 된 신효가 자신의 유명 소설이 실은 자신의 것이 아님을 알고 그 비밀을 찾아다니는데 이를 도와주는 여대생은 어느 날 아침 그에게 전화를 걸어 이렇게 묻는다.

"『귀기울여 속삭이기』 인물들이랑 『천년의 물약』의 인물들이 겹치는 것 같은데 그게 의도성이 있는 건지? 『러시안 소설』에서 주인공이 자살했다 다시 살아나는데 그게 작가 본인의 이야기와 비슷하다는 걸 알고 쓰신 건지?"

이에 잠결 속에서 신효는 '쓸데없는 질문'으로 치부하면서 전화를 끊는다. 이때 여대생이 묻는 질문의 내용들은 다름 아닌 영화 〈러시안 소설〉의 이야기라는 점에서 주목된다. 그동안 영화가 전반부에서 보여주었던 이야기들, 즉 신효와 성환, 경미와 재혜 등의 젊은 소설가 지망생들과 그들의 소설 속 이야기들이 서로 겹쳐 있음을 여대생은 말하고 있기 때문이다. 더욱이 신효의 소설 『러시안 소설』은 바로 영화 〈러시안 소설〉의 이야기와 다를 게 없다. 요컨대 영화의 전반부 전체와 신효가 긴 잠에서 다시 깨어나는 이야기 전부가 다름 아닌 신효 자신의 소설 속 이야기라는 것이다. 이런 점에서 여대생의 이 물음은 이 영화 전체의 구조를 바꿔놓는 힘을 갖는다. 이로 인하여 이전까지의 모든 이야기들, 즉 네 편의 소설 모두 실상은 신효의 소설인『러시안 소설』속 이야기라는 점이 밝혀지고 있기 때문이다.

따라서 영화〈러시안 소설〉의 구도는 다음과 같이 정리할 수 있게 된다.

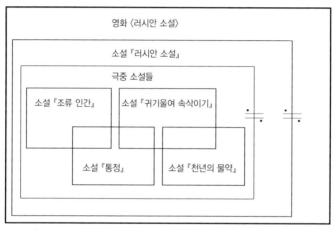

: 유사관계

그러나 문제는 이렇듯 이전까지의 모든 이야기들을 한꺼번에 품에 안는 신효의 소설『러시안 소설』이 실은 신효의 작품이 아니라는 점이다. 신효는 자신을 유명작가로 만든 소설『러시안 소설』의 마무리가 자신의 것이 아님을 알고 있고 그 비밀을 찾는 중이다. 이것이 바로 영화 후반부의 주요 내용이다.

이렇게 다층으로 얽히고 섞이면서 복잡한 구조를 띤 채 겹으로 둘러싸이는 영화〈러시안 소설〉은 결국 가림이 극중 인물들에게 묻는 것처럼, 관객들에게 "이런 이야기 잘 믿는 편이예요?"라고 질문을 던지는 양상이다. 이것 역시 영화 속 설정이 영화 밖으로 확장되면서 영화라는 허구의 양식과 영화를 둘러싼 현실의 정황이 뒤섞이며 경계를 지우는 또 하나의 국면인 셈이다.

나오며

영화 〈러시안 소설〉은 기존의 영화적 전달 방식과는 분명 다른 양상을 취한다. 영화의 이야기 전달방식에 대한 일반적인 통념을 벗어난다. 소설적 화자의 설정과 다수 내레이터(초점화자)의 잦은 교체, 소설 문장의 직접적인 삽입은 영화 보기와 더불어 소설 읽기를 동시에 경험하게 한다. 영화 〈러시안 소설〉이 이야기를 전하는 방식은 정확히 두 양식의 결합을 통해서라고 할 만하다. 영화 안에 문학적 장치를 과감하게 들여놓아 기존의 영화의 형식과는 다른 방식을 구현하고 있다. 언어와 이미지의 혼종과 결합으로써 서사를 구현하는 흥미로운 한 사례이다.

그러나 영화 〈러시안 소설〉은 그 결합의 성공을 온전히 보여주지는 못한다. 우선 영화 전체의 분량에서 '소설적 제스처(화자의 전달, 문장의 구현)'를 보여준 것은 영화 전체에 비해 그리 많은 부분을 차지하고 있지 않으며, 영화의 후반부에서는 아예 그 제스처를 보이고 있지 않기 때문이다. 소설이 영화 속으로 들어가려던 흔적을 보이는 정도로 영화는 끝난다.

그럼에도 영화 〈러시안 소설〉은 소설(문학)과 영화가 서로에게 스며들고 침투하며 교감할 수 있는 하나의 방식을 보여준다는 점에서 의미를 갖는다. 영화 〈러시안 소설〉의 안팎에서 찾을 수 있는 다양한 '경계 해체'의 면모들은 결국 소설(문학)과 영화의 장르 간 경계 지우기라는 큰 주제를 마련하기 위한 축약된 예시들로도 볼 수 있다.

참고자료

* 기본자료

• 영화 〈러시안 소설〉, 신연식 연출, ㈜루스 이 소니도스 제작, 2013.

* 참고문헌

• 프랑시스 바누아, 송지연 역, 『영화와 문학의 서술학』, 동문선, 2003.

• 장석남 · 권혁웅 편, 『시네리테르』, 문예중앙, 2011.

• 김성태, 『영화 – 존재의 이해를 위하여』, 은행나무, 2003.

• 로버트 리처드슨, 이형식 역, 『영화와 문학』, 동문선, 2000.

• 서정남, 『영화서사학』, 생각의나무, 2004.

• 조헌용, 『영화와 소설의 거리』, 작가, 2013.

• 나병철, 『영화와 소설의 시점과 이미지』, 소명출판, 2009.

• 앙드레 고드로, 프랑수아 조스트, 송지연 역, 『영화서술학』, 동문선, 2001.

• 월터 J. 옹, 이기우 · 임명진 역, 『구술문화와 문자문화』, , 문예출판사, 2003.

• 조윤경, 『보는 텍스트, 읽는 이미지』, 그린비, 2012.

• 김용석, 『서사철학』, 휴머니스트, 2009.

• 시모아 채트먼, 한용환 역, 『이야기와 담론』, 고려원, 1991.

• 박진, 『서사학과 텍스트 이론』, 랜덤하우스중앙, 2005.

• 조정래 · 나병철, 『소설이란 무엇인가』, 평민사, 1992.

• 가브리엘 가르시아 마르케스, 조구호 역, 『백년의 고독 1, 2』, 민음사, 2008.

• http://www.cine21.com/news/view/mag_id=74392

• http://www.yonhapnews.co.kr/bulletin/2013/09/17

• http://magazine.movie.daum.net/w/magazine/star/detail.daum?thecutId=6175

디지털 시대와 글쓰기

영화 <논픽션(Nonfiction)>

디지털 시대와 글쓰기
영화 〈논픽션(Nonfiction)〉

들어가며

이 글은 영화 〈논픽션(Nonfiction)〉[1]에 나타난 디지털 환경 속의 글쓰기와 말하기의 의미에 대하여 살펴보려 한다. 영화 〈논픽션〉은 우선 이야기의 소재적 측면에서는 최근의 미디어 환경 변화에 따른 글쓰기의 새로운 양상들을 다루고 있으며, 이야기의 전개에 있어서는 인물들 간 대사, 즉 말하기가 주요 방식으로 쓰이고 있다. 한 마디로 영화 〈논픽션〉은 글쓰기를 소재로 하면서 인물들의 대화를 통해 이를 잘 담아낸다.

디지털 문화의 도래를 염려하는 출판사 편집장과 소설가, 편집 에디터 등을 중심으로 소설 출판을 비롯한 현대사회의 문화적 양상들에 대

---

1) 올리비에 아사야스 감독, 2018년 제작, 108분.

한 이야기로 영화는 전개된다는 것이다. 영화 〈논픽션〉은 이미 제목에서 모순적이며 역설적인 양상을 띤다. '논픽션'이란 흔히 꾸며낸 허구가 아니라 사실을 바탕으로 하는 기록물을 가리키는 반면, 일반적으로 영화는 허구의 이야기를 바탕으로 하는 픽션이기 때문이다. 아무리 현실과 사실을 바탕으로 하는 것일지라도 영화로 제작되기 위해서는 필연적으로 허구화 작업을 거치기 때문이다.[2] 영화 〈논픽션〉은 '사실 그대로의 기록물'이 아니라는 점에서 제목과 상치된다.

이 영화에 주목하는 또 다른 주요 이유는 영화라는 형식을 통해 '글쓰기'의 문제를 노골적으로 다루고 있다는 점에서이다. 굳이 영상매체와 문자매체를 대립적이거나 상반적으로 간주할 필요는 없을지라도 그 성격상의 이질성을 고려한다면 글쓰기를 소재로 하는 영화라는 국면은 또한 흥미를 유발하지 않을 수 없다.

이러한 두 가지 측면에서 영화 〈논픽션〉을 분석해보려 한다. 먼저 어떠한 점에서 '논픽션에 가까운 영화'인지를 밝히면서 그 의미가 무엇인지, 즉 '논픽션과 픽션'의 혼종적인 양상이 갖는 이 영화의 의미에

---

[2] 물론 르포르타주, 다큐멘터리 영화가 있다. 이는 실제의 상황이나 사건을 대상으로 있는 그대로의 사실 자체를 담아낸다. 실제의 인물과 실제의 모습들을 재현하며 기록한다. 다큐멘터리를 포함한 논픽션은 '현실의 사실적인 재현'을 목표로 한다. 그럼에도 이러한 다큐멘터리나 논픽션조차 제작자의 의도와 편집의 문제 등에 의해 사실 자체가 변형되거나 왜곡된다는 점에서 '픽션'의 흔적을 배제할 수 없다는 의견도 있다. 현실 내 시공간의 모든 상황을 온전히 담아낼 수 없다는 점에서 영상매체에 의한 재현에 있어서도 선택과 재구성을 위한 주관적 개입과 변형을 완전히 배제할 수 없다. 즉, 정도의 차이는 있으나 모든 영화는 '픽션'의 속성에서 벗어날 수 없다.

대해 논의한 뒤, 이어 영화가 전하고 있는 글쓰기 관련 문제들을 살펴보고자 한다.[3] 요컨대 이 영화의 이러한 두 가지 '아이러니'한 양상의 면모들 —상충적이거나 모순적인 양상의 형태들을 분석하면서 그 양상이 결국 어떠한 문제의식을 제공하는지에 대해 밝히는 것이 이 글의 목적이다.

감독 올리비에 아사야스는 이 영화에 대해 "우리가 살고 있는 세계는 끊임없이 변화하고 디지털화는 끊임없이 일어나고 있다. 〈논픽션〉은 그러한 변화에 우리가 어떻게 대처하여야 하는가에 대한 영화이다. 그저 우리가 할 수 있는 것이라곤 그 물살에 몸을 맡기는 것뿐이다."라고 말한다. 그가 말하는 영화의 기획 의도는 분명하다. 디지털 기술이 가져오는 새로운 변화에 대해 충분히 인식하고 적극적으로 대응해야 한다는 것이다. 아날로그에서 디지털로의 전환에 대한 이야기의 소재를 영화계가 아닌 출판계에 찾으려 한 이유에 대해서는 "나는 출판계가 디지털 변화에 가장 큰 타격을 받은 곳이라고 생각했다. 얼마 전, 모든 사람들은 전자책이 미래일 것이라고 확신했

---

3) 이 영화가 전하고 있는 글쓰기 문제는 요컨대 디지털 환경 변화와 관련된다. 디지털 환경과 글쓰기의 관계에 대해서는 주지하듯 근래 많은 연구와 논의들이 행해지고 있다. 최근의 몇 사례만 보아도, 권동우 · 배혜진(2020), 배수진(2019), 김경화(2019), 최웅순(2018), 이지영(2018) 등이 있다. 뉴미디어의 출현과 디지털 기술의 놀라운 발전이 가져온 새로운 문화환경과 이에 따른 의사소통, 문식환경, 교육 문제 등에 대해 활발한 담론들이 행해지고 있음을 알 수 있다. 이 글은 이것에 대한 직접적이고 본격적인 논의라기보다는 영화 〈논픽션〉 자체에 집중하기 위한 것임을 밝힌다. 영화로서는 드물게 '글쓰기'와 '책의 생산이나 유통'의 문제를 직접 다루고 있다는 점에 주목하면서 이 영화의 성격과 의미를 고찰하는데 주력하고자 한다.

지만 현실은 전혀 그렇게 되지 않았다."라고 말한다(https://movie.daum.net/moviedb/main?movieId=123836). 감독 자신의 말처럼 이 영화는 출판문화의 현시대적 풍경을 보여주면서 현대사회의 한 국면을[4] 고스란히 드러내고 있으며, 이것이 이 영화에 관심을 두는 주된 이유이기도 하다.

영화의 서사는 단순하다. 출판의 전자화 경향을 염려하는 출판사 편집장 알랭과 그의 부인 셀레나, 알랭의 출판사에서 소설을 내는 작가 레오나르와 그의 부인 발레리, 그리고 출판사 디지털 담당 마케터인 로르를 중심으로 영화는 전개된다. 영화는 이들이 서로 주고받는 대화를 중심으로 전자책과 종이책의 문제, 오디오북의 등장, 허구와 사실의 경계를 넘나드는 글쓰기 등 출판계의 여러 동향들을 이야기하는데 인물들 간에 다소 얽혀 있는 관계가 서사를 구성하는 주요소가 된다. 알랭은 로르와 바람을 피우며, 레오나르와 셀레나는 불륜 관계에 있으며 발레리가 비서직을 맡고 있는 정치인은 평판과 달리 사생활에 문제가 있다. 그러나 영화는 이들 관계가 야기하는 갈

---

4) 2019년 「국민독서실태조사」(문화체육관광부 조사 주관 2020.3.11 발표) 결과 성인의 종이책 연간 독서율은 52.1%. 독서량은 6.1권으로 2017년에 비해 각각 7.8%, 2.2권 줄어든 것으로 나타났다. 반면 초중고교 학생들의 경우, 종이책 연간 독서율은 90.7%, 독서량 32.4권으로 2017년과 비교하면 독서율은 1.0% 줄었지만 독서량은 3.8권 증가했다. 주목할 점은 전자책과 오디오북의 이용률이다. 전자책 독서율은 성인 16.5%, 학생은 37.2%로 2017년보다 각각 2.4%, 7.4% 증가하였으며, 특히 20~30대의 증가폭이 큰 것으로 나타났다. 오디오북 독서율도 성인은 3.5%, 학생은 평균 18.7%인 것으로 나타났다. 출처: https://www.mcst.go.kr/kor/s_policy/dept/deptView.jsp?pSeq=1776&pDataCD=0406000000&pType=04.

등이나 드라마적 전개보다는 이들 사이의 말(대화, 토론)을 통해 시사를 끌고 간다.

이들은 당연 허구의 인물들이다. 실제의 사건이나 상황도 아니며 실존인물도 아니다. 이 영화의 제목이 안고 있는 '아이러니컬'한 상황은 우선 여기에 있다. 이러한 점에 착안하여 영화가 전체적으로 '논픽션인 척'하고 있는 면모들을 살펴보면서, 그 속에 담긴 현실 재현의 문제들, 좀더 구체적으로는 글쓰기와 소통의 문제들을 들여다볼 것이다.

영화는 감독 아사야스의 소통에 대한 사유를 각 인물들의 대화나 토론 등을 통해 형상화한다. 영화는 알랭을 중심으로 소설가, 디지털 전문가, 아내 등과의 대화와 토론의 형태로 글쓰기와 관련되는 여러 현상들을 들려주고, 동시에 각 인물 간 다소 얽힌 관계를 통해 '소통'의 이중적 측면을 담아내면서 전반적으로 '이중적 소통과 이질적 방식들의 공존'을 보여준다.

영화 속 '두 개의 삶'

이 영화의 원제는 〈Doubles Vies〉, 즉 '두 개의 삶'이다. 감독은 "너무 기술적이고 콜드한 느낌 때문에" 제목을 변경하였다고 한다. 영화는 원제의 의미를 우선 작중 인물들의 삶을 통해 보여준다.

알랭은 유명 출판사 편집장으로서 디지털 시대의 문제를 심각히 우려하지만 정작 자신 역시 디지털 패드로 글을 읽는다. 그는 레오나르의 소설 속 인물이 실존인물을 모델로 하고 있음을 안다. 그러나 정작 자신의 아내 셀레나가 그 소설 속 모델인 줄은 모른다.

레오나르는 자신의 실제 연애담을 소설로 쓴다. 셀레나와의 비밀 연애를 다른 인물과 상황으로 바꿔놓고 사실이 아닌 척 꾸며대는 것이다. 실제의 것들을 가상의 설정처럼 그려 넣기도 하고, 실제로는 가보지 않은 곳을 가본 것처럼 묘사하기도 한다. 어떤 작품에서는 자신의 이름, 직업, 사는 곳을 그대로 차용하기도 한다. 이처럼 그의 글쓰기는 "모든 픽션은 어느 정도는 자전적"이라는 그의 말처럼 허구와 실제의 사이를 오간다. 그가 앉은 테이블이 나무 무늬 시트지(紙)임에도 그것을 확인하기 위해 진짜 나무인 양 두드려 보는 영화 속 장면은 진짜와 가짜, 사실과 허구 사이의 모호함에 대해 말하려는 영화의 의도를 상징적으로 담아낸다.

셀레나는 인기 있는 텔레비전 드라마의 배우다. 그럼에도 그녀 자신은 "소진된 것 같다. 발전이 없다. 인질이 된 것 같다."며 연기를 계속할 수도, 그만둘 수도 없는 처지에 있음을 고백한다. 그녀는 우선 배우라는 점에서 드라마 속 인물과 현실 속 인물이라는 두 개의 삶을 살고 있다. 게다가 남편을 속이며 레오나르와 불륜의 관계에 있기도 하다. 이중의 삶을 중첩하고 있는 셈이다. 또한 그녀는 자신이 불륜을 행하면서도 남편의 외도를 직감하고 있고, 그러면서도 모른 척하고 있다. 남편이 자신을 사랑하고 있다고 믿으면서도 한편으로는 부부 사이가 내내 욕망을 유지할 수는 없다고 생각하기도 한다.

발레리는 정치인의 선거캠프에서 일을 하고 있다. 그녀는 정치인이 저지른 부도덕한 일에 대해서는 애써 감추려 들면서 남편의 부도덕한 일(불륜)에 대해서는 냉정하게 대한다. 남편의 소설이 실제를 모델로 하고 있음을 눈치채고 있으면서도 드러내지 않고, 그런 이유로 남편의 소설이 출판 거부를 받은 것에 그리 신경을 쓰지 않는다.

로르는 알랭의 출판사 디지털 마케팅 담당자다. 알랭이 디지털 문화의 도래를 우려하며 비판적인 자세를 취하고 있는데 반해 그녀는 그 대척점에 놓이는 인물이다. 그는 디지털 전환의 필요성과 당위성을 내세운다. 흥미로운 것은 그녀가 알랭과 비밀 연예를 하면서 동시에 다른 여성과도 사랑을 나누고 있다는 점이다.

이처럼 영화 속 인물들은 상충적이거나 모순적인 측면들을 보여준다. 현실적이거나 윤리적으로 병치할 수 없는, 이율배반적인 면들을 안고 있다. 그들은 원래의 자신의 본분을 유지하면서도 한편으로는 그것에서 벗어난 또 다른 행세를 하고 있다는 점에서 '두 개의 삶'을 살고 있는 셈이다.

> 픽션은 근본적으로 '~인 체하기(pretending)'의 한 방식이고, 그것은 놀이와 게임의 기본적인 요소이다. 놀이는 자율적인 규칙과 역할 분배 등을 통해 허구적 세계를 가동시키고 즐거움과 만족감을 준다.(박진·김행숙, 2004, 112쪽)

인용문을 참고한다면 그들의 외도 행위는 일종의 놀이와 게임의 성격을 갖는 것이며 그들은 각기 그 안에서 즐거움과 만족감을 얻고 있는 것이다. 즉 그들의 행위는 자신을 숨기거나 아닌 척한다는 점에서 일종의 픽션의 행태인 셈이다. 따라서 그들은 픽션(영화 〈논픽션〉) 속의 픽션(외도)을 행한다고 볼 수 있다.

영화에서는 불륜이라는 요소 외에도, 디지털 전환을 염려하면서도 정작 디지털 기기에서 벗어나지 못하는 알랭의 일상이나 인기배우로서의 명암을 함께 느끼며 갈등하는 셀레나, 상관과 남편의 윤리적 문제에 대해 이중적 태도를 취하는 발레리를 통해서도 모순적이며 상충적인 요소들을 보여준다.

무엇보다 레오나르의 글쓰기는 허구와 현실 사이의 모호한 경계 위에 있다는 점에서 '두 개의 삶'을 상징적으로 보여준다고 하겠다. 소설이라는 이름으로 출판되는 허구의 창작물이지만 사실상 실제의 이야기와 다르지 않기 때문이다. 요컨대 픽션이면서 논픽션인 것이다. 이 점은 이 영화 〈논픽션〉의 제목이 갖는 이중적 · 역설적 성격과 유사하다.[5] 소설이나 영화는 결국 상상의 소산인 픽션임에도 논픽션(사실, 현실)의 영향에서 온전히 벗어나 있지는 못한다는 점에서 '두 개의' 성격을 갖는다고 볼 수 있기 때문이다.

---

5) 영화 〈논픽션〉의 대화나 장면은 상징이나 비유적인 면모 없이 단일한 의미나 명백한 개념으로 전달된다. 액면 그대로의 의미를 넘어서는 별다른 해석을 요구하지 않는다. 소박하고 평범하게 일상 속 대화를 나누듯이 담백하며 단순한 의미로 전달된다. 이러한 점에서도 이 영화는 '논픽션'의 성격을 갖는다.

대비와 공존의 양상

1) 디지털과 아날로그 사이

영화 〈논픽션〉은 디지털 문화의 단면들이 압축적으로 거론되고 있다는 점에서 주목할 만하다. 영화가 먼저 제기하는 문제는 디지털 시대의 글쓰기에 관한 것이다. 영화가 영화 자체의 관습이나 정황에 대한 이야기를 다루는 자기 지시적(self-referential) 혹은 자기 반영적인 '메타픽션'이 아니라, 문자기호의 세계인 소설 장르(혹은 글쓰기)를 직접적이고 명백하게 다루고 있다는 점에서 우선 역설적인 흥미를 준다. 자기가 속해 있는 장르에 대한 자의식적인 이야기가 아니라, 전혀 다른 기호인 문자 세계의 고민과 현황을 영화 장르가 다루고 있기 때문이다. 달리 말한다면 소설이나 글쓰기라는 문자 세계가 처해 있는 현실의 문제를 영상 세계에 반영하고 재현하고 있다는 것이다.[6]

정보통신기술(ICT)의 발달과 모바일 디지털 콘텐츠의 확장이 출판산업과 일반 대중의 독서 관습에 커다란 변화를 가져왔음은 주지의 사실이다. 전통적 개념으로서의 출판이나 독서의 개념이 바뀌면서 새로운 문화환경이 조성되고 있다.[7]

---

6) 영화 속 인물들의 대화 내용은 영화 밖 실제 현실을 반영한다. 종이책의 정기구독은 69.3%(1996년)에서 14.3%(2016년)으로 1/5로 감소하였다. 국민독서실태조사(2015년, 2017년, 2019년)에 의하면 독서율과 독서량 모두에서 매년 감소하고 있음을 알 수 있다. 각주4의 「2019년 국민독서실태조사」 참고.
7) 김경애(2018, 30쪽)은 "문학뿐 아니라 현대의 모든 문화적 산물들이 웹으로의 이

영화는 이를 문자문화를 표상하는 업종인 출판인쇄업계를 소재로 하면서 출판편집자, 소설가, 디지털 전문가, 출판사 사장 등의 대화를 통해 직접적이고 지속적으로 다룬다. 출판인쇄란 문자기호를 대상으로 그것을 생산하고 그것으로 의미를 구축해가는 분야이다. 이들은 블로그나 SNS의 위력 앞에서 신문의 구독이나 독서의 경향이 크게 줄어들고 있고 책의 출판 역시 전자화되어가고 있음을 이야기를 나눈다. 이들이 끊임없이 주고받는 대화와 토론을 통해 이 이야기의 주제는 영화 내내 이어진다.

알랭과 레오나르가 대화를 나누는 영화 첫 장면의 대사들은 이 영화의 주제를 압축한다. 어떤 정치소설에 대해 둘은 이야기를 나누는데, 그 책은 소설 속 인물의 모델로부터 고소를 당한 책이다.

(알랭) "자네라면 정치소설을 쓰면서 누군지 뻔한 가명들로 사방팔방 비난해 놓고 조용하길 기대하겠나?" (레오나르) "난 반대로 생각했어. 그냥 묻혀야 다들 좋은 것 아냐? (알랭) "기자와 블로거는 아냐. 이런 건 트위터에 쏜살같이 퍼지지." (레오나르) "요즘은 책을 안 읽잖아." (알랭) "응, 독자는 줄고 책은 늘고, 늘 살얼음이지." (레오나르) "글이 사람을 히스테릭하게 하니까." (알랭) "무슨 뜻이지?" (레오나르) "글을

주를 고려하거나 이미 이주 중"이라는 말하는데 이는 디지털 문명이 가져온 문화 전반의 변화를 단적으로 요약한다. 신문, 잡지, 라디오, 텔레비전, 컴퓨터 등이 모두 스마트폰 안으로 흡수되고 있으며, 기존의 인쇄 출판이 전자출판이나 웹 콘텐츠 방식으로 바뀌고 있다.

두려워해. 글을 안 읽을수록 글을 불신하는 거지." (알랭) "지금은 글의 시대야. 인터넷을 봐. 더 많이 더 자주 글을 써. 또 의외로 세심하게."

디지털 시대의 글쓰기 풍경을 압축적으로 언급하는 대목이다. 인터넷 공간과 디지털 환경 속에서 글쓰기는 범람하지만 그럴수록 글에 대한 불신은 커가고 독자는 줄고 있는 상황임을 말하고 있다. 이들의 대화 속에는 현대의 모순적 측면이 드러난다. 글을 읽지 않으면서 두려워하고 불신하는데 인터넷을 통해서는 더 자주 글들이 올라오는 이율배반적인 양상을 말하고 있기 때문이다.

그동안 권위와 신뢰를 받아 왔던 종이책과 효용과 편리함을 제공하는 새로운 무형의 전자책을 비교하면서 새로운 도서의 유통과 소비 성향의 문제를 제기하고 있기도 하다.[8] 알랭의 고민은 감독 아사야스의 고민에 다름 아니다. 이는 레오나르에게 들려주는 알랭의 다음과 같은 대사들에서도 다시 확인된다.

(레오나르) "아무튼 내 글을 지면보다 온라인으로 읽어." (알랭) "비싸게 컴퓨터를 장만하고 매달 인터넷 비용은 내면서 신문이나 책을 살 때는 엄청 고민한다. (…) 인터넷 덕분에 더 많이 글을 쓰고 말할 자유가

---

8) 최근 『기획회의』(510호)의 기획물 '플랫폼, 콘텐츠 기획의 전쟁터'는 전자책 콘텐츠 플랫폼의 출현과 출판 사업 현황을 잘 보여준다. 여기에서 류영호(2020)는 "종이책 중심의 출판 제작과 유통 방식도 전자책과 플랫폼을 통한 방식으로 확장되고 있다. (…) 뉴미디어 시대에 웹소설과 웹툰의 급성장과 각종 미디어 콘텐츠의 활용 시간이 늘어나면서 종이책 시장도 위기감이 커지고 있다."고 단적으로 말한다.

생겼어. (…) 내 블로그를 보고 그들이 책을 산다. (…) 미래에는 책보다 리더기로 읽을 거다. (…) 유통업자, 서점, 인쇄소 등 중간자는 사라지고 편집자와 작가만 남지. 출판사도 웹사이트가 대신하고."

인터넷이 가져온 새로운 소비문화를 단적으로 보여주는 대목이다. 컴퓨터와 인터넷으로 상징되는 새로운 디지털 문명사회에서 대중의 생활방식과 삶의 패턴을 말하고 있다. 인터넷으로 인하여 전통적 개념으로서의 독서문화는 감소하고 있지만 블로그 등을 통한 인터넷 글쓰기와 읽기는 새로운 패턴으로 자리를 잡아가고 있음을 보여주고 있다. 블로그가 독자들을 흡수하면서 기존 독서 방식을 변화시키면서 새로운 문학의 장이 되고 있는 것이다.

디지털 환경이 가져온 새로운 풍경은 알랭과 출판사 사장과의 대화에서도 확인된다. 출판사 사장은 계속되는 운영 적자에 출판사를 매각하려는 의도를 내비치면서, 알랭에게 "음반구매자, 관객, 독자를 움직이게 하는 건 추천수, 트위터 유명인 페이스북 친구들"이라고 들려준다. 문학(글)의 구매 기준이 작품 자체의 가치나 본질에 있지 않고 광고나 선전에 의한 '추천수'에 따라 움직인다는 푸념이다. 작품(상품)이 내재하는 성격이나 의미보다는 그것과는 사실상 무관한 외적 요인에 의해 소비가 행해지고 있다는 지적이다.

이 문제는 알랭과 디지털 마케터인 로르의 대화에서 가장 첨예하게 밝혀진다.

(알랭) "출판계는 전자화를 악마의 출현으로 본다." (로르) "문자도 글쓰기의 한 유형이다. 트윗은 하이쿠다." (로르) "종이책과 앱으로 동시에 내자. 앱으로 못 읽을 것도 없다." (로르) "소비 분석 알고리즘이 자만과 권위에 빠진 비평가보다 앞으로 더 신뢰받을 거다. 이젠 모든 권위가 재검토되고 있다."

전자출판 기술의 등장이 불러온 기존 출판문화의 위기와 불안감, 트윗이라는 새로운 글쓰기 유형, 앱을 통한 독서 형태, 비평가의 위상추락 등 인공지능 시대의 징후들을 말하고 있다. 글의 생산, 유통, 소비와 관련된 기존의 체계와 권위가 전복될 가능성을 제기하면서 새로운 '권력'의 등장을 예고하는 언급이기도 하다.

(알랭) "그 추천수의 대부분은 해커가 돈을 받고 올려주잖아." (로르) "진짜든 조작이든 그것이 지금의 감수성과 맞아." (알랭) "그게 좋은 것 같아?" (로르) "그건 생각 안해."

디지털 시대에 문학을 비롯한 글쓰기의 평가는 글 자체의 순수성이나 문학적 가치보다는 글에 대한 조회수로 결정되고 있다는 로르의 말은 앞서 '독자를 움직이는 것은 추천수'라는 출판사 사장의 지적과 맥을 잇는다. 진짜인지 조작인지, 즉 진위나 가치의 문제보다는 호기심과 흥미의 정도가 더 크게 작용한다는 것이다. 영화 〈논픽션〉이 흥미로운 부분은 이렇듯 글쓰기의 상업화와 물신성의 문제를 노골적으로 언급하고 있다는 점에 있다.

이처럼 영화는 디지털 매체(SNS, 블로그, 인터넷 등)를 통해 글쓰기가 편하고 쉬워지면서 글/글쓰기의 권위가 떨어지고 글에 대한 신뢰성도 하락하고 있음을 말하고 있다. 특히 로르의 입을 빌어, 책으로 대표되는 기존 권위의 위기와 새로운 질서로의 편입의 필요성을 제기하기도 한다. "곧 변할 것이다. 근본적으로. 한 세계가 끝나가고 있다."는 그녀의 확신은 필요성이 아니라 아예 마땅히 그래야 하는 당위성으로 비춰지기도 한다.

그런 그녀의 확신 앞에서 알랭은 "세월을 거쳐온 개념을 우리는 보관해야" 한다고 대응하면서 '변화가 아니라 정체성'을 강조한다. 적어도 급격한 변화보다는 점진적인 변화와 적응의 필요성을 말한다. 알랭은 디지털 환경 속에 놓인 문자문화의 불안과 고민을 대변한다.

이처럼 영화는 문학(글쓰기) 현실에 대한 인물들 간 담론 중심으로 전개된다. 인물들끼리의 끊임없는 대화와 토론의 형식을 빌려 디지털 시대의 출판문화와 글쓰기 형태의 변화 등에 대해 이야기한다. 문학을 비롯한 글쓰기의 물신화가 진행되는 현대사회의 풍경을 그대로 드러내면서 자본주의와 상업주의가 지배하는 현실 논리와 그에 대응, 혹은 적응하기 위한 출판문화와 글쓰기의 양상에 대한 고민도 함께 보여준다.

2) 허구와 현실의 중첩

영화의 시각성과 현실성은 수용자에게 허구의 이미지를 현재화시킨다. 영화는 '관객으로 하여금 자기가 허구의 세계(디제시스)를 보고 있다는 것을 잊어버리게 하고 영화 속 이미지를 자기의 세계인 양 투명하게 받아들이게'(김려실, 2019, 10쪽) 한다. 허구를 허구가 아닌 양 받아들이는 것은 관객의 환상이다.

그럼에도 영화 〈논픽션〉의 스크린 안의 세계는 허구의 세계가 아니라 지금의 실제 세계를 그대로 환기시킨다. 우선 앞장에서 밝혔듯이 영화의 원제인 '두 개의 삶'을 극중 인물들이 보여주는바, 그들의 극중 생활은 실제와 허구의 사이, 즉 논픽션과 픽션 사이를 오간다. 레오나르의 소설이 그 단적인 예다. 그의 소설(허구)은 실제를 바탕으로 하고 있으며, 독자나 주변 인물들도 그의 소설에서 그의 실제를 엿본다. 알랭과 셀레나 부부도 각자 불륜을 저지르면서 그것을 숨기고 있으며 그러나 실상은 알고 있으면서도 모른 척한다. 사실이 아니면서 사실인 척하는 것과 실제의 사실 사이에는 분명 거리가 있으나 레오나르의 소설에서나 알랭과 셀레나 부부 사이에는 그 거리가 모호하다.

이는 다음과 같은 대목들에서도 비슷한 양상으로 나타난다. [1]은 발레리와 그가 보좌하는 정치인과의 대화이며, [2]는 레오나르와 발레리 부부의 대화다.

[1]
(정치인) "공적생활과 사생활은 다르다." (발레리) "똑같다." (정치인) "성인 간의 합의한 일이다." (발레리) "하지만 숨기는 순간 수상해

진다." (정치인) "우리에게 투명하라는 작자들의 사생활은 좋나?" (발레리) "그들은 정치를 안한다." (정치인) "나는 공익을 위해…." (발레리) "당신이 공익을 위한다는 거 아무도 안 믿는다. 자기만족이나 돈을 위해 한다고 생각한다." (정치인) "아니다." (발레리) "하지만 그렇게 보인다."

[2]

(레오나르) "당신은 은폐나 위선이 있다고 믿어?" (발레리) "응, 믿어. 아니 그보다는 암묵이 있다고 믿어. 서로 알지만 말려들고 싶지 않은 것." (레오나르) "들어봐. 내게 좀 사연이 있었어. 우리 부부의 테두리 밖에서." (발레리) "알아. 당신 책은 순 그런 얘기잖아." (레오나르) "내 책은 팩션, 아니 다 소설이고…." (발레리) "누가 봐도 다는 아니잖아." (레오나르) "그래, 다는 아니지." (발레리) "모르는 줄 알았어?" (레오나르) "아무 말도 안 하니까…."

[1]에서는 공적생활과 사생활이, [2]에서는 은폐와 위선이 언급되고 있다. 공히 드러남과 숨김으로 요약할 만한 이야기다. 누구나 겉으로 드러나는 이미지와 실상과는 차이가 있으며 그것을 대개가 알고 있으면서도 또한 '모른 척' 한다는 것이다. 다른 장면에서의 셀레나의 대사, "각자의 선입관이 정해준 허구 세계에서 사는" 것이라는 말의 의미를 함께 연관을 짓는다면 영화 속 인물들은 남에게 보이는 '허구'의 외양과 그것이 감추고 있는(그러나 실상은 타인이 인지하고 있는) '실

제'의 사정을 지니고 있다는 것이다.

영화 〈논픽션〉은 그 자체로 픽션이면서도 최대한 논픽션의 모양새를 띠려고 한다. 일반 영화의 관습이나 성격과는 사뭇 다른 양상이다. 극적이거나 스펙터클한 장면 연출도, 인상적인 화면 색상이나 조명의 변화도, 심지어 카메라의 유연한 움직임도 거의 찾아보기 어렵다. 영화 특유의 역동성이나 박진감을 보여줄 만한 인물들의 동적 행위도 거의 배제되어 있다.[9] 셀레나가 출연하는 텔레비전 드라마 제작 과정을 비추는 장면 정도가 이 영화에서 볼 수 있는 역동적 장면이다. 인물의 회상 장면이나 격렬한 감정의 동요 따위도 찾아볼 수 없다.

일반 영화가 보여주는 시각적 볼거리는 거의 경험하기 어렵고 대신 끝없이 이어지는 인물들의 대사가 이야기 전개의 주된 방식이다. 끊임없이 이어지는 대사들은 마치 영화에서 자주 거론되는 오디오북이나 SNS 채팅창에 실시간으로 올라오는 수많은 댓글을 연상시킨다. 이처럼 영화 〈논픽션〉은 일반 상업 영화에서의 시각적 연출이나 편집을 최대한 배제한다. 이를 통해 영화는 최대한 논픽션 같은 인상을 주려고 하면서 일상 속의 장면을 보여주듯이 한다. 요컨대 이 영화는 논픽션 같은 픽션이다.

알랭과 로르의 토크쇼 장면도 마찬가지다. '전자화를 통한 문화접근의 민주화'라는 주제로 벌이는 알랭과 로르의 이 극중 토크쇼는 허구

---

9) 레오나르 부부가 오토바이를 타고 해변을 찾는 마지막 장면에서도 카메라는 천천히 좌우로 움직일 뿐 다분히 정적이다.

〈그림 1〉

의 영화를 본다기보다 그 토론 자체에 집중하게 한다.(〈그림 1〉 참고)
영화 밖 현실의 사안을 그대로 끌어 들여놓고 있기 때문이기도 하고,
특별한 영화적 연출이나 장면 구성을 보이지 않기 때문이기도 하다.
극중 관객들 앞에서 진행하는 이 토크쇼는 그래서 이 영화를 보는 관
객에게도 실제 토론 현장에 있는 듯한 느낌을 준다.

영화가 레오나르의 소설을 통해 허구와 실제 사이의 모호함을 말하
고 있다면, 이는 영화의 마지막 장면(01:37:00-)에서 다시 흥미롭고
극적으로 볼 수 있다.

(레오나르) "『마침표』를 오디오북으로 낼 생각은 없나?" (알랭) "판매
량이 괜찮아서 고려 중이야?" (발레리) "하지만 돈이 들겠지?" (알랭)
"맞아. 쥘리엣 비노쉬한테 제안했어." (레오나르) "과연 해줄까?" (알
랭) "아직 답은 없어. 셀레나가 연락했어." (레오나르) "내가 편지라도
쓸까? 혹시 저기…." (셀레나를 보며) "메일 주소라도 알아?" (셀레나)
"그건 알려주기 힘들고. 소속사 전화번호를 줄게."

극중 셀레나 역을 맡고 있는 배우 쥘리엣 비노쉬의 이름이 거론되면서 영화 밖의 실제 인간을 영화 안으로 끌어들이고 있기 때문이다. 여기서 허구와 실제의 경계는 허물어지는데, 다른 이도 아닌 셀레나가 자신의 역을 맡고 있는 배우 비노쉬에게 연락을 시도한다는 설정은 허구 속 가상의 인물이 자신을 연기하는 현실 속의 실제 배우를 찾아 이야기의 밖으로 나온다는 의미로 작품의 안과 밖의 경계를 극적으로 무너뜨린다. 셀레나가 비노쉬의 소속사 전화번호를 알려주는 것역시 극중 인물 셀레나가 아니라 실제 배우 쥘리엣 비노쉬 자신의 현실 속 행위처럼 전해진다. 허구 속의 인물이 허구 밖에 실재하는 인물의 정보를 인지하고 공개하는 아이러니한 상황이기 때문이다. 영화의 안(허구)과 밖(현실)의 경계가 해체되면서 영화가 줄곧 레오나르의 소설을 매개로 하여 말하고 있던 픽션과 논픽션의 관계에 대한 이야기에 절묘하게 부응하고 있다.

이렇듯 영화 〈논픽션〉은 한 편의 영화로서 상상에 의한, 즉 허구의 창작물이지만 지금의 세태와 현실의 풍경을 고스란히 담아내고 있다는 점에서 사실, 즉 논픽션이기도 하다. 적어도 레오나르의 소설처럼 픽션과 논픽션 사이의 모호한 경계선 위에 놓여 있다.

3) 대화와 토론의 의미

영화 〈논픽션〉은 앞서 살펴보았듯이 특별한 사건이나 극적인 상황의 연출 없이 영화 전반에 걸쳐 인물들 간의 대화 형식으로 진행된다. 영화의 첫 장면부터 알랭과 레오나르의 대화가 있고, 알랭과 셀레나, 레오나르와 발레리, 알랭과 로르의 대화 등 인물 간 주고받는 대화 중심으로 줄곧 전개된다고 말할 수 있을 정도다.[10] 이들 주요 인물들 간의 대화가 아닌 장

〈그림 2〉

면에서도 대화나 토론의 양상은 마찬가지다. 예를 들어, 레오나르의 신간 출판 발표장이나 알랭과 로르의 토크쇼에서 몇 청중들은 그들에게 질문을 던지며 대화를 나눈다.(〈그림 2〉 참고) 레오나르와 발레리 부부의 모임에서도 여러 사람들이 정치적 윤리에 대해 토론을 나눈다.

영화 속 거의 모든 대화나 토론의 내용은 앞서 본바, 디지털 환경 속 새로운 출판계 동향이나 소설 쓰기의 방법 등에 관한 것이다.

여기에서 주목할 만한 것은 이들이 행하는 대화나 토론의 양상이 다름 아니라 이 영화가 전하고자 하는 상반된 요소들의 대립과 공존의 의미를 내포하고 있다는 점이다. 즉 인물 상호 간 생각이나 의견이 다름에도 심각한 갈등이나 충돌로 이어지지 않고, 그 관계가 아무 문제 없이 원만하게 유지된다는 것인데, 이는 대화와 토론이 발휘하는, 이

---

10) 예를 들어, 레오나르의 신간 출판 발표장이나 알랭과 로르의 토크쇼에서 몇 청중들은 그들에게 질문을 던지며 대화를 나눈다. 레오나르와 발레리 부부의 모임에서도 여러 사람들이 정치적 윤리에 대해 토론을 나눈다. 레오나르 부부가 오토바이를 타고 해변을 찾는 마지막 장면에서도 카메라는 천천히 좌우로 움직일 뿐 다분히 정적이다.

를테면 이질적이고 대립적인 것들의 공존과 상생의 가능성을 보여주고 있다는 것이다.

대화와 토론은 '나'가 아닌 다른 이의 존재가 필요하다. 혼자 행할 수 없고 '나'와의 차이를 마주하는 것이며 서로를 향하고 있음을 의미한다. 그런 점에서 대화와 토론은 애당초 '원초적 떨어져 있음'과 '관계 맺음'(윤석빈, 2012, 128쪽)을 전제로 한다.

> 나-너 사이의 대화는 서로가 서로의 존재방식을 받아들임을 의미한다.(윤석빈, 2012, 132쪽)

대화나 토론이 나와 '다른' 상대의 존재에 대한 인정을 전제로 한다는 점에서 영화 〈논픽션〉이 보여주는 끊임없는 '말들의 주고받음'은 극중 인물들 간의 관계를 넘어서 영화의 주제적 차원으로 이어질 수 있기 때문이다.

사실 이들의 대화에는 불안과 긴장이 스며 있는 경우가 적지 않다. 소설 출판의 여부에 관한 알랭과 레오나르의 대화, 사생활을 소설의 소재로 삼는 것에 관한 레오나르와 셀레나의 대화, 디지털 문화를 바라보는 상이한 입장의 알랭과 로르의 대화 등에는 '언쟁'으로 변질될 가능성이 내재된 셈이다. 자칫 심각한 갈등과 충돌로 이어질 수 있음에도 그들의 대화와 토론은 대체로 무난하고 순조롭게 이어지며, 비록 생각의 차이는 여전히 남아 있음에도 별문제 없이 평온하게 마무리된다. 이 역시 영화가 전하고 있는, 이질적 요소들의 공존과 상생의 또 다른 양태이다. 예컨대 알랭과 로르가 각각 아날로그와 디지털 문화를 상징적으로 보여주는 인물들이라는 점에서 그들 사이의 대화는 다름 아닌 그 두 영역 간의 '대화', 즉 만남과 소통의 의미를 품는 것이다.

이처럼 영화는 디지털적인 것과 아날로그적인 것, 전자책과 종이책, 허구의 것과 현실의 것 등 대비적 요소의 갈등이나 충돌이 아니라 '대화적 관계'에 놓여 있음을 말한다. 그 각각이 독자적 가치를 지닌 채로 상호 관계를 맺고 있다는 것이다. 대화의 본질이 '나와 너의 다름을 전제로 하는 관계 중시'(윤석빈, 2012, 130-135쪽)에 있다면, 영화의 서사를 이루는 주요 방식이 인물 간 대화라는 점에서 이들 대비적 개념들의 차이와 공존을 유추해볼 수 있다.[11]

영화 〈논픽션〉은 청각 중심의 영화다. "하나의 영상이 천 마디 말보다 가치 있다는 금언은 특히 영화에 있어 진리"(조셉 보그스, 1995, 170쪽)라고 한다면 이 영화는 '영화답지 않은' 영화인 셈이다. 일반적인 영화에서는 "대사가 시각영상에 부수적으로 기능"(조셉 보그스, 1995, 171쪽)하는 데 비해 그것과는 확연히 다른 양상이기 때문이다. 영화 〈논픽션〉은 이처럼 시각적인 볼거리보다는 인물 간 이어지는 담화(대화, 토론)가 이야기를 끌고 간다는 점에서 청각적이다. 청각은 시각과 달리 나와 너의 관계를 더 중시한다는(윤석빈, 2012, 135쪽)

---

11) 셀레나가 출연하는 텔레비전 드라마의 제작자가 남편의 불륜을 직감하면서도 확신하지 못하는 셀레나에게 남편에게 직접 말해보라며 이렇게 덧붙인다. "항상 대화가 최선이야." 그의 이 대사는 그런 점에서 주제를 압축한다.

점에서 영화 〈논픽션〉이 전하고자 하는 바가 대립이나 배척이 아니라 '차이'와 '관계'에 있음을 상기시킨다. 요컨대 이질적·대비적 개념 간의 '이야기 나눌 수 있음', 즉 교류와 소통을 의미한다는 것이다.

나오며

영화 〈논픽션〉은 엄연한 픽션이면서 지금의 현실을 그대로 보여주는 논픽션 같은 작품이다. 극중 인물이나 상황은 당연히 영화 밖에서는 실재하지 않았던 허구의 인물이자 상황들이다. 그러나 그것들을 통해 보여주는 영화의 이야기는 영화 밖의 현실, 구체적으로는 문학적 행위를 비롯한 글쓰기 영역이 처해 있는 실제의 현실 상황을 고스란히 전한다. 디지털 환경 속에서 겪는 인물들의 고민이나 대화의 내용은 영화 밖 현실에서도 관련 종사자들이라면 충분히 공감할 만한 것들이라는 점에서 더욱 그렇다.

"모든 픽션은 자전적이다."라는 레오나르의 말은 이 영화의 메시지를 압축한다. 허구의 이야기는 실제의 사실에서 출발한다는 의미이며, 극중에서 레오나르의 소설이 실상 그렇다. 자신의 실제 연애담을 소설로 쓰고 있기 때문이다. 픽션과 실제의 모호한 경계를 말하는 레오나르의 이 대사는 나아가 이 영화 전반으로 확대 적용된다. 영화 〈논픽션〉은 분명 하나의 허구임에도, 지금 사는 이 세상의 '자전적' 이야기이기도 하기 때문이다.

대표적인 허구의 글쓰기인 소설(레오나르의 소설)도 자전적일 수 있고 현실에 뿌리를 두고 있는 것이라면, 일반적인 글쓰기에서는 그 가능성이 더욱 높다. 글을 쓴다는 것은 현실과 관계를 가질 수밖에 없으며, 상상을 통한 허구의 글쓰기에서도 그것은 다르지 않음을 영화 〈논픽션〉은 보여준다. 허구는 현실 그대로일 수는 없지만 현실에서 벗어날 수도 없다. 이 영화는 실재가 허구(창작)에 영향을 주고 있거나 적어도 그것과 연관되어 있음을 말한다. 아무리 허구적인 글쓰기에서도 글을 쓰는 이는 자신의 흔적을 온전히 지울 수 없다. 레오나르의 글이 그렇고, 아사야스의 이 영화가 그렇다.

픽션과 논픽션 사이에서 독자들의 의심을 받으면서도 계속 그러한 글을 쓰는 레오나르의 입장은 두 개의 상황(디지털과 아날로그, SNS 등을 통한 매개적 소통과 면대면 소통, 가상–사이버 공간과 현실–실재의 공간) 사이를 오가며 이중적으로 살아가는 우리들의 모습이기도 할 것이다. 그런 점에서 이 영화의 원제 '두 개의 삶'은 영화 속 인물들의 모습이면서 동시에 영화 밖 현실의 모습이기도 하다.

영화는 출판계의 변화에 대한 감독의 고민을 담아낸다. 디지털 매체, 전자책, 오디오북의 출현으로 변화의 기로에 놓인 출판계의 이야기를 통해 영화는 결국 시대의 변화를 그리고 있다.[12] 그러면서도 변화의 도래를 확신하는 로르와 그것을 의심하는 알랭 중에서 어느 한 쪽의 손을 들고 있지는 않다.

---

12) 이는 다음과 같은 출판사 사장의 대사를 통해 확인된다. "독서 습관이 빠르게 변해간다. 진짜 치고 나오는 것은 오디오북이다.", "점점 리더기보다 태블릿, 스마트폰으로 본다."

그럼에도 영화 말미에 알랭 부부와 레오나르 부부의 농반여행 장면은 변화보다는 기존 체제의 유지를 보여주려는 감독의 의도를 짐작하게 한다. 알랭과 로르는 이미 헤어졌고 레오나르와 셀레나의 관계도 끝난 상태다. 알랭과 레오나르는 다시 계약을 맺고, 알랭과 셀레나 사이에도 불화가 없다. 레오나르와 발레리 사이에는 아이가 잉태되어 있다. 가족 관계나 친구 관계 모두 예전 그대로인 상태이다. 매각될 뻔했던 알랭의 출판사도 문제없이 운영 중이며 레오나르의 종이책도 꾸준히 잘 팔리고 있다. 불안했던 이전의 모든 것들이 안정적으로 제자리에 위치해 있다. 균열과 파탄의 가능성이 있었음에도 영화의 이야기는 순조롭고 평화롭게 마무리된다. 이러한 영화의 결말은 기존 질서와 새 질서, 아날로그와 디지털, 종이책과 전자책 간의 배제나 불화가 아니라 서로의 인정과 조화를 보여주려는 것으로 해석할 만하다.

디지털 마케터인 로르가 "모든 게 근본적으로 변할 것이며 그 변화가 곧 찾아올 것"이라고 한 말을 염두에 둔다면 영화의 이 마지막 장면은 그러한 변화 앞에서도 아직은 그대로 남아 있는 것들의 존재를 상정해보게 한다. 셀레나가 남편 알랭의 불륜을 직감하고 있었으면서도 그가 가정을 버리지 않을 것이라고 믿었고, 로르 역시 "그는 아내와 아이를 절대 버리지 않을 거야. 그게 더 맞고."라고 말했던 것처럼, 새로운 변화가 주는 유혹과 위세에도 변하지 않는, 혹은 변해서는 안 되는 것들이 있음을 상기시킨다.

디지털의 도래에 대해 로르와 대화할 때 알랭이 했던 "내 말의 핵심은 변화가 아니라 정체성의 유지다. 세월을 거쳐온 개념을 우리는 보관해야 한다."는 말은 그런 점에서 영화의 결말과 연결되며 결국 영화 전체의 메시지로 압축될 만하다.

영화 〈논픽션〉은 일반 영화의 관례나 규칙에서 벗어나 일견 담담하면서 밋밋하고, 심지어 감흥이나 오락을 제공하지는 않지만, 영화 밖 현실의 풍경에 대해, 특히 디지털 전환 시기의 사유와 고민을 진솔하게 담아내고 있다.

 참고자료

* 기본자료
- 영화 〈논픽션(Nonfiction)〉, 올리비에 아사야스 감독, 프랑스, 2018.

* 참고문헌

- 권동우 · 배혜진, 「'쓰기 윤리'를 매개로 한 '디지털 리터러시 글쓰기' 교육 과정 및 사례 연구」, 『교양교육연구』 14–1, 한국교양교육학회, 81–105쪽, 2020.
- 김경애, 「웹소설과 글쓰기의 새로운 플랫폼」, 『문학의 오늘』 26, 솔출판사, 29–39쪽, 2018.
- 김경화, 「국어 교육에서 하이퍼텍스트 연구 동향 탐색 : 쓰기 영역을 중심으로」, 『리터러시 연구』 29, 한국리터러시학회, 353–392쪽, 2018.
- 김려실, 『문학과 영상예술의 이해』, 부산대출판부, 2019.
- 김명석, 『인터넷 소설, 새로운 이야기의 탄생』, 책세상, 2009.
- 류영호, 「전자책 콘텐츠 플랫폼과 출판」, 『기획회의』 510, 한국출판마케팅연구소, 26–29쪽, 2020.
- 박진, 김행숙, 『문학의 새로운 이해』, 청동거울, 2004.
- 배수진, 「대학 글쓰기의 과제와 빅데이터를 활용한 인문계 글쓰기 방안」, 『시문학』 143, 한국시문학회, 395–421쪽, 2019.
- 신선희, 「디지털 글쓰기의 소통 양상과 교육적 수용 연구」, 한국교원대학교 박사논문, 2019.
- 엄지혜, 「눈, 유튜브 구독자수는 베스트셀러를 예견할까?」, 『기획회의』 510, 한국출판마케팅연구소, 36–39쪽, 2020.
- 윤석빈, 『입말과 글말 그리고 인간의 실존』, 충북대 출판부, 2012.
- 이광석 외, 『현대 기술 미디어 철학의 갈래들』, 그린비, 2016.
- 이지영, 「학생 필자의 디지털 협력적 글쓰기 참여 양상에 따른 글의 질 차이」, 『작문연구』 39, 한국작문학회, 147–181쪽, 2018.

- 이진우, 『테크노인문학』, 책세상, 2013.
- 최시한, 「디지털 매체 시대의 문학적 '쓰기'」, 『문학의 오늘』 26, 솔출판사, 8-17쪽, 2018.
- 최웅순, 「디지털 글쓰기 프로그램 적용을 통한 글쓰기 능력과 태도 변화 연구」, 『초등국어교육연구』 18, 대구-경북초등국어교육학회, 255-294쪽, 2018.
- https://movie.daum.net/moviedb/main?movieId=123836)(검색일 : 2020. 06. 23.)
- https://www.mcst.go.kr/kor/s_policy/dept/deptView.jsp?pSeq=1776&pDataCD=0406000000&pType=04.('2019 국민독서실태조사' 검색일: 2020.03.30.)

＊ 각 글의 출처는 다음과 같습니다.

- 「영화 속 글쓰기 교육의 양상과 의미 – 영화 〈프리덤 라이터스〉를 중심으로」, 『동남어문논집』 40권, 동남어문학회, 2015년 11월.
- 「영화를 통해 본 '쓰기'의 의미 – 영화 〈시〉를 중심으로」, 『한국민족문화』 38호, 부산대학교 한국민족문화연구소, 2010년 11월.
- 「영화 〈미술관 옆 동물원〉으로 본 쓰기와 읽기의 관계」, 『사고와 표현』 11권 1호, 한국사고와표현학회, 2018년 4월.
- 「영화 〈일 포스티노〉의 '비유' 연구」, 『한국언어문화』 46집, 한국언어문화학회, 2011년 12월.
- 「말하기, 글쓰기에 있어서 거짓과 진실의 문제 – 소설 '오기 렌의 크리스마스 이야기'와 영화 〈스모크〉를 중심으로」, 『사고와 표현』 8권 1호, 한국사고와표현학회, 2015년 4월.
- 「영화 〈릴라 릴라〉를 통해 본 거짓과 진실과 글쓰기」, 『사고와 표현』 6권 2호, 한국사고와표현학회, 2013년 11월.
- 「영화 〈어댑테이션〉을 통해 본 각색과 글쓰기의 문제」, 『대중서사연구』 29호, 대중서사학회, 2013년 6월.
- 「문학과 만나는 영화의 한 방식 – 영화 〈러시안 소설〉을 중심으로」, 『영화연구』 61호, 한국영화학회, 2014년 8월.
- 「영화 〈논픽션〉의 글쓰기와 말하기」, 『사고와 표현』 13권 2호, 한국사고와표현학회, 2020년 8월.